장의男 강시女 3

노기혁 新무협 판타지 소설

초판 1쇄 찍은 날 § 2005년 3월 28일
초판 1쇄 펴낸 날 § 2005년 4월 8일

지은이 § 노기혁
펴낸이 § 서경석

편집장 § 문혜영
편집책임 § 김규진
편집 § 장상수 · 유경화 · 서지현

펴낸곳 § 도서출판 청어람
등록번호 § 제1081-1-89호
등록일자 § 1999. 5. 31
어람번호 § 제2-0559호

주소 § 경기도 부천시 원미구 심곡1동 350-1 남성B/D 3F (우) 420-011
전화 § 032-656-4452   팩스 § 032-656-4453
http://www.chungeoram.com
E-mail § eoram99@chollian.net

ⓒ 노기혁, 2005

ISBN 89-5831-442-7 04810
ISBN 89-5505-439-7 (SET)

장의 男

男

강시 女

Fantastic Oriental Heroes

노기혁 新무협 판타지 소설

3

탈환! 금산장

도서출판 청어람

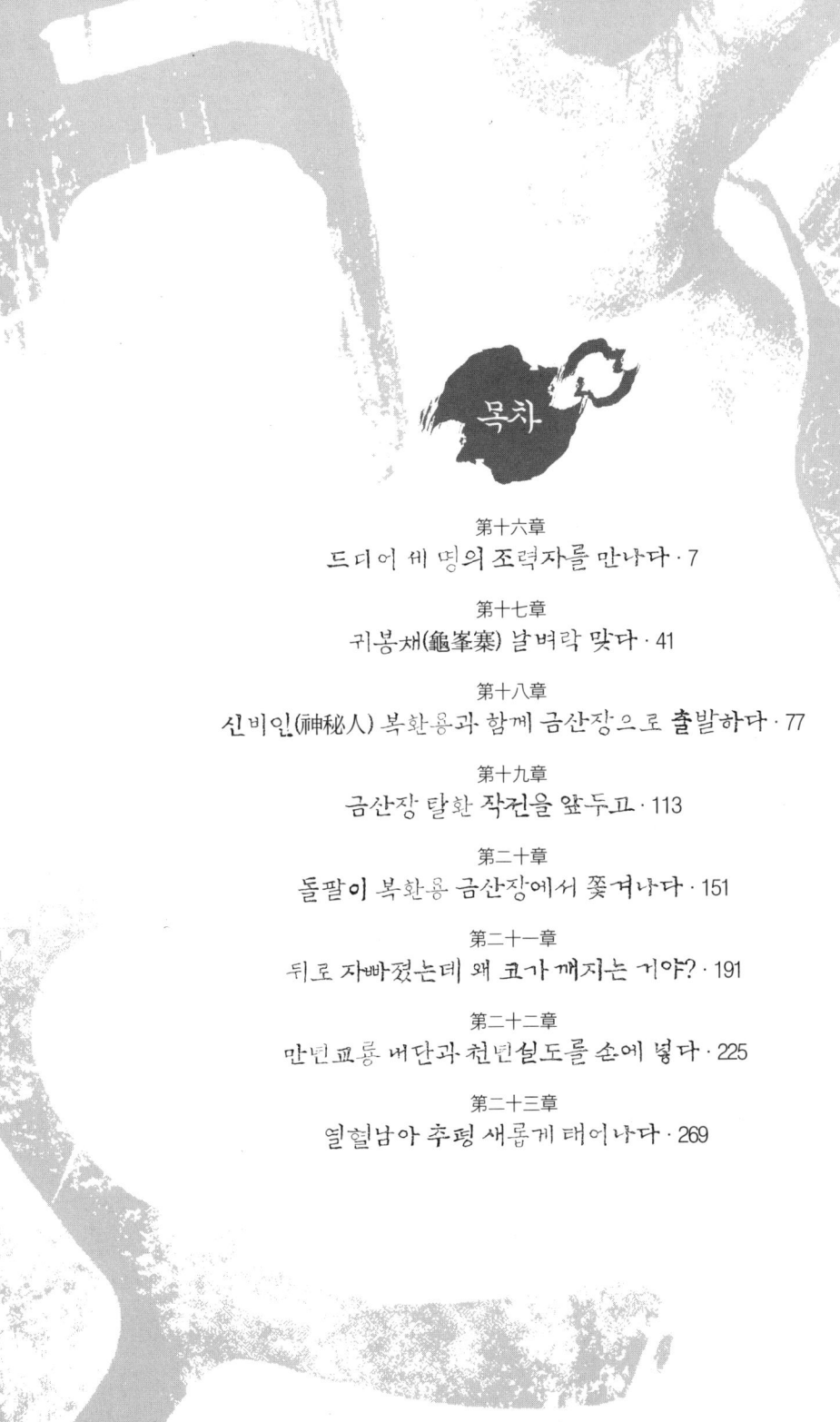

목차

第十六章
드디어 세 명의 조력자를 만나다 · 7

第十七章
귀봉채(龜峯寨) 날벼락 맞다 · 41

第十八章
신비인(神秘人) 복환용과 함께 금산장으로 출발하다 · 77

第十九章
금산장 탈환 작전을 앞두고 · 113

第二十章
돌팔이 복환용 금산장에서 쫓겨나다 · 151

第二十一章
뒤로 자빠졌는데 왜 코가 깨지는 거야? · 191

第二十二章
만년교룡 버단과 천년실도를 손에 넣다 · 225

第二十三章
열혈남아 추평 새롭게 태어나다 · 269

제16장

드디어 세 명의 조력자를 만나다

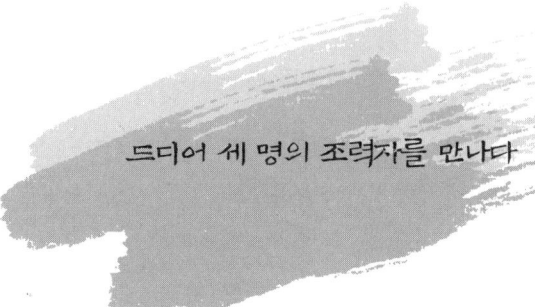

드디어 세 명의 조력자를 만나다

잠시 밀타를 바라보던 진가운이 고개를 끄덕였다.

칠 척이 넘는다는 사실이 처음에는 징그럽다고 생각됐지만 하나하나 뜯어보니 제법 곱상한 얼굴이다.

진가운이 밀타를 보며 슬쩍 미소를 흘렸다.

그런 진가운의 모습에 밀타의 얼굴이 더욱 싸늘하게 굳었다.

"일 잘하게 생겼네. 이제 손에 장검 대신 식칼이나 들고 내 집에서 살림이나 하지. 그렇지 않아도 살림할 시녀가 한 명 필요한데."

"닥쳐!"

스륵!

밀타의 검이 진가운을 향해 슬쩍 밀려왔다.

진가운이 깜짝 놀라며 황급히 뒤로 물러났다.

"비류성의 중원 진출, 뇌황문이 그 시작이냐?"

"……."

밀타는 아무런 말을 하지 않았다. 그렇지만 진가운은 자신의 짐작이 맞다는 것을 알았다. 흔들리는 눈동자. 비록 겉으로는 아무런 변화가 없었지만 뇌황문이라는 소리가 나오자마자 밀타의 눈동자가 슬쩍 흔들렸다.

진가운이 고개를 한번 끄덕이고는 밀타를 정면으로 노려보며 몸을 슬쩍 숙였다.

태연한 표정.

겉으로는 그렇게 보였지만 진가운은 지금 걱정이 태산이다. 아무리 보아도 밀타는 고수다. 물론 자신이 이기지 못할 것이라고는 생각지 않는다. 전력을 기울인다면 아직 밀타는 자신의 상대가 아니다. 그렇지만 그렇게 하다가는 밀타의 생명을 보장할 수가 없었다. 그렇다고 전력을 기울이지 않다가는 자신의 생명을 보장할 방법이 없었다.

'제길, 궁금해도 참을걸.'

진가운은 청성파를 나서면서 이미 밀타가 자신의 뒤를 따르고 있다는 사실을 알고 있었다. 그렇지만 모르는 척 이곳까지 그녀를 유인해 들어왔다. 자신을 암중에 뒤따르는 자, 그자의 정체가 궁금해 견딜 수가 없었다. 그것이 지금과 같은 결과를 가져오리라고는 생각지도 못했다.

후회가 됐지만 이제는 어쩔 수 없는 일이다. 지금으로서는 일단 눈앞에 있는 밀타의 문제를 해결하는 것이 급선무다.

치지직!

서로를 바라보는 진가운과 밀타의 눈에서 불똥이 튀었다.

말을 하지는 않았지만 진가운과 밀타, 두 사람 모두 일합의 겨룸으로 승패가 결정난다는 것을 알고 있었다.

획! 획!

바람을 가르며 청성산 정상을 향해 나는 한 마리 새.

그러나 그것은 새가 아니다. 조인(鳥人)!

분명 하늘을 날아다니는 것이 새이건만 그의 모습은 신선도인이다. 공중을 비상할 때마다 펄럭이는 도포와 바람에 휘날리는 기다랗게 늘어진 수염이 사람임을 말해 준다.

몹시 급한 일이 있는 듯 바람에 펄럭이는 도복을 미처 수습하지도 못하고 바삐 움직인다.

제운종(梯雲縱).

노인이 펼치는 무공은 제운종이 분명하다.

하늘에 뜬 구름처럼 하늘에서 가볍게 날아다니는 모습이 무당의 독문신법인 제운종이다. 그렇다면 이 노인은 무당파의 인물. 이 정도로 능숙한 제운종을 펼치는 것으로 보아 간단한 신분의 인물은 아니다.

그런 노인이 무슨 급한 일이 있는지 도복이 펄럭여 바람에 흩어지는 것처럼 비산(飛散)하는 것도 모르고 정신없이 움직인단 말인가?

이마에 흐르는 땀방울.

하늘 높이 몸을 솟구친 노인이 무엇을 찾는 듯 주변을 두리번거렸다.

"저기다."

혼잣말과 함께 지상에 내려선 노인이 땅을 스치듯 날아간다. 등평도수(登萍渡水)처럼 그렇게 유연하게 날아가는 노인의 손에 쥐어진 것은 짧은 단도. 그것으로 스쳐 지나가는 나무들을 슬쩍슬쩍 베며 노인은 계속 발을 움직였다.

휙!

"멈춰라!"

노인의 앞에 세 명의 인물이 나타났다.

빙긋.

파바박!

미소를 짓는 노인의 발이 움직이는가 싶더니 어느새 손에 들린 단도가 가로막고 있는 사내들의 목에 박혔다.

"크허헉!"

눈을 부릅뜬 채 영문도 모르고 죽은 세 명의 사내.

도인이라 하기에는 너무 악랄한 손속이다.

휙!

그렇게 간단히 세 명의 사내를 저승으로 보낸 도인의 몸이 더욱 빨라졌다.

슈슉!

그런 도인을 마주 보며 날아든 또 다른 두 명의 사내.

도인이 어쩔 수 없다는 듯 발길을 멈췄다.

"웬 놈이냐?"

사내의 질문을 받은 도인의 눈에서 한기가 뿜어져 나왔다.

"그러는 네놈들은 비류(飛流)의 들개들이냐?"

엉뚱한 도인의 물음에 나타난 사내들의 얼굴이 순식간에 붉게 물들었다.

"쳐라!"

사내의 말에 주변의 풀들이 움직이는가 싶더니 몸을 숨기고 있던 사내들이 몸을 일으켰다.

검은 무복의 사내들.

무엇을 숨기기 위한 것인지 모르지만 눈 밑으로 복면을 한 사내들.

도인이 걸음을 멈춘 채 자신을 포위하고 있는 복면사내들을 둘러보았다.

"역시 들개들은 혼자 다니지 않는 법이로구나."

먼저 노인을 막아섰던 두 사내의 몸이 부르르 떨렸다. 그와 함께 꿈틀거리는 두 사내의 검미.

잠시 두 사내를 바라보는 도인의 뒤로 복면을 한 사내 두 명이 조심스럽게 다가섰다.

회익!

두 사내의 손에 들린 장검이 도인을 향해 날아들었다.

턱!

빙글!

마치 예상이라도 했다는 듯 도인이 땅을 박차 몸을 띄워 올리더니 공중에서 한 바퀴 돌아 검을 휘두르며 달려드는 사내들의 뒤쪽에 내려섰다.

서걱!

도인의 손에 들린 단도가 두 사내의 등을 가볍게 베었다.

푹!

비명 한마디 지르지 못하고 바닥에 떨어지는 두 명의 복면사내. 그런 사내를 한번 쳐다본 도인이 조금도 망설이지 않고 자신을 둘러싼 복면사내들을 향해 단도를 휘두르며 달려들었다.

휙!

빛.

단도에서 뿜어져 나오는 빛의 움직임에 따라 도인을 둘러싸고 있던 사내들이 짚단처럼 바닥에 떨어져 내렸다.

추풍낙엽(秋風落葉).

도인의 폭풍 같은 공격에 복면사내들은 변변한 대항도 하지 못하고 있었다.

어느새 자신을 둘러싸고 있던 복면사내들을 모두 해치운 도인이 이들의 우두머리로 보이는 두 명의 사내를 향해 천천히 걸어갔다.

도인이 다가오면 다가올수록 두 명의 몸은 더욱 떨렸다. 그러나 언제까지 이렇게 뒤로 밀릴 수만은 없는 일이다.

두 사내가 서로를 바라보며 고개를 끄덕이더니 번개처럼 품에서 무엇인가를 꺼내 들었다.

휘익!

연기인지 모래인지 모를 붉은 물체가 도인에게로 날아들었다.

흠칫.

이제껏 거칠 것 없었던 도인의 몸이 처음으로 멈칫거렸다.

"귀혼주사(歸魂朱砂). 이런 독한 것들……."

귀혼주사가 무엇인지는 모르지만 여태껏 아무런 변화가 없던 노도인의 눈동자가 흔들렸다.

"타앗!"

뒤로 급히 물러서며 손을 내뻗는 도인의 입에서 기합이 터졌다.

슈웅!

도인을 향해 날아오는 붉은 물체를 향해 가을 바람처럼 부드러운 바람이 불었다.

"유운장(流雲掌)!"

"무당의 늙은이냐?"

거의 동시에 터져 나온 두 사람의 말은 들은 척도 않고 노도인이 두 사람을 향해 광풍처럼 파고들었다.

쉬익!

단도에서 뿜어져 나오는 강기덩어리에 스친 사내들의 목이 그대로 바닥에 툭 하고 떨어졌다.

"무량수불(無量壽佛)."

한마디의 도호와 함께 노도인이 허리를 숙이는 순간 그의 뒤로 또다른 검은 무복의 사내들이 다시 나타났다.

고개를 돌리는 노도인을 향해 사내들의 검이 떨어져 내렸다. 자신에게 무시무시한 공격이 퍼부어지고 있다는 사실도 잊은 듯 도인의 얼굴에 웃음이 흘렀다.

"미친놈!"

한마디와 함께 무사의 장검이 슬쩍 빛을 뿌렸다.

"아미타불!"

갑작스러운 불호에 장검을 들고 노도인에게 달려들던 사내들이 놀라 고개를 뒤로 돌렸다.

쐐액!

어느새 나타났는지 무치가 합장을 한 자세 그대로 공중에 뜬 채 사내들에게 다가오고 있다.

연대구품(蓮臺九品)!

이미 실전된 것으로 알려진 소림진산의 신법 연대구품을 무치가 펼친 것이다.

'저건 뭐야?'

잠시 의아한 표정으로 무치를 바라보던 사내들의 가슴에 무치의 주먹이 연속적으로 떨어졌다.

파바박!

번개처럼 빠른 무치의 주먹에 세 명의 복면사내가 그대로 나가떨어졌다.

스륵!

무치의 기세에 놀란 복면사내들이 슬쩍 뒤로 물러나며 무치의 주먹에서 벗어났다.

"합!"

무치의 입에서 전투를 벌인 후 처음으로 기합이 터졌다.

휘릭!

그와 함께 가부좌를 틀고 날아오던 무치가 두 발로 일어서며 공중에서 몸을 한 바퀴 돌렸다.

감탄사가 절로 나오는 멋진 번신운영의 수법.

그렇지만 복면무사들은 그런 멋진 모습을 즐기며 감탄을 터뜨릴 수만은 없었다. 어느새 몸을 일으킨 무치의 발이 펼쳐지며 무사들을 압박하기 시작했기 때문이다.

슈욱!

마치 고무가 늘어나듯 무치의 발이 길게 늘어나는 듯한 착각과 함께 열여덟 개의 잔흔을 남기며 무사들의 복부에 떨어졌다.

퍼벅!

미처 피하지 못한 네 명의 무사 몸뚱이가 하늘 높이 치솟았다.

"관음십팔족(觀音十八足). 소림사!"

무리 가운데 한 명의 입에서 놀란 듯한 외마디가 흘렀다.

스르릉!

무치의 절기(絶技)에 간신히 정신을 차린 복면의 무사들이 황급히 검을 들고 무치에게 한 발 다가섰다.

이미 자신들의 적은 노도인이 아니었다. 눈앞에 있는 소림의 승려가 문제라고 생각했다. 온 정신을 정면에 있는 무치에게 모았다.

"허허허. 시주님들, 극락왕생하소서."

합장을 하며 허리를 숙이는 무치.

갑자기 합장하며 허리를 숙이는 무치의 모습에 복면무사들의 눈이 일순 동그래졌다.

"차앗!"

절호의 기회.

무치를 공격할 틈을 노리고 있던 복면무사들에게 있어 지금보다 더 좋은 기회는 없었다.

무사 가운데 두 명이 소리를 지르며 무치에게 달려들었다. 그와 동시에 그의 동료들이 일제히 무치를 공격하기 위해 다시 걸음을 내디뎠다.

"무량수불."

나지막한 도호와 함께 무치에게 공격을 위해 한 발을 내디뎠던 복면무사들의 등이 화끈거렸다.

쇄애액!

사람이 이렇게 빨리 움직일 수도 있단 말인가?

노도인의 손이 그렇게 움직였다.

노도인의 움직임과 함께 미처 발을 움직이지 못한 열두 명의 사내가 바닥을 뒹굴었다. 그런 무사들을 물끄러미 바라보는 노도인의 눈동자가 슬쩍 흔들렸다.

노도인이 간단히 복면무인들을 제압하는 것을 무심한 눈으로 바라보던 무치가 자신을 향해 검을 휘두르며 달려오는 마지막 두 명의 복면사내에게 눈을 돌렸다.

은은한 검기를 뿌리며 자신을 향해 달려오는 두 명의 복면무사.

그 기세에 조금이라도 몸을 움츠리거나 움직임을 보여야 정상이건만 무치의 눈에는 아무런 변화가 없었다.

어깨 넓이로 두 발을 벌리고 우뚝 서 있던 무치의 주먹이 허리까지 올라왔다.

"아미타불!"

불호와 함께 무치의 주먹이 허공을 갈랐다.

쐐애액!

귀를 찢는 듯한 바람 소리가 들렸다.

무치의 주먹질과 함께 생겨난 강기덩어리가 마치 화살인 듯 달려오는 두 명의 사내에게 날아갔다.

팍!

"컥!"

두 명의 무사가 그대로 바닥에 쓰러졌다. 무사의 목에 뚫린 구멍에서 피가 쏟아져 나왔다.

백보신권(百步神拳)!

조금 전 무치가 펼친 것은 백보신권이 분명하다. 일백 보 거리에 있는 바위를 그대로 부숴 버린다는 전설의 주먹. 그것이 세상에 모습을 드러낸 것이다.

"어르신, 가시지요."

무치의 한마디에 정신을 차린 듯 노도인이 가볍게 몸을 한 차례 흔들고는 땅을 박차며 공중으로 뛰어올랐다.

그 시각.

슈슉!

청성산 숲 속을 미친 듯 달려가는 또 한 사람이 있었다.

땟물 가득한 얼굴에 개기름이 줄줄 흐르는 몰골의 사내는 개방의 열혈장로, 추평이다. 이미 죽은 것으로 알려진 추평이 뜻밖에도 청성산에 모습을 드러낸 것이다.

척!

"웬 놈이냐?"

검은 무복에 눈 아래로 복면을 한 사내들이 한참 청성산을 오르는 추평의 앞을 막아섰다.

사내의 등장에 추평의 얼굴이 일그러졌다. 자신의 앞을 막아선 것도 막아선 것이지만 그것보다 보자마자 반말을 하는 녀석들의 주둥이가 무엇보다 마음에 들지 않았다.

"보면 몰라? 거지다. 그러는 넌 뭐야? 나 바쁜 사람이야. 까불지 말고 비켜."

추평의 씹어뱉는 한마디에 복면사내의 입이 닫히는 대신 눈꼬리가 하늘로 치솟았다.

"이곳에 들어온 네 녀석의 발을 원망하거라. 얘들아! 해치워라!"

획! 획! 획!

이십여 명이 넘는 무사들이 풀숲에서 몸을 일으켰다.

추평이 주변에서 일어서는 무사들에게는 관심도 없다는 듯 처음에 마주친 사내에게 얼굴을 들이밀었다.

"너 돈 있냐?"

"돈? 무슨 돈?"

뜬금없는 추평의 물음에 사내가 고개를 갸웃거렸다.

"거지에게 동냥할 돈."

"미친놈!"

"없어? 돈도 없으면서 왜 막아!"

슥!

추평의 모습이 고함과 함께 자리에서 사라졌다.

놀란 듯 고개를 흔드는 사내.

빠각!

"크아악!"

뼈 부러지는 소리와 함께 추평을 찾아 고개를 이리저리 돌리던 사내의 입에서 단말마가 흘러나왔다.

쏴아아!

사내의 머리에서 뇌수가 분수처럼 뿜어져 나왔다.

"이크, 똥이다. 이 녀석 머리에 똥만 들었다."

우두머리의 허망한 죽음에 망연자실. 잠시 멈칫하던 복면무사들이 일시에 추평에게 달려들었다.

순간, 추평의 입에서 슬쩍 미소가 보이는가 싶더니 급히 손을 품으로 가져갔다. 품에서 나온 추평의 손에 들려 있는 것은 개뼈다귀.

잠시 개뼈다귀를 바라보던 추평이 자신을 향해 달려드는 사내들을 힐끔 한번 바라보고는 슬쩍 한 발을 굴렀다.

스륵!

추평이 발을 구르는 것과 동시에 자리에서 사라졌다.

파바바박!

목표가 사라지자 잠시 넋을 잃은 사내들을 향해 언제 나타났는지 뒤에서 모습을 드러낸 추평이 손을 들어 개뼈다귀를 휘둘렀다.

추평의 기습적인 공격에 변변한 대항 한 번 하지 못하고 사내들이 바닥에 쓰러졌다.

"다시 태어나면 나쁜 짓 하지 말고 거지에게 적선할 은자 한 냥은 주머니에 넣고 다니거라."

한마디를 남긴 추평의 모습이 자리에서 연기처럼 사라졌다.

청성산 너른 바위에서는 진가운과 밀타가 일합의 대결을 준비하고 있었다.

먼저 선공을 가하려는 듯 밀타의 몸에서 짙은 흑연이 뿜어져 나왔다. 그런 밀타의 모습을 지켜보는 진가운의 얼굴로 옅은 미소가 번졌다. 이미 청성파 장문인 운정 도장과의 비무에서 지금과 같은 모습을 한 번 경험해 보았다.

진가운이 다리를 살짝 벌리고 팔을 아래로 늘어뜨렸다.

생사를 건 싸움을 벌이는 사람이라고는 믿어지지 않는 그야말로 한가하기 그지없는 자세다.

휘익!

척!

어디서 날아왔는지 다섯 자가 조금 못 되는 나뭇가지 하나가 날아와 진가운의 늘어뜨린 손에 달라붙었다.

스륵!

진가운이 나뭇가지를 든 손을 천천히 들어 올려 가슴 앞으로 가져갔다. 이미 짙은 연기 때문에 밀타의 모습은 보이지 않았다.

진가운이 급히 내공을 운기하며 모아진 내공의 일부를 눈으로 돌렸다. 감추어졌던 밀타의 모습이 서서히 드러났다. 밀타 역시 긴장한 얼굴로 진가운을 노려보고 있었다.

주룩!

진가운을 노려보는 밀타 역시 긴장하고 있었다.

'그래. 내가 저놈을 이길 수는 없다. 하나 최소한 나의 목숨과 저놈의 목숨을 바꿀 수 있다면 헛된 죽음은 아닐 것이다.'

밀타는 이미 알고 있었다. 자신이 진가운의 상대가 아니라는 것을……. 그러나 밀타가 믿는 것은 다른 곳에 있었다.

밀타가 슬쩍 고개를 돌렸다.

어디선가 둘의 싸움을 지켜보고 있을 그녀의 수하 네 명.

이번 싸움에서 자신이 진가운에게 부상이라도 입힌다면 그들 네 명이 진가운의 명을 끊어줄 것이다.

'그래, 너희 네 명이라면 부상당한 진가운은 충분히 해치울 수 있을 것이다. 믿는다, 살령사마(殺靈四魔)!'

생각을 끝낸 밀타가 내력을 더욱 끌어올렸다. 밀타의 얼굴에 굵은 힘줄이 드러났다. 이미 감당하기 힘든 내력을 끌어올린 것이다. 이대로 더 내공을 사용하다가는 다시는 무공을 펼칠 수 없을지도 모르는 상황이다. 하나 밀타는 이를 악물고 몸에 있는 내력이라는 내력을 더욱 끌어 모았다. 어차피 더 이상은 내공을 끌어올릴 일도 없을 것이다.

몸이 떨렸다. 더 이상 내공을 끌어 모았다가는 몸이 터져 버릴지도 모를 상황이다.

밀타가 고개를 들어 진가운을 뚫어질 듯 바라보았다.

진가운 역시 얼굴에 번져 있던 미소는 사라졌다. 굳게 다문 입술에서 강렬한 투지가 느껴졌다.

쓰윽!

진가운이 슬쩍 고개를 돌려 좌우를 살폈다.

예하령. 자신과 함께 왔던 예하령은 벌써 몸을 숨긴 듯 그 모습이 보이지 않았다.

진가운이 다시 고개를 돌려 정면에 있는 밀타를 뚫어지도록 바라보았다. 아무 변화가 없던 진가운의 몸 주변으로 빛이 번지기 시작했다.

어렴풋하던 빛. 그것이 시간이 갈수록 밝아지는가 싶더니 지금은 마주 보고 서 있기에 감당할 수 없을 정도로 강한 광선이 되어 밀타를 비치고 있다.

꿀꺽!

긴장한 듯 마른침을 삼킨 밀타의 눈에서 불꽃이 일었다.

'대단하다. 비류성 좌호법 밀타, 네 녀석에게 죽는다 해도 후회는 없다.'

회릭!

밀타가 검을 든 손을 앞으로 쭉 뻗으며 공격 자세를 취했다.

"타앗!"

기합과 함께 흑연이 덩어리가 되어 밀타의 몸 주변에 모여들었다.

모인 흑연 사이로 하나의 형상이 모습을 드러냈다.

아수라(阿修羅)!

양손에 피를 흘리는 사람의 목을 움켜쥔 채 광소를 터뜨리는 아수라의 형상이다.

“……!”

사인록 희귀혼에 기록된 하나의 죽음이 진가운의 머리 속에 떠올랐다.

‘수라천세겁(修羅千歲劫)!’

비류성 소속 수라마궁(修羅魔宮)의 궁주(宮主)가 사용했다는 무공이다. 일반적인 검흔과는 달리 검이 훑고 지나간 자리에 아수라의 형상을 남긴다는 마검(魔劍)…….

사인록에는 일백 명이 넘는 공동파 제자들이 수라마궁의 수라천세겁 공격에 가슴에 아수라의 형상을 남긴 채 사라졌다고 쓰여져 있다. 그 무공이 실제로 진가운의 눈앞에 나타난 것이다.

진가운이 더욱 긴장한 얼굴로 내력을 끌어올렸다.

“옵!”

그렇게 진가운이 내력을 끌어 모으는 순간, 밀타가 기합과 함께 몸을 움직였다.

획!

순식간에 밀타의 모습이 사라졌다. 그와 함께 밀타의 주변에 있던 흑연도 씻은 듯 사라졌다.

진가운이 급히 눈에 내력을 더욱 집어넣었다.

아수라.

양손을 활짝 벌린 아수라가 자신을 향해 다가오는 모습이 눈에 들어왔다. 진가운이 담담한 표정으로 자신을 향해 날아오는 아수라를 눈을 부릅뜨고 바라보았다.

"합!"

진가운이 기합과 함께 나뭇가지를 든 오른손을 움직였다.

쐐애액!

소리. 모습은 보이지 않고 오직 바람 가르는 소리만이 들렸다.

펑!

폭발 소리와 함께 진가운의 손이 찌릿하고 울렸다.

순간 흠칫거리는 물체가 진가운의 눈에 언뜻 보였다.

'끝났다.'

진가운의 얼굴에 다시 미소가 번졌다.

어느덧 흐릿하게 변한 아수라의 모습 속에서 밀타의 당황한 모습이 눈에 들어왔다.

"초오~!"

진가운의 입에서 기다란 기합 소리가 흘러나오며 여태껏 석상처럼 한 발자국도 움직이지 않았던 진가운이 발걸음을 내디뎠다.

번쩍!

섬광과 함께 진가운의 모습이 사라졌다.

'이럴 수가?'

밀타가 당황한 듯 고개를 좌우로 돌려 사라진 진가운을 찾았다.

스륵!

잠시 사라졌던 진가운이 광선처럼 자신의 몸뚱이를 향해 파고들고 있었다.

'그래, 어차피 살아 돌아갈 생각은 없었다.'

급히 검을 회수한 밀타가 자신을 향해 날아오는 진가운을 바라보았다.

'뭐야? 죽으려고 환장했어?'

일부러 사문의 무공인 파천광선검(破天光線劍)을 펼치지 않았다. 그 것을 펼쳤다가는 밀타가 피할 수 없을 것이라 생각했기 때문이다. 그 래서 선택한 것이 구파일방 비무행에 기록된 무당파의 태극혜검(太極 慧劍)이다.

그 정도는 밀타가 쉽게 피할 수 있을 것으로 믿었다. 그런데 밀타는 도주할 생각 없이 당당히 서서 자신의 나뭇가지를 바라보고 있었다.

'뭘 생각하는 거야, 이 계집애야!'

밀타가 아무런 움직임을 보이지 않자, 당황한 것은 오히려 진가운이 다. 이대로 가다가는 자신이 들고 있는 나뭇가지가 밀타의 심장을 찌 르게 된다.

그렇게 되면…….

진가운이 생각하기도 싫다는 듯 고개를 흔들었다.

"이 망할 계집애야! 피해!"

자기도 모르게 고함이 터졌다.

진가운의 고함에 밀타의 몸이 슬쩍 흔들렸다. 하나 밀타는 피하지 않았다. 오히려 바짝 곧추세운 검을 앞으로 쭉 뻗었다.

'동귀어진!'

진가운의 눈이 커졌다. 그제야 밀타의 의도를 알 수 있었다.

슥!

벌써 자신이 들고 있는 나뭇가지가 밀타의 몸에 슬쩍 파고드는 느낌 이 들었다.

'젠장.'

진가운이 급히 손을 아래로 내렸다.

이대로 밀타의 심장을 찔렀다가는 사문 무공의 저주로 인해 자신도 죽게 되니 살기 위해서는 어쩔 수 없는 일이다.

"크흐흑!"

밀타의 입에서 신음이 터졌다.

마치 불에 지지는 듯한 고통이 왼쪽 가슴부터 하복부까지 밀려왔다.

"홋!"

그 고통 속에서 밀타가 검을 든 손을 위에서 아래로 길게 휘둘렀다.

서걱!

'베었다.'

밀타의 입가에 진가운과의 전투 이후 처음으로 미소가 번졌다.

"크흑!"

밀타의 귀에 들려오는 소리, 그것은 분명 진가운의 신음 소리였다.

턱!

밀타가 먼저 바닥에 쓰러졌다. 그렇지만 진가운이 무사한 것은 아니다. 복부에서 흘러나오는 피가 그것을 말해 주고 있다.

숨을 할딱이며 옅은 미소를 지으며 진가운을 바라보는 밀타.

밀타의 모습에 진가운의 일그러진 얼굴이 더욱 일그러졌다.

"웃지 마. 정들어."

"왜? 왜… 죽이지 않았느냐?"

밀타의 의문 가득한 한마디.

분명 처음 진가운의 나뭇가지가 찔러 들어온 곳은 자신의 심장이었다. 진가운이 그대로 밀고 들어왔다면 자신은 즉사했을 것이다. 그렇게 되면 진가운을 벨 수도 없었다. 그런데 진가운은 자신의 심장 쪽에서 나뭇가지를 아래로 움직였다.

밀타로서는 이해할 수 없는 일이다.

"내가 말했지, 나에게는 집안 살림해 줄 하녀가 필요하다고."

물론 거짓이다. 그렇지만 적에게 대놓고 '널 죽이면 나도 죽어!' 그렇게 말할 수는 없는 노릇 아닌가?

휙!

사방에서 포위하듯 바위로 뛰어내리는 자들.

두꺼운 피풍의를 걸친 네 명의 사내다.

말없이 서 있었지만 그들의 몸에서는 죽음의 냄새가 피어올랐다.

진가운이 얼굴을 찡그리며 천천히 고개를 들어 네 명의 사내를 바라보았다.

"그렇게 뒤집어쓰고 안 덥냐?"

"……."

네 명의 사내가 거리를 좁히며 진가운에게 다가왔다.

"비켜, 재수없는 자식들아!"

슈슉!

진가운이 외마디와 함께 몸을 공중으로 높이 띄워 올렸다.

"쫓아라! 놈을 죽여라!"

밀타의 명령과 함께 네 명의 사내가 일제히 진가운의 뒤를 쫓아 몸을 움직였다.

밀타가 힘겹게 몸을 일으켰다. 이제 자신이 할 수 있는 일은 다 했다. 나머지는 진가운의 뒤를 쫓는 살령사마가 해결해 줄 것이다.

'왜 죽이지 않은 거지? 왜?'

힘없이 걸음을 내딛는 밀타의 머리 속에 아직도 가시지 않는 의문이었다.

"아미타불!"
"무량수불!"
무치와 노도인.
청성산을 오르며 복면무사들을 무참히 베어 넘겼던 무치와 노도인
이 낭패한 기색으로 불호와 도호를 읊조렸다.
허탈한 마음으로 하늘을 바라보는 무당파 노도인.
'그래. 명운, 그 늙은이라면 무슨 안배라도 해두었을 게야.'
"보… 보살님!"
무치의 다급한 목소리에 노도인이 눈을 번쩍 뜨며 고개를 돌렸다.
예하령. 진가운과 밀타 두 사람이 치열한 싸움을 벌이는 중에 잠시
몸을 숨기고 있던 예하령이 땅속에서 머리를 쏙 하고 내밀며 사방을
두리번거리던 중 무치를 발견하고 다가온 것이다.
"스… 스님!"
예하령 역시 무치를 알아보고 두 사람을 향해 황급히 다가왔다.
"보살님! 진가운 시주께서는 어찌 되셨습니까?"
예하령의 얼굴이 삽시간에 어두워졌다.
자신이 마지막으로 보았던 진가운의 모습이 떠올랐다. 아랫배를 움
켜쥔 채 비틀거리며 서 있던 진가운. 예하령이 조심스럽게 손을 들어
한곳을 가리켰다.
"마… 많이 다쳤어요. 저… 저기로……."
획!
노도인이 예하령의 허리를 팔로 감고 조금 전 예하령이 가리킨 방향

으로 몸을 날렸다. 잠시 넋이 나간 듯 예하령과 노도인을 바라보던 무치 역시 두 사람을 따라 몸을 날렸다.

"헉헉헉!"
진가운의 입에서 가쁜 숨소리가 계속해서 흘러나왔다.
네 명의 사내. 그들의 추격은 정말 끈질겼다. 아무리 달려도 어느새 놈들은 사냥감을 쫓아 달려드는 개들처럼 자신의 뒤를 쫓아왔다.
몸만 성했더라도 지금과 같은 비참한 모습은 아닐 것이다.
밀타라는 여인과 싸움을 벌이지 않고 그냥 도주했어야 했는데 하는 후회도 밀려왔다.
그러나 이미 지난 일.
지금 무엇보다 급한 건 들개처럼 자신의 뒤를 따르는 네 녀석의 추적을 따돌리고 안전한 곳으로 몸을 피하는 것이다.
"크흑!"
신음을 토하며 아랫배를 움켜잡았다.
혈도를 짚어서인지 처음처럼 그렇게 피가 많이 새어 나오지는 않았지만 그래도 조금씩 계속해서 피가 흘러나오고 있었다. 운기라도 해야 하는데 그 들개 같은 놈들 때문에 그럴 수가 없었다.
"젠장! 이러다가 활강시라도 되는 거 아냐?"
활강시가 된 자신의 모습을 생각했다.
예하령의 구호에 손발을 움직이는 모습.
그동안 자신에게 받은 구박이 있으니 예하령의 구박이 어떠할지 짐작조차 되지 않았다.
진가운이 생각하기도 싫다는 듯 머리를 흔들었다. 죽으면 그냥 편안히 땅에나 묻혔으면 하는 소원뿐이다.

"흐흐흐. 여기더냐."

진가운이 고통도 잊은 듯 자리에서 벌떡 일어났다.

자신을 바라보는 싸늘한 눈길.

도주를 위해 진가운이 급히 몸을 돌렸다.

턱!

발걸음을 내딛으려던 진가운이 발을 멈췄다.

사내.

뒤쪽에서도 음침한 모습의 사내가 비릿한 미소를 짓고 있었다.

스르릉!

네 명의 사내가 동시에 검을 빼 들었다.

'어쩔 수 없는 일인가?'

진가운이 조용히 검을 빼 드는 네 명의 사내를 바라보았다. 그리곤
지그시 눈을 감으며 양 주먹을 자신의 허리춤으로 끌어당겼다.

운기.

이 세상에서 할 수 있는 마지막 운기라고 생각하니 그 진지함이 평
상시와는 달랐다.

조금 전 밀타와 일전을 벌일 때에도 이렇게 진지하지는 않았다.

물론 자신의 앞에 있는 네 녀석은 잠시 후 이승 사람이 아닐 것이다.
그렇지만 그것은 진가운도 마찬가지다.

사문 무공 파천광선검의 저주. 그것이 오늘처럼 원망스럽기는 처음
이다. 그렇지만 이것은 운명이다.

자신이 선택한 것이 아니다.

운명이라고 생각하니 마음이 차분히 가라앉았다.

폭풍처럼 일던 분노도 어느덧 잔잔한 호수처럼 변했다.

미소.

진가운의 얼굴에 미소가 번졌다.

"저놈이."

음침한 미소를 짓던 살령사마의 얼굴이 굳어졌다.

진가운을 중심으로 자색(紫色)의 무연(霧煙)이 피어오르기 시작했다. 명운 대선사와 청운 도장을 상대할 때 진가운이 보였던 것은 투명한 기운이었다. 그러나 지금은 투명한 기운이 아니다. 붉은빛이 보는 사람의 심장을 얼어붙게 만드는 자연(紫煙)이다.

검!

진가운의 검은 마음에 있다.

'손에 들고 있는 검은 그저 도구일 뿐 진정한 검은 마음속에 품는 것이다.'

어렸을 때부터 사부에게서 귀에 못이 박히도록 들었던 말이다.

진가운은 살면서 그런 검은 절대로 뽑아 들지 않겠다고 맹세했었다.

그 검이 뽑아져 휘둘러지는 순간 자신 역시 그 검과 마찬가지로 이슬처럼 사라진다는 사실을 누구보다 잘 알고 있었기 때문이다.

이제 선택이 아닌 운명에 의해 그 검을 뽑아야 한다.

길지 않은 생애(生涯).

진가운으로서도 이렇게 빨리 파천광선검을 빼 들 것이라고는 상상도 못했다. 물론 명운 대선사와 청운 도장과의 비무에서도 파천광선검을 뽑아 들었다. 그러나 그것은 살검(殺劍)이 아니었다. 이제 처음으로 파천광선검이라는 살검을 뽑아 들게 된 것이다.

'사부 미안해. 이럴 줄 알았으면 제자 하나 만들어두는 건데. 나도

이렇게 빨리 죽을 줄 몰랐어. 사문을 단절시켰다고 욕하지는 마. 나도 재수 지지리 없는 놈이니까.'

자색 무연이 짙어지면서 안에 있던 진가운의 모습도 사라졌다.

잔뜩 긴장한 얼굴로 네 명의 사내가 진가운을 둘러싼 자색 무연을 바라보았다.

일순.

짙어지던 자색 무연이 사라졌다. 그와 동시에 진가운이 있던 자리에서 마주 보기 힘들 정도의 섬광이 뿜어져 나왔다.

우우웅!

알 수 없는 웅장한 울음소리.

"헉!"

진가운을 노려보던 살령사마의 눈이 튀어나올 듯 부풀었다.

검(劍)!

영롱한 빛을 뿜어내며 일 장에 달하는 거검(巨劍)이 진가운의 몸 밖으로 천천히 모습을 드러내고 있다.

파천광선검(破天光線劍)!

은하대제를 일합에 베어 넘긴 파천광선검의 진정한 모습이 일백 년 만에 세상에 모습을 드러낸 것이다.

번쩍!

파천광선검이 완전히 모습을 드러내자 진가운이 지그시 눈을 떴다.

마치 둑을 무너뜨릴 듯 엄청난 기세로 밀려오는 큰비에 늘어난 강줄기처럼 알 수 없는 기운이 일어나며 진가운의 온몸을 헤집고 다녔다.

운기를 통해서도 제어되지 않는 엄청난 기운. 그것은 무시무시한 살기였다.

부르르.

진가운이 몸서리를 치며 앞에 있는 살령사마를 향해 천천히 한 발을 내디뎠다.

다가서는 진가운을 바라보는 살령사마 역시 몸을 떨었다. 아무리 이를 악물어도 흔들리는 몸을 바로 세울 수가 없었다.

'이대로는 검을 휘둘러 보지도 못한다.'

살령사마 가운데 한 명이 슬쩍 고개를 돌려 옆에 있는 동료를 바라보았다.

눈 빛을 받은 사내가 슬쩍 고개를 끄덕인 후 검을 앞으로 쭉 뻗었다.

"타앗!"

"합!"

그와 동시에 다른 세 명의 살령사마 역시 기합을 토하며 진가운에게 달려들었다.

진가운은 조금도 몸을 움직이지 않았다.

자신이 움직이는 순간 살령사마는 죽는다. 그렇게 되면 자신 역시 죽는다는 것을 진가운은 알고 있다. 순간이라도 이승에 더 남겠다는 생각에 진가운은 몸을 움직이지 않고 자신을 향해 다가서는 살령사마를 뚫어지게 바라보았다.

"저… 저런 미친놈."

자신에게 다가오는 살령사마의 검을 보고도 아무런 움직임을 보이지 않는 진가운을 보며 욕을 퍼붓는 사람은 따로 있었다.

노도인과 무치.

청성산을 오르며 밀타의 수하들로 보이는 복면무사들을 잔인한 손속으로 날려 버린 무당파의 노도인이 안타까운 얼굴로 진가운을 바라보고 있었다.

척!

급히 자리에서 일어나 눈을 감는 도인의 얼굴에 진득하니 땀이 배어올랐다.

스르릉!

그렇게 잠시 바라보기만 하던 노도인이 더 이상 참지 못하고 허리에 있는 검을 풀어 손에 잡았다.

쩌저정!

노도인의 손에 들린 검에서 한 자가 넘는 검강(劍罡)이 뿜어졌다.

천천히 검을 자신의 앞으로 들어 올리는 노도인의 입이 굳게 다물어져 있다.

그 와중에도 검에는 계속 내력이 모여들고 있는 듯 한 자에 이르던 검강이 점점 자라나고 있었다.

석 자!

어느새 검강은 석 자로 늘어났다.

그와 함께 검을 들고 있는 노도인의 몸이 서서히 떨렸다.

"어르신."

노도인이 슬쩍 고개를 돌려 뒤에 있는 무치를 바라보았다.

"저들은 제가 칠 것입니다. 어르신께서는 보살님을 보살피시며 만약의 사태에 대비해 주십시오."

노도인이 고개를 끄덕이는 것과 동시에 무치의 몸이 전방을 향해 날아갔다.

사형인 구타신개의 명으로 죽음을 가장해 개방 총타를 나와 진가운의 혼적을 쫓아 이곳 청성산까지 달려온 추평.

추평의 입가에 미소가 번졌다.

멀리 저 멀리서 진가운이 서 있는 모습이 보였다. 그리고 진가운에게 검을 휘두르며 달려드는 네 녀석이 보였다.

순간, 추평의 입가에 미소가 사라지며 눈이 커졌다.

추평의 눈에 진가운을 기습하려는 듯 싸움판 뒤쪽에서 검을 든 채 내력을 끌어올리고 있는 한 녀석의 모습이 눈에 들어왔다.

이제 막 공격을 시작하려는 듯 검에서 뿜어져 나오는 검강이 석 자를 넘고 있다.

'저, 저런 치사한 놈! 뒤에서…….'

추평의 얼굴이 시뻘겋게 달아올랐다.

천하제일방, 개방의 열혈남아(熱血男兒) 추평.

그가 가장 중오하는 인간은 숨어서 남의 뒤통수를 공격하는 놈이다. 사내란 모름지기 얼굴을 마주 보며 자신의 실력으로 대결을 벌여야 한다고 생각하는 추평의 눈에 진가운을 기습하기 위해 움직이는 녀석이 보였으니…….

회이익!

추평이 개뼈다귀를 손에 든 채 개방의 절기 만리추풍신법(萬里追風身法)을 펼치며 진가운을 기습하려는 사내를 향해 맹렬히 달려갔다.

회익!

추평의 개뼈다귀가 번개처럼 놈의 뒤통수로 날아갔다.

"커헉!"

진가운을 구하러 나간 무치의 뒤를 봐주기 위해 몸을 감추고 있던 노도인이 신음과 함께 제자리에 '푹' 하고 고꾸라졌다.

"우하하하. 치사한 놈! 뒤에서 사람을 공격하는 것은 치사한 짓이다. 나 추평, 그런 놈을 세상에서 제일 싫어한다. 젊은 놈이든 늙은 놈이든 마찬가지다."

호탕한 추평의 웃음소리에 놀란 듯 살령사마의 머리가 슬쩍 돌아갔다.

추평.

천하제일방 개방의 열혈남아 추평이 노도인의 등을 힘껏 발로 밟았다.

"크흐흑!"

노도인의 눈이 일순 튀어나올 듯 부풀어 오르더니 고개가 꺾였다.

그런 노도인을 발로 밟고 활짝 웃음을 짓고 있는 추평이었다.

슈웅!

한줄기 바람이 일었다.

바람, 그 바람이 살령사마를 향해 불어갔다.

"아미타불!"

바람을 타고 날아오며 불호를 외는 무치.

무치가 놀란 얼굴의 살령사마를 향해 손을 앞으로 쭉 내뻗었다.

우르르룽!

천둥 소리.

하늘을 깨뜨리듯 맹렬한 천둥 소리와 함께 빛줄기가 살령사마의 몸을 한번에 휘어 감았다.

스르륵!

놀라운 모습.

빛줄기에 휩싸인 살령사마의 몸이 마치 폭풍에 날리는 모래성처럼 빛줄기에 날리며 사라져 갔다.

믿을 수 없는 듯 눈을 부릅뜬 살령사마의 모습들.

이내 살령사마는 자취도 없이 자리에서 사라졌다.

금강대능력(金剛大能力)!

명운 대선사가 진가운에게 펼쳐 보였던 소림사의 신공이 다시 한 번 세상에 모습을 보인 것이다.

물론 살령사마가 추평의 모습에 한눈을 팔지 않았다면 이렇게 쉽게 당하지는 않았을 것이다. 그러나 아무리 살령사마가 운이 없는 인간이라 하더라도 금강대능력의 위력은 정말이지 대단한 것이었다.

사문의 무공 파천광선검을 준비하던 진가운의 입가에 미소가 번졌다.

자신을 향해 미소를 지으며 다가오는 무치.

태어나서 이렇게 반가운 얼굴은 처음이다.

"크흐흑!"

긴장이 풀려서인지 진가운의 입에서 비명이 터졌다.

무치가 급히 진가운을 부축했다. 그와 함께 노도인을 향해 얼굴을 돌렸다.

"헉!"

무치가 놀란 듯 진가운을 부여잡고 황급히 추평이 있는 곳으로 갔다. 진가운을 옆에 누이고 무치가 추평에게 밟혀 있는 노도인에게 다가갔다.

"장로님, 발 좀."

추평이 노도인의 등을 밟고 있던 발을 슬쩍 치웠다.

무치가 급히 노도인의 몸을 돌렸다.

"……."

무치의 얼굴이 파랗게 질린 채 추평을 바라보았다.

"어르신!"

무치의 고함에 추평이 몸을 흠칫거렸다. 무치의 모습을 보아하니 무언가 잘못되었다는 것을 알 수 있었다.

"나, 나, 나 추평. 잘못없다. 이놈이 치사하게 뒤에서 진가운을 공격하려고 했다. 그럼 안 된다. 추평, 그런 치사한 꼴은 죽어도 못 본다. 진짜다. 추평 거짓말 안 한다."

"……."

어이없다는 표정을 지으며 추평을 바라보던 무치가 노도인의 몸을 급히 흔들었다.

"풍월 진인(風月眞人) 어르신… 어르신! 저 무칩니다. 명운 대선사님의 사손(師孫) 무칩니다."

그렇게 깨우기를 얼마, 추평의 개뼈다귀 공격에도 즉사는 아니었는지 노도인이 힘겹게 눈을 떴다.

흠칫!

추평이 움찔하며 뒤로 물러났다.

풍월 진인은 무치가 아니라 추평을 노려보고 있었다.

눈빛.

풍월 진인의 눈빛이 얼마나 강렬했는지 후퇴라고는 모르는 추평이 뒤로 물러난 것이다.

　"느… 느… 늙은이, 지… 진짜 추평은 잘못없다! 진짜다!"

　간신히 한마디를 외친 추평이 달아나듯 몸을 움직이더니 언제 나타났는지 모를 예하령의 뒤로 몸을 숨겼다.

　"마… 망할 놈!"

　바닥에 널브러진 풍월 진인의 얼굴이 파르르 떨렸다.

제17장

귀봉채(龜峯寨) 날벼락 맞다

귀봉채(龜峯寨) 날벼락 맞다

요마산(妖魔山).

신강에서 가장 큰 마을인 오로목제에 있는 산이다.

이름과는 달리 제법 신령스러운 기운을 풍기는 산이 요마산이다.

그 요마산의 정상.

어떻게 이 높은 곳에 이런 곳이 있을까 의심이 들 정도의 거대한 성
이 그 위용을 자랑하고 있다.

비류성(飛流城)!

중원 사람에게는 간담을 서늘케 하는 무시무시한 곳이지만 새외
사람들에게는 믿음의 전부라 할 수 있는 비류성이다. 성의 가운데에
서서 사방을 둘러보면 사방으로 그 끝이 보이지 않을 정도의 거대한
성.

건물 안이라 믿어지지 않는 거대한 광장.

그곳에 용이 새겨진 의자에 앉아 있는 노인을 향해 칠 척 거한 한 명이 머리를 바닥에 박은 채 엎드려 있다.

"주군, 소녀를 죽여주십시오."

용좌(龍座)에 앉아 있는 노인의 입가에 인자한 미소가 번졌다.

언젠가 모래폭풍 속에서 나타났던 노인.

새외무림의 지배자 은하대제다.

사람을 평안케 해주는 신기한 힘이 들어 있는 기묘한 미소.

"파라!"

"예, 주군!"

보이지 않던 비류성 우호법(右護法) 파라가 대답과 함께 전각에 모습을 드러냈다.

"어디냐?"

"남창입니다."

은하대제가 천천히 고개를 끄덕였다.

"금산장으로 모두 철수해서 놈을 없앨 준비를 하라고 뇌황문주에게 전하라."

"존명!"

대답과 함께 비류성 우호법 파라가 은하대제를 향해 머리를 숙였다.

이제껏 대전에 머리를 박고 있던 칠 척 거한이 천천히 고개를 들어 올렸다.

밀타(密陀)!

청성파에서 비무를 마치고 돌아가는 진가운을 죽음의 위기로 몰아넣었던 칠 척 거녀.

"주군, 제가 하겠습니다."

밀타를 보며 아니라는 듯 고개를 젓는 은하대제.

"아니다. 그 일은 뇌황문이 할 것이다. 일어나거라, 밀타."

"……."

부드러운 은하대제의 말에도 불구하고 칠 척 거녀는 그대로 바닥에 무릎을 꿇은 채 몸을 움직이지 않았다.

"밀타! 이제 이 늙은이의 명을 따르지 않겠다는 말이냐."

은하대제의 목소리가 조금 높이 올라갔다.

이제껏 미동조차 보이지 않던 칠 척 거녀가 천천히 아주 천천히 몸을 들어 올리더니 자리에서 일어났다.

용좌에 앉은 은하대제가 밀타를 말없이 한참 동안 바라보았다.

"고생이 많았다. 그래도 이렇게 살아 돌아와서 다행이다. 돌아가거라."

"주군, 놈은……."

"밀타! 말이 많구나. 들어가 조용히 부상이나 치료하고 있으라는데도."

밀타가 은하대제에게 허리를 숙인 후 밖으로 나갔다.

"파라!"

"예, 주군."

"전하라. 놈을 없애라고."

"존명!"

휘익!

파라의 모습이 전각 안에서 사라졌다.

*   *   *

"이놈! 거북이처럼 뭘 그렇게 꾸물거리느냐?"

"지금 가잖아요."

불만이 가득한 얼굴로 외마디를 터뜨린 추평이 슬쩍 등 뒤로 고개를 돌렸다.

'망할 놈의 늙은이.'

등 뒤에 편안히 앉아 입가에 미소까지 지으며 자신을 바라보고 있는 풍월 진인을 보자니 당장이라도 바닥에 패대기를 치고 싶은 마음뿐이다.

"똥이라도 씹어 먹었느냐? 웃거라! 웃어야 복이 들어오고 일이 잘 풀리는 법이다."

'나도 웃고 싶어, 이 늙은이야. 그런데 왜 이렇게 무거운 거야?'

정말이지 풍월 진인의 몸은 너무 무겁다.

'뱃속에 뭐가 든 거야?'

척!

이를 악물고 한 발을 내딛자마자 추평의 몸이 휘청거렸다.

쿵!

"아이고, 사람 죽네!"

풍월 진인의 고함에 놀라 추평이 급히 고개를 돌렸다. 언제 떨어졌는지 땅바닥을 구르는 풍월 진인의 고함이 추평의 귀로 파고들었다.

빡!

추평의 머리에서 불꽃이 일었다.

황망히 머리를 털고 정신을 차린 추평의 눈에 눈을 위로 길게 찢어 올린 풍월 진인의 모습이 보였다.

"이런 망할 것을 보았나. 젊은 녀석이 늙은이 하나도 업지 못하고 비틀거려!"

풍월 진인의 한마디에 추평의 얼굴이 일그러졌다.

벌써 사흘이다.

실수로 풍월 진인을 공격해 자신이 이렇게 업고 다닌 지가.

풍월 진인의 말에 의하면 허리를 다쳐 몸을 일으킬 수 없다고 했는데 조금 전의 주먹질로 미루어 그것은 거짓이 분명하다.

"어르신! 어찌 몸도 움직이지 못하시는 분이 그렇게 주먹질을 할 수가 있습니까?"

"그래서?"

"그래서라니요? 이제 혼자 걸음을 움직이셔도 괜찮은 일 아닙니까?"

"허허, 걸음을 걸을 수가 없으니 어쩌겠느냐? 이것이 다 네놈의 성급한 심성 때문에 벌어진 일이니 네 녀석이 책임을 져야 하지 않겠느냐."

"책임이오?"

"그래, 책임. 적어도 내가 운신할 수 있을 때까지는 신세 좀 지자."

획!

말을 마친 풍월 진인이 바닥에 엉덩이를 붙인 채 그대로 몸을 공중으로 띄워 추평의 등 뒤에 거머리처럼 찰싹 달라붙었다.

'망할 늙은이.'

추평이 급히 몸속에 있는 내력을 끌어올렸다. 아예 이 참에 풍월 진인이 다시는 등 뒤에 달라붙지 못하게 철저히 맛을 보여줄 생각이다.

휘익!

급히 양 발을 박차며 공중으로 몸을 솟구쳐 올렸다.

공중에서 멋지게 회전해서 등 뒤에 달라붙은 찰거머리가 자동으로 바닥에 처박히게 할 심산이다.

'어라?'

공중을 멋지게 비행하고 있어야 할 자신의 몸이 땅바닥에서 꼼짝도 하지 않았다.

이상하다는 듯 고개를 가로젓는 추평.

'내공을 끌어올리지 않았나?'

잠시 멍한 얼굴로 서 있던 추평이 정식으로 내공을 끌어올렸다.

"이얍!"

호탕한 기합과 함께 추평이 다시 땅을 박찼다.

푸욱!

'어라!'

육성이 넘는 내공을 끌어올려 도약을 했음에도 불구하고 추평의 발은 바닥에서 한 치도 떠오르지 않았다. 떠오르기는커녕 오히려 땅바닥에 한 자 가까이 빠져들었다.

획!

추평이 급히 고개를 돌려 자신의 목을 조이듯 양손으로 붙들고 야릇한 미소를 짓는 풍월 진인을 바라보았다.

'이 망할 놈의 영감탱이가!'

추평의 얼굴이 일그러졌다.

분명 뒤에 있는 늙은이가 무슨 잔꾀를 부린 것이 분명했다.

뽀드득!

이를 갈며 추평이 더욱 내력을 끌어올렸다.

십성.

실전에서도 거의 사용하지 않은 십성 공력을 끌어올렸다. 추평의 얼굴에서 땀이 쏟아지는가 싶더니 얼굴에 힘줄이 드러났다.

"합!"

푸욱!

추평의 기합과 함께 힘을 주어봤지만 몸이 떠오르기는커녕 무릎까지 빠져들었다.

"고얀 것. 사람은 마음을 곱게 써야 하는 법이야. 뭐 하느냐! 어서 가야지."

"바, 발이 빠졌습니다요."

"그래, 알겠다. 나를 바닥에 내려놓고 발을 빼거라."

추평의 얼굴이 밝아졌다.

풍월 진인이 내려서는 순간 전력을 다해 만리추풍신법을 펼쳐 도망간다면 등에 붙은 찰거머리를 따돌릴 수 있다고 생각했다.

추평이 슬쩍 다리를 굽히며 몸을 낮췄다.

스르륵!

등 뒤에 달라붙은 찰거머리가 바닥에 내려서는 느낌이 드는 것과 동시에 추평이 급히 빠진 발을 빼내며 힘껏 땅을 박차 달음박질을 쳤다.

쐐애앵!

풍월 진인을 내려놓은 추평의 몸이 바람처럼 앞으로 달려갔다.

"우와, 드디어 자유다!"

"그러냐?"

'어라?'

추평이 급히 고개를 돌렸다. 언제 다시 달라붙었는지 풍월 진인이 자신의 목을 양손으로 꼭 붙잡은 채 자신을 보며 미소를 짓고 있었다.

쓰읍.

풍월 진인의 입가에 다시 야릇한 미소가 번졌다.

슈우욱!

허공을 가르며 쏜살같이 날아가던 추평의 몸이 급속도로 바닥을 향해 떨어졌다.

퍼억!

추평의 몸이 바닥에 널브러졌다.

"어서 일어나. 요즘 젊은것들은 겉만 번지르르해서 큰일이야."

"하하하하."

"호호호호."

풍월 진인의 한마디에 뒤를 따라오던 진가운과 예하령, 그리고 무치가 동시에 웃음을 터뜨렸다.

                    *   *   *

"합!"

산을 울리는 우렁찬 기합 소리. 이곳은 귀봉채다.

기합을 지르며 손에 도를 들고 이리저리 손을 움직이는 귀봉채의 산적들.

그들의 두목 반후벽이 천수라는 인간과 함께 귀봉채에 돌아온 이후 귀봉채의 산적들은 그야말로 인고의 세월을 보내야 했다. 무슨 바람이 불었는지 산채로 돌아온 채주 반후벽은 하루 종일 그들의 수하들에게 무공을 수련시켰다.

오늘도 예외는 아니다.

새벽. 해가 밝기도 전에 시작된 오늘의 훈련은 해가 중천에 떠오른 지금까지 이어졌다.

입에서 단내가 났지만 귀봉채의 산적들은 입 밖으로 한마디 불평도 내뱉을 수 없었다. 그들의 두목인 반후벽이 자신들을 노려보고 있기 때문이다.

'젠장, 명색이 부두목인데 나는 좀 빼주지.'

귀봉채 부채주 이초연이 슬쩍 채주 반후벽을 바라보았다.

"그만! 이제 점심을 준비한다."

이곳저곳에서 안도의 한숨이 터져 나왔다.

이초연 역시 지긋지긋한 오전 훈련이 끝났다는 사실이 무엇보다 기뻤다.

툭!

이초연이 손에 들고 있던 도를 내려놓고 한 발을 움직였다.

"부채주."

'뭐야? 밥도 못 먹게 할 셈이야?'

이초연이 몸을 흠칫거리며 두목 반후벽과 그 옆에 있는 천수를 바라보았다. 자신을 향해 미소를 지어 보이는 채주 반후벽.

"명색이 부채주가 점심을 직접 준비해서야 쓰나. 부채주를 비롯한 일곱 명은 점심 식사 준비를 하지 않아도 된다."

'역시.'

부채주 이초연을 비롯한 일곱 명의 귀봉채 소두목들이 고개를 끄덕였다. 비록 훈련은 수하들과 함께 받고 있지만 역시 자신들은 평범한 산적들이 아니라는 점을 그의 두목 반후벽이 인정하고 있다는 사실에 그나마 마음이 놓였다.

그런 이초연을 비롯한 일곱 명을 부러운 듯 바라보던 귀봉채의 수하들이 점심을 준비하기 위해 하나둘 모습을 감췄다.

"감사합니다, 채주님."

이초연을 비롯한 일곱 명이 일제히 두목 반후벽을 향해 고개를 숙였다.

"감사는 무슨. 어서 도를 들어라."

"예?"

턱을 쳐들며 두목 반후벽을 멀거니 바라보는 이초연.

"점심도 준비하지 않는 사람들이 도는 왜 내려놓았어. 너희들은 점심이 준비될 때까지 계속 무술 훈련을 실시한다. 그러니 어서 무기를 들어라. 알겠느냐?"

'제길……'

웃음 가득했던 일곱 명의 얼굴이 일순간에 일그러졌다.

"당장 들어. 안 드는 놈들은 모두 두목에게 반항하는 것으로 간주, 실전 대련을 한다."

후닥닥!

일곱 명이 급히 자신의 옆에 떨어진 무기를 들고 자세를 바로 했다.

흐뭇한 얼굴로 그런 일곱 명의 수하를 바라보는 귀봉채주 반후벽.

"무공에 있어서 무엇보다 중요한 것은 강철 같은 체력이다. 지금부터 산 아래까지 달려갔다 올라온다. 꼴찌로 들어오는 놈은 그에 합당한 벌을 줄 것이니 그리 알도록. 뛰어!"

'젠장. 그런데 도는 왜 들라고 그랬어?'

"뭐 하느냐? 이초연, 벌을 받고 싶다 이 말이냐?"

이초연이 급히 고개를 들었다.

멀리 산 아래를 달려가는 여섯 명의 귀봉채 소두목들이 눈에 들어왔다.

'어라? 저 새끼들이.'

"와아아!"

이초연이 이미 한참 앞을 달려가고 있는 여섯 명의 부하 뒤를 맹렬히 추격하며 산 아래를 향해 달려갔다.

한참 동안 일곱 명을 바라보던 반후벽이 몸을 돌리더니 산채를 향해 천천히 걸음을 움직였다.

"아이고, 힘들어."

산 입구까지 달려갔다 오느라 옷까지 흠뻑 젖은 이초연의 코로 구수한 냄새가 스며들었다.

이초연이 황급히 고개를 들어 산채를 바라보았다.

큰솥에서 무럭무럭 김이 솟아오르고 있었다.

'고기다.'

이초연은 단박에 솥에서 끓고 있는 것이 고기라는 것을 알아챘다.

구수한 고기 냄새에 힘이 절로 났다.

후닥닥!

솥으로 달려간 이초연이 급히 솥을 열었다. 수하들의 식사는 이미 끝이 났는지 얼마 되지 않는 고기가 솥 안에서 김이 무럭무럭 나면서 삶아지고 있었다.

쓰윽!

급히 바가지를 솥 안에 집어넣은 이초연의 입이 길게 찢어졌다.

그래도 부하들이 상관들을 생각한 듯 큼지막한 고깃덩이 하나가 바가지 안에서 모습을 보이고 있었다.

옆에 놓인 쪽박에 조심스럽게 고깃덩이를 담은 이초연의 눈에 행복이 가득하다. 조금 전까지의 힘들었던 모든 일이 눈처럼 녹았다.

이초연의 뒤를 따라 산채로 들어온 여섯 명의 소두목 얼굴에 불만이 가득했다. 그도 그럴 것이 이초연이 집어 든 고깃덩이 외엔 제대로 된 고기는 보이지 않았다.

'새끼들, 미안하게 얼굴은 왜 쳐다봐.'

이초연이 자신을 바라보는 부하들의 눈길을 애써 외면한 채 쪽박을 들고 산채 한구석으로 걸어갔다.

입맛을 다시며 자신을 원망스럽게 바라보는 수하들의 눈길에 얼굴이 후끈거렸지만 지금은 그따위 것을 생각할 겨를이 없었다.

'그래도 먹어야 산다.'

오직 이 마음 하나로 후끈거리는 낯짝의 열기를 식혔다.

귀봉채 부채주 이초연의 목구멍으로 큼지막한 고깃덩이가 넘어가려는 순간,

"동작 그만!"

'어떤 새끼야?'

이초연이 얼굴을 일그러뜨리며 고개를 돌렸다.

휘익!

초연의 손에서 들려진 고깃덩이가 하늘 높이 올라갔다.

"안 돼!"

자리에서 벌떡 일어서는 이초연.

그와 함께 하늘로 솟아오른 고깃덩이가 순식간에 사라졌다.

'어라?'

고기를 뺏긴 귀봉채 부채주 이초연과 고기를 뺏은 개방의 열혈장로 구골신개 추평 두 사람이 영문을 모르겠다는 듯 고개를 좌우로 움직였다.

고기.

하늘로 떠오른 고깃덩이가 눈 깜짝할 사이에 사라진 것이다.

쩝쩝쩝.

'어라? 어디서 들리는 소리지?'

추평이 슬쩍 몸을 돌렸다. 그렇지만 눈에 들어오는 사람은 아무도 없다.

빡!

그와 함께 추평의 머리에서 불똥이 튀었다.

"뭐야?"

"또 없느냐?"

추평의 고함에 등 뒤에 매달린 찰거머리 풍월 진인의 대답이 이어졌다.

'망할 늙은이!'

추평은 그제야 자신이 확보한 고기의 행방을 알 수 있었다.

휘익!

추평이 급히 몸을 돌렸다. 얼굴이 시뻘게진 산적 한 녀석이 자신을 향해 맹렬히 달려들고 있었다.

추평은 주먹이 날아오는 곳으로 급히 몸을 돌려 등을 들이댔다. 고깃덩이를 훔쳐 먹은 사람은 자신이 아니라 풍월 진인이니 매도 풍월 진인이 맞는 것이 당연하다고 생각했다.

빠악!

"커헉!"

뼈 부딪치는 소리와 함께 추평이 비틀거리며 뒷걸음질을 쳤다.

'뭐야?'

추평이 이상하다는 듯이 자신의 얼굴을 슬쩍 만졌다.

주르륵!

코에서 흘러나오는 물기.

'코피다.'

추평이 그 액체의 정체를 파악하는 데에는 그리 오랜 시간이 걸리지 않았다.

추평이 넋을 잃은 표정으로 전방에서 자신을 죽일 듯 노려보는 이초연을 바라보았다. 분명 조금 전 자신이 몸을 돌렸건만 어떻게 주먹이 자신의 얼굴에 박혔는지는 알 수가 없었다.

"고맙다."

"……?"

추평이 슬쩍 고개를 돌렸다.

"이놈아, 네놈이 그래도 장유유서를 알고 이 늙은이가 맞는 것을 막아주었으니 고맙다는 게야."

'썩어 문드러질 늙은이.'

그제야 추평은 자신이 왜 코피를 흘리고 있는지를 알 수 있었다.

회익!

다시 바람 가르는 소리가 들려왔다.

스륵!

추평이 급히 뒤로 움직였다.

취팔선보(醉八仙步).

개방의 절기인 취팔선보를 펼친 것이다.

취팔선보를 본 적이 없는 귀봉채 부채주 이초연이 잠시 넋을 잃은 사이 추평이 이초연에게 쏜살같이 달려들었다.

턱!

휘익!

이초연의 손을 잡은 추평이 그대로 손을 휘저었다.

쿵!

한참 동안 날아가던 이초연의 몸뚱이가 귀봉채 산채 바닥에 떨어지며 자욱한 먼지를 일으켰다.

"끄응!"

신음 소리와 함께 이초연이 힘겹게 몸을 일으켰다.

의외였는지 다소 놀란 얼굴을 하고 있는 추평.

그런 추평을 바라보는 이초연의 눈에 핏발이 섰다.

"어라? 생각보다 뼈다귀가 튼튼한 놈일세."

이초연의 얼굴에 작은 떨림이 일었다. 하긴 대귀봉채의 부채주인 자신을 보고 뼈다귀 하나는 튼튼하다니… 이초연으로서 이보다 더한 욕은 없을 것이다.

"본 어르신이 거지발싸개 같은 네놈의 그 높은 콧대를 납작하게 해주겠다. 타앗!"

이초연이 몸을 슬쩍 흔들자 어느새 추평의 코앞으로 다가왔다. 항상 채주인 반후벽에게 깔려 살려달라고 애원하던 이초연을 생각할 때 실로 놀라운 움직임이었다.

이초연이 그대로 추평의 얼굴을 향해 주먹을 뻗었다.

휘릭!

추평이 슬쩍 몸을 돌리며 이초연의 주먹을 피했다.

그러나 착각.

어느새 방향을 바꾼 이초연의 주먹이 추평의 얼굴을 향해 똑바로 날아왔다.

'남의 등이나 쳐 먹는 산적새끼가 제법이네.'

솔직한 느낌이다. 추평이 잠시 생각에 잠긴 사이 이초연의 주먹은 벌써 코앞으로 다가왔다.

'피하기엔 늦었다.'

추평이 슬쩍 내력을 끌어 모았다. 내력이라고는 하지만 삼성도 안 되는 정도다.

평!

이초연의 주먹이 추평의 몸통을 두드리며 작은 폭발이 일었다.

휘잉!

주먹을 뻗은 이초연의 몸이 그대로 공중으로 날아가더니 땅바닥에 처박히듯 떨어졌다.

척!

이초연이 즉시 몸을 일으켰다. 다행히 어디 부러지거나 한 것은 아닌 듯 일어나는 데 별다른 불편은 없었다.

"그냥 누워 있어!"

획!

추평이 고함과 함께 이초연에게 달려들더니 그대로 주먹을 내뻗었다.

픽!

휘잉!

추평의 주먹에 맞은 이초연의 몸이 그대로 공중으로 떠올랐다가 바닥에 박혔다.

"멈춰!"

"이건 또 뭐야?"

추평이 몸을 돌렸다.

시끄러운 소리를 들었는지 귀봉채 채주 반후벽이 자신의 애병인 월(鉞)을 들고 추평을 향해 천천히 다가왔다.

"네가 산적새끼들 대가리냐?"

"합!"

추평의 말이 끝나기가 무섭게 반후벽이 월을 휘두르며 추평에게 재빨리 달려들었다.

"그럴 줄 알았어."

이미 준비라도 하고 있었는지 추평이 여유있게 뒤로 물러서며 달려드는 반후벽에게 주먹을 뻗었다.

빡!

추평의 주먹에 턱을 맞은 반후벽의 몸이 다가설 때보다 배는 빠르게 뒤로 퉁겨 나갔다.

"이런 망할 자식!"

반후벽이 급히 바닥에서 일어났다. 그런 반후벽을 보며 추평이 고개를 끄덕였다.

'그렇군. 역시 진가운 그 녀석이 말한 것처럼 대단하긴 대단하군.'

이곳 귀봉채의 채주 반후벽의 무공이 대단하다는 사실은 얼마 전 진가운과 헤어지면서 이미 들은 바가 있었다.

진가운에게 그 말을 들을 때만 해도 '그깟 산적이' 하는 생각이었다. 그러나 오늘 일합의 겨룸으로 추평은 진가운의 말이 과장이 아니라는 사실을 깨달았다.

오성.

이번 공격에 추평은 자신의 오성 내공을 실었다. 그 정도면 강호에서 일류라 떠벌리고 다니는 자들도 한 방에 나가떨어질 만한 힘이다. 그런데 반후벽은 아무렇지도 않다는 듯 자리에서 벌떡 일어났다.

추평은 이번 기회에 반후벽의 기를 꺾어놓아야겠다고 생각했다.

추평이 그런 결심을 한 데는 나름대로 이유가 있었다.

진가운의 부탁.

그것은 이곳에 있는 귀봉채 산적들의 무공을 진가운과 예하령, 그리고 무치가 몽환장에 다녀오는 사이 한 단계 높여달라는 것이었다.

그들에게 무공 수련을 시키기 위해서는 이들을 철저히 힘으로 눌러야 한다. 그래야만 아직 산적의 기질이 남아 있는 귀봉채 녀석들이 자신의 말을 따를 것이기 때문이다. 물론 진가운이 보냈다는 말 한마디면 이들을 제압할 수 있지만 다른 사람의 힘을 빌린다는 것은 열혈남아 추평의 성질에 맞지 않는 일이다.

"애송이, 뭐 해? 덤벼."

바닥에서 몸을 일으킨 반후벽이 조심스럽게 추평에게 다가갔다. 역시 귀봉채의 채주답게 처음 멋모르고 달려들 때처럼 그렇게 무모한 공격은 하지 않았다.

예리한 눈으로 추평을 살피는 반후벽.

추평 역시 몸을 움직이지 않고 반후벽의 눈을 뚫어져라 노려보았다.

스륵!

추평이 왼발을 슬쩍 들어 올렸다.

획!

기회라고 판단했는지 반후벽이 월을 휘두르며 번개처럼 빠르게 추평에게 달려들었다. 한 발을 들었으니 그 움직임이 자유롭지 못할 것이라고 생각한 것이다.

그런 반후벽을 보며 추평이 고개를 끄덕였다.

사실 반후벽의 공격 시기는 아주 좋았다.

'제법인데. 잘만 가르치면 쓸 만한 물건이 되겠어. 그렇지만 오늘은 상대를 잘못 골랐다.'

그런 추평의 생각을 알 리 없는 반후벽의 입가에 미소가 번졌다. 반후벽이 바라보는 곳은 오직 추평의 주먹뿐이다. 이미 한 발을 움직이기 시작한 이상 자신을 발로 공격할 수는 없을 것이라 생각했기 때문이다. 가까이 다가가도록 추평의 주먹은 아무런 움직임을 보이지 않았다.

'이겼다.'

나름대로 승리의 확신이 밀려왔다.

반후벽이 자신의 무공 월영일단을 펼쳤다.

반후벽의 월(鉞)에서 달빛과 같이 은은한 광채가 퍼졌다.

"차압!"

기합과 함께 반후벽의 모습이 희미해지더니 서너 개로 갈라졌다.

일순 당혹스러운 표정을 짓던 추평이 안력을 돋구었다.

쉬이잉!

바람을 가르는 소리와 함께 반후벽의 회심에 찬 일성이 터졌다.

"거지, 이제 편히 쉬……!"

고함을 지르던 반후벽이 입을 다물었다. 그와 반대로 추평을 날카롭게 노려보던 눈을 크게 떴다. 절대로 움직이지 못할 것이라고 확신했던 추평의 발이 어느새 눈앞으로 날아왔다.

타다닥!

미처 반후벽의 대월(大鉞)이 추평에게 떨어지기도 전에 추평의 발이 보이지도 않게 재빠르게 날아왔다. 정강이에 이어 허리, 머리에 연속으로 추평의 발이 날아들었다.

"커억!"

반후벽이 비틀거리는 사이 벌써 추평의 주먹이 반후벽의 입으로 날아들었다.

"크흐흑!"

엄청난 충격이다. 몸속에 있는 내공이란 내공은 모두 끌어올렸지만 피가 거꾸로 솟는 고통에 몸을 안정시킬 수가 없었다.

"합!"

비틀거리는 반후벽을 향해 최후의 일격을 날리려는 듯 추평이 땅을 박차며 날아들었다.

휘익!

마치 춤을 추듯 공중에서 멋지게 몸을 회전시키며 추평이 발을 쭉 뻗었다.

펑!

"크아악~!"

추평의 양 발에 가슴을 걷어차인 반후벽이 비명을 지르며 삼 장 밖으로 날아가 떨어졌다.

슈슉!

바닥에 쓰러진 반후벽을 향해 맹렬히 다가선 추평이 반후벽의 멱살을 움켜쥐고 상체를 일으켜 세웠다.

"맛이 어때?"

"……."

귀신을 보고 혼이 나간 사람처럼 입을 쩍 벌린 채 넋을 잃은 반후벽. 입은 벌려져 있건만 아무런 말이 나오지 않았다.

그렇게 한참의 시간이 흘렀다.

"거지새끼치고는……."

빠악!

반후벽의 얼굴을 향해 추평의 주먹이 날아왔다.

"쾌애액!"

입에 거품을 물며 땅바닥에 몸을 떨구는 반후벽.

"이 도둑놈의 새끼가 어디서 반말이야!"

추평의 손이 천천히 반후벽의 목으로 움직였다. 목을 감싸듯 잡은 추평의 손이 조금씩 폭을 좁혔다.

빡!

"아이고!"

반후벽의 목을 졸라가던 추평이 머리를 감싸 쥐며 뒤로 물러났다.

풍월 진인.

언제 추평의 등에서 내렸는지 풍월 진인이 추평을 노려보고 있었다.

"이런 정신없는 인간을 보았나! 그러다가 이 아이가 죽기라도 하면 네가 책임질 것이냐?"

"그… 그게 아니라……."

더듬거리던 추평의 얼굴이 밝아졌다.

찰거머리같이 자신의 등 뒤에 붙어 있던 풍월 진인이 자신에게 떨어져 나갔다는 사실을 안 것이다.

"어… 어르신!"

"그래. 그동안 수고 많았다."

풍월 진인이 추평에게 슬쩍 미소를 짓더니 바닥에 널브러진 반후벽을 바라보았다.

반후벽을 바라보는 풍월 진인의 입가에 빙긋 미소가 번졌다.

"조금 전 그것은 월로 펼치기는 했지만 분명 무량대천검법(無量大天劍法)이었다. 네가 풍광(風光) 사제의 제자라니. 허허, 이것이 정녕 인연이란 것이구나."

"어르신, 지금 뭐라 중얼거리셨습니까?"

"너는 알 필요 없다."

'망할 놈의 늙은이! 지가 무당파 늙은이면 늙은이지 감히 천하제일방 개방의 대장로 추평을 무시해?

추평의 입이 대빨이나 나왔지만 풍월 진인은 그런 추평에게는 신경도 쓰지 않고 땅바닥에 쓰러진 채 정신을 잃은 반후벽에게 다가가 손을 겨드랑이 사이에 집어넣으며 천천히 자리에서 일어섰다.

*　　　*　　　*

"어서 옵쇼!"

역시 강서성 남성에 위치한 초라한 객잔 천하제일루에서 그 이름과 가장 잘 어울리는 것은 주인의 목소리뿐이다.

들어오는 손님이 놀라 나가지나 않을까 염려될 정도의 우렁찬 소리가 이제 막 객잔을 들어서는 진가운과 예하령, 그리고 무치의 귀를 파고들었다.

흠칫.

이곳이 처음인 무치가 주인의 우렁찬 소리에 놀란 듯 몸을 움직거렸다. 그런 무치의 움직임이 우스운 듯 빙긋 미소를 지으며 바라보는 진가운과 예하령.

잠시 뜸을 들인 두 사람이 무치와 함께 탁자에 앉았다.

세 사람에게 다가오는 객잔 주인.

무치가 여전히 눈을 날카롭게 뜬 채 자신에게 다가온 천하제일루 주인을 응시했다.

"무엇으로 드릴까요?"

"동파육 안 되죠?"

"물론입니다."

"웅장 안 되죠?"

"그럼요. 당연한 말씀."

"사슴 다릿살 볶음만 되죠?"

"아이고, 잘 아시네요."

천연덕스러운 주인장의 모습에 진가운은 웃음이 솟았다.

"그걸로 주세요."

"예, 알겠습니다. 세 분 모두 사슴 다릿살 볶음으로 올리겠습니다."

"잠깐!"

막 주문을 받고 돌아서는 천하제일루 주인을 무치가 불러 세웠다.

휘익!

무치의 부름에 막 주방으로 걸어가던 천하제일루 주인이 몸을 돌렸다.

"두 분께만 올리시오. 나는 고기를 먹지 않소이다."

"예, 알겠습니다."

주인이 몸을 돌리자 무치가 탁자에서 천천히 일어섰다.

"소승은 두 분이 식사하는 동안 몽환장을 다녀오도록 하겠습니다."

"그… 그러세요. 소면이라도 되면 드시고 가라 말씀드릴 텐데…….."

진가운이 미안한 얼굴로 고개를 끄덕였다. 그러고 보니 무치는 승려다. 비록 소림사에서 파문되었다고는 하나 그것은 자신의 일을 돕기 위해 잠시 위장한 것에 불과하다. 그것을 잊고 되는 것이라고는 사슴 다릿살 볶음뿐인 천하제일루에 들어온 것을 생각하니 조금은 미안하다는 생각이 들었다.

"그럼 소승은."

무치가 자리에서 일어났다.

몽환장.

한번의 풍파가 휩쓸고 지나갔지만 언제 그랬느냐는 듯 몽환장은 평화롭기만 하다.

저벅저벅.

그런 몽환장을 향해 무치가 천천히 걸어갔다.

옷까지 승복으로 갈아입고 머리에 쓰고 있던 삿갓까지 벗으니 그 모습이 가히 성불한 부처님의 모습이다.

"아미타불(阿彌陀佛)."

무치의 불호에 몽환장 정문을 지키던 무사들이 무치에게 고개를 돌렸다.

"무슨 일이십니까, 스님?"

"예, 잠시 여쭐 말씀이 있어서 이렇게 시주 분들을 귀찮게 하였으니 용서하십시오."

"별말씀을요. 그래, 무엇을 묻고자 하십니까?"

"예, 이곳의 장주 되시는 철시혼 어르신……."

입을 열던 무치가 입을 닫았다.

철시혼이라는 말이 나오자마자 정문을 지키던 무사들이 고개를 갸웃거렸기 때문이다. 그런 무사들을 잠시 무치가 바라보는 사이 무사 가운데 한 명이 손뼉을 치며 고개를 끄덕였다.

무치가 고개를 돌려 조금 전 손뼉을 친 무사를 바라보았다.

"아이고, 한발 늦으셨네요. 철시혼이라는 분은 이곳에 안 계십니다."

"예? 그게 무슨 말씀이십니까?"

"전 장주였던 철 장주는 이 장원을 지금의 장주님께 파시고 낙양으로 돌아가셨습니다."

"낙양이요?"

"예, 금산장으로 돌아가신다고 들었습니다."

"오호, 그렇군요. 고맙습니다."

무치가 무사에게 허리를 한번 숙인 후 급히 몸을 돌렸다.

*　　　*　　　*

"타앗!"

기합 소리와 함께 천수의 몸이 하늘 높이 치솟았다.

불과 며칠 전, 일 장을 뛰어오르지 못해 파닥거리던 천수를 생각하면 실로 놀라운 발전이다. 그러나 천수와 반후벽의 무공을 지도하고 있는 풍월 진인은 천수의 경공이 마음에 들지 않았던 모양이다.

'허허, 올라갈 생각만 하지 내려올 때는 어떡할지 도대체 생각이 없구나.'

아니나 다를까, 까마득하게 솟아오른 천수의 입에서 이내 비명이 터져 나왔다.

"사람 살려~!"

쐐애액!

올라갈 때와는 비교도 되지 않을 정도의 속도로 천수가 머리를 아래로 한 채 땅바닥으로 곤두박질치고 있었다. 점점 빠른 속도로 떨어져 내리는 천수의 얼굴이 어느새 하얗게 질렸다.

한참을 지켜보던 풍월 진인이 급히 천수가 떨어지는 곳으로 몸을 움직였다.

뽀그르르.

얼마나 놀랐는지 풍월 진인의 손에 잡힌 천수가 입에 거품을 문 채 기절해 있었다. 어이없다는 얼굴로 천수를 바라보던 풍월 진인의 손이 슬쩍 위로 올라가는가 싶더니 벼락처럼 천수의 뺨에 떨어졌다.

짜악!

경쾌한 소리와 함께 의식을 잃었던 천수가 몸을 꿈틀거리더니 눈을 번쩍 떴다.

퉁퉁 부어오른 볼따구니로 보아 상당한 충격을 입은 듯 보였지만 천수는 그것도 모르고 단순히 자신이 아직 살아 있다는 사실이 기뻐 입가에 흐뭇한 미소를 짓고 있다.

'허허. 나중에 자네 볼따구니 보면서도 그렇게 웃을 수 있나 한번 보세.'

풍월 진인이 모르는 척 천수를 바닥에 내려놓으며 버럭 소리를 질렀다.

"그게 구름이 태산을 넘는다는 운월태산(雲越泰山)인가? 구름이 태산에 머리를 박는 것이지."

"좌우간 높이 올라갔지 않습니까?"

"그럼 내려올 때는? 내려올 때마다 기절하려고? 노부가 말했지 않나. 솟을 때는 자기 내력의 사 할만 쓰라고. 나머지 육 할은 내려올 때 사용해야 한다고. 노부가 목구멍이 찢어지도록 지껄였건만, 자네 머리는 닭대가리란 말인가? 사람 말 못 알아듣는가?"

"그럼 얼마 못 올라간단 말입니다."

"그래도 그렇게 하라고 말했지 않는가. 어서 일어나 다시 한 번 해 보시게."

"알았습니다."

천수가 자리에서 벌떡 일어났다.

"합!"

팔짝!

천수의 몸이 여섯 자 정도 팔딱거리더니 이내 바닥에 내려섰다.

"그게 경공인가? 개구리 팔짝거리는 짓이지."

"사 할만 쓰라면서요?"

천수의 외마디에 풍월 진인의 얼굴이 일그러졌다.

벌써 일주일이 넘도록 이 모양이다.

지금 천수가 익히는 것은 무당의 경공법 제운종 가운데 일식 운월 태산이다. 일주일 동안 익힌 것이 이 모양이니 마지막 초식인 운유창천(雲流蒼天)을 언제나 익힐 수 있을지 그야말로 눈앞이 캄캄했다.

사실 천수가 이렇게 헤매는 것도 당연하다. 비록 선천적인 체력으로 소나 돼지를 잡는 것은 귀신같을지 모르지만 무당파의 절학, 제운종을 익힌다는 것은 처음부터 무리였다.

'그래, 먼저 제운종을 익히기 전에 신법의 기본이 되는 것부터 차근차근 가르쳐야겠어.'

그렇게 생각하니 한결 마음이 편했다. 풍월 진인이 고개를 돌리며 천수를 바라보았다.

"됐네. 그 정도면 훌륭하네."

난감한 표정을 짓던 풍월 진인이 슬쩍 고개를 돌렸다.

얼굴 가득 땀을 흘리며 검을 휘두르는 반후벽의 모습이 눈에 들어왔다. 어느덧 반후벽의 무기는 월에서 검으로 바뀌어 있었다.

쐐애액!

머리 위로 치켜든 검에서 슬쩍 광채가 피어오르더니 허공을 갈랐다.

조금 전 천수를 바라볼 때와는 달리 풍월 진인의 입가에 흡족한 미소가 번졌다.

풍월 진인이 천수의 무공으로 골머리를 앓는 그 시각, 귀봉채의 산채에서 땀을 흘리는 사람들이 있었다.

구골신개 추평에 의해 무지막지한 무공 수련을 받고 있는 산적들이다.

빠악!

추평의 몸이 공중으로 치솟은 순간 산적 한 명이 비틀거리며 뒤로 물러서더니 바닥에 얼굴을 박았다.

"일어나!"

'미쳤나?'

얼굴을 바닥에 박고 있는 것은 얼마 전까지 귀봉채의 부채주로 당당한 위세를 누리던 이초연이다.

처음 만났을 때 겁도 없이 추평에게 달려들었던 이초연. 그렇지만 그 대가는 너무도 비싼 것이었다.

무공 수련을 핑계로 매일 계속되는 추평과의 대련에 이초연은 몸 성할 날이 없었다.

추평은 오직 이초연 한 사람에게만 무공을 수련시키겠다고 생각했는지 다른 산적들에게는 관심도 갖지 않고 오직 이초연에게만 무공 수련을 시켰다.

오늘도 추평은 다른 산적들을 귀봉채 산채에 원을 그려 앉힌 후 이초연과 대련을 벌이고 있다.

말이 좋아 대련이지 실제로는 추평의 일방적인 구타다. 아무리 이초연이 귀봉채의 부채주라고 하지만 천하제일방 개방의 장로인 구골신개 추평의 상대는 되지 못했다. 이를 악물고 달려들면 달려들수록 얻어터지는 것은 이초연이다.

바닥에 엎어진 이초연이 슬쩍 고개를 들어 자신을 노려보고 있는 추평을 살폈다.

"일어나."

'싫어.'

모르는 척 바닥에 몸뚱이를 붙였다. 일어났다가는 또다시 얻어터질 텐데 그럴 바보가 세상천지 어디에 있겠는가? 그저 '나 죽었소' 하고 이렇게 바닥에 몸을 붙이고 있는 것이 그나마 덜 맞는 길임을 이초연은 잘 알고 있었다.

쩝!

그런 이초연을 보며 추평이 아쉬운 듯 입맛을 다시며 몸을 돌렸다.

"오전 훈련은 이것으로 끝이다. 지금부터 점심 식사……."

획!

추평의 말이 끝나기도 전에 바닥에 납작 엎드려 있던 이초연이 몸을 일으켰다.

점심 식사 시간이라는 말에 귀가 번쩍 뜨인 것이다.

"차앗!"

이초연이 몸을 일으키는 것과 동시에 추평이 몸을 회전시키더니 그대로 발을 쭉 뻗었다.

푸욱!

추평의 발이 정확히 이초연의 기해혈에 박혔다.

"쾌애액!"

이초연의 눈이 밖으로 빠져나올 것처럼 부풀어 오르더니 몸뚱이가 다시 바닥으로 떨어졌다.

"일어나."

'이번에는 절대로 안 일어난다, 이 성질 더러운 거지새끼야!'

이초연이 절대로 일어나지 않겠다는 결심을 하며 두 눈을 꼭 감았다.

"그래, 안 일어난다 이 말이지. 알았어. 이제부터 개방의 타구봉법이 어떤 건지 제대로 한번 보여주지."

턱!

추평이 손을 슬쩍 들어 올리자 산채 한구석 바닥을 뒹굴던 나무 몽둥이 하나가 추평의 손으로 빨려들었다.

휘릭!

이초연이 황급히 자리에서 일어났다.

"어, 어르신! 사, 살려주십시오."

몸을 부르르 떨며 애처로운 표정으로 추평을 바라보는 이초연. 잠시 이초연을 바라보던 추평이 빙긋 미소를 짓더니 주변을 둘러보았다.

"기상!"

처저적!

지금까지 부채주 이초연과 추평의 대련을 지켜보던 귀봉채 산적들이 눈에 보이지도 않게 자리에서 벌떡 일어났다.

'아주 바짝 얼었구나. 자식들!'

"지금부터 체력 훈련이다. 뛰어! 선착순 한 명."

"와아아아!"

산채가 떠나갈 듯한 함성과 함께 산적들이 정신없이 산 아래를 향해 달려나갔다. 흐뭇한 미소를 지으며 산 아래를 달려나가는 산적들을 바라보는 구골신개 추평.

이내 산적들의 모습이 사라지자 몸을 돌린 추평이 걸어 들어온 곳은 산채 한복판에 있는 거대한 솥이다.

모락모락 연기를 피워 올리고 있는 커다란 솥.

쓰윽!

추평이 급히 솥뚜껑으로 손을 가져가더니 조심스럽게 뚜껑을 열었다.

"카아!"

추평의 눈이 커지더니 입이 슬쩍 벌어졌다.

보기에도 먹음직스러워 보이는 고깃덩이가 추평의 눈을 어지럽혔다.

조심스럽게 바가지를 든 추평의 손이 솥에 있는 큼지막한 고깃덩이를 향했다. 이내 추평의 바가지에 고깃덩이가 가득 쌓였다.

바가지를 든 추평의 입 주변으로 침이 흘러내렸다.

"여전하시군요, 추 장로님."

막 손으로 고깃덩이를 입에 집어넣으려던 추평이 고개를 돌렸다.

무치가 미소를 지으며 추평을 바라보고 있었다.

"하하하! 오해 마라. 고기가 잘 익었는지 맛 좀 보려고 그런 거다. 추평, 치사하게 혼자 배부르겠다고 먼저 먹지는 않는다."

"그러십니까? 그런데 맛을 본다고 하기에는 너무 많지 않습니까."

무치의 한마디에 추평의 얼굴이 뻘겋게 달아올랐다.

첨벙.

추평이 급히 바가지에 든 고깃덩이를 다시 솥에 집어넣었다.

"하하하! 이것은 처음부터 다시 솥에 넣으려고 그랬다."

"입에 침이나 바르거라."

'누구야? 어떤 망할 자식이 산통을 깨고 지랄이야?'

추평이 고개를 번쩍 쳐들었다.

풍월 진인이 무공 수련을 위해 함께 데려갔던 반후벽, 천수를 좌우에 대동하고 한심하다는 듯 추평을 바라보고 있었다.

"왜, 한번 해보자 이 말이냐?"

풍월 진인의 한마디에 추평의 빳빳하게 들린 머리가 이내 땅바닥을 향했다. 그런 추평을 보며 흐뭇한 얼굴을 하고 있는 풍월 진인을 향해 무치가 급히 허리를 숙였다.

"그래, 잘 다녀오셨는가?"

"예, 어르신."

"그런데 어째서 자네 혼자 이곳에 오셨나?"

"뇌황문의 무리들은 이미 금산장으로 몸을 숨긴 듯 보입니다. 진 시주와 예 보살님은 자신의 집으로 돌아가셨습니다. 소승은 이곳에 계신 어르신과 추 장로님을 모시러 왔습니다."

"그런가? 알겠네. 하나 이곳에 있는 녀석들의 무공이 아직 많이 부족하네. 그러니 나는 이곳에 당분간 남아 이들의 무공을 좀 더 수련시켜야겠네. 하니 우선 식충이 저놈이나 데려가시게."

'시… 식충이?'

추평의 얼굴이 일그러졌다. 풍월 진인이 말한 식충이가 누구를 말하는지 추평도 잘 알고 있었다.

"제가 남겠습니다."

"닥치거라. 어른이 말씀하시면 따를 것이지 감히 어디서 주둥이를 놀리는 게야. 당장 무치와 함께 떠나지 못하겠느냐."

"밥은 먹어야 가지요."

"그래도 이놈이!"

풍월 진인의 손이 머리 위로 솟는 것과 동시에 구골신개 추평이 급히 무치의 뒤로 숨어들었다.

"어르신, 이곳에 있는 사람들 모두 데리고 가도 족할 것입니다."

"이 많은 사람들이 머물 곳이 있는가?"

"예, 남창 인근의 낙화산이라는 곳에 낙화채가 있답니다. 그곳의 산적들을 제압하고 머물면 될 듯합니다."

"그런가? 알겠네. 그럼 점심이나 먹고 천천히 출발하세나."

제18장

신비인(神秘人) 복환용과 함께 금산장으로 출발하다

신비인(神秘人) 복환용과 함께 금산장으로 출발하다

오랜만에 가운장의점으로 돌아온 진가운이 제일 먼저 하는 일은 장의점 앞에 현판을 거는 것이었다.

남창 장의거리 연강소로에는 하나의 불문율이 있었다. 그것은 장의점에 현판을 걸지 않고 근조라 쓰여진 등을 다는 것이다.

망자를 대하는 장의점에서 일반 주루와 같이 화려한 현판을 거는 것은 어울리지 않는다고 생각한 때문이지만 진가운이 잠시 자리를 비운 사이 이 불문율은 이미 깨져 있었다.

번쩍번쩍 빛나는 현판이 연강소로를 따라 좌우로 늘어선 장의점 입구마다 그 빛을 발하고 있었다. 그러나 장 서방은 아직까지 가운장의점 입구에 현판을 걸지 않았다. 주인인 진가운의 허락을 받지 못했기 때문이다.

가운장의점 입구를 지키고 있는 것은 지난번 진가운이 이곳을 떠날

때에도 걸려 있던 근조라 쓰여진 초라한 등이다.

보지 않았으면 모를까 이미 다른 장의점의 화려한 현판을 보았으니 다른 장의점처럼 현판을 달기로 했다.

쾅쾅쾅!

망치를 들고 길이 다섯 자에 이르는 현판을 지탱할 못을 박는 소리가 제법 요란하다. 그러나 진가운이 입구에 달고 있는 현판은 다른 장의점 입구에 달려 있는 현판과는 사뭇 달랐다.

다른 장의점에 걸린 현판들은 될 수 있으면 화려한 모양을 취했다.

진가운과 예하령이 잠시 자리를 떠난 사이 이곳 장의사의 우두머리 노릇을 하며 또 다른 전성기를 누리고 있는 허영면 장의사의 장의점 현판은 그 크기만 해도 일 장에 이르렀다. 겉에 금칠을 했는지 햇빛을 받아 반짝이는 것이 오색찬란하다.

다른 장의점 역시 자신의 능력이 되는 한 최대한 화려하게 꾸몄다.

그러나 가운장의점은 달랐다.

옻칠을 한 어두운 현판. 자세히 들여다보면 현판의 재질이 관 뚜껑이라는 것을 단박에 알 수 있다.

진가운이 현판을 다는 소리가 얼마나 컸는지 가운장의점 주변에 있는 장의점 주인들이 나와 현판을 다는 진가운을 바라보았다. 모두 입을 벌리고 놀란 모습. 하기야 그동안 눈엣가시 같은 진가운이 보이지 않아 속으로 콧노래를 부르고 있었는데 진가운이 다시 나타나 현판을 걸고 있으니 이들이 긴장하는 것은 당연하다.

그 가운데에서 가장 입을 크게 벌린 채 눈을 부릅뜨고 있는 것은 물론 허영면이다.

'망할 자식, 죽지도 않고 또 왔네.'

입술을 지그시 깨물던 허영면이 황급히 자신의 장의점 안으로 들어갔다.

쾅쾅쾅!

그런 사실을 아는지 모르는지 진가운의 망치질은 계속됐다.

"이 썩을 놈아! 절에서 쫓겨났어?"

귀를 찢는 날카로운 한마디에 진가운이 망치질을 잠시 멈추고 눈을 옆으로 돌렸다.

귀머거리 명의 복환용이 입을 헤벌리고 자신을 바라보고 있었다.

"영감, 그게 무슨 말이야?"

"뭐라고? 절에서 몰래 술 처먹다가 들켜서 쫓겨났다고? 에라, 이 급살 맞아 뒈질 놈아!"

쾅!

복환용이 얼굴에 몇 가닥 되지도 않는 수염을 파르르 떨더니 문이 부서져라 닫으며 집 안으로 들어갔다.

'망할 놈의 늙은이.'

잠시 복환용의 집을 노려보던 진가운이 다시 망치를 들고 못대가리에 망치질을 했다.

쾅쾅쾅!

그러기를 얼마, 현판을 장의점 입구에 건 진가운이 사다리를 타고 바닥으로 내려왔다.

바닥에 내려온 진가운이 고개를 슬쩍 들고 자신이 방금 단 현판을 바라보았다.

'제기랄!'

진가운이 얼굴을 찡그리더니 맞은편에 있는 허영면의 장의점 현판을 들여다보았다.

강서성제일장의점(江西省第一葬儀店).

쓰여진 글자 하나하나가 보는 이의 마음을 주눅 들게 할 정도로 힘이 있는 글씨다. 거기에 표면에 금칠까지 해서 그 위용이 더욱 대단해 보이는 것이 웅장하기 이를 데 없다.

획!

진가운이 고개를 돌려 자신의 장의점 입구에 쓰여진 현판을 바라보았다.

가운장의점(佳雲葬儀店).

마치 지렁이가 기어가듯 힘없는 글씨에 줄조차 제대로 맞지 않아 삐뚤삐뚤하다. 거기에 검은색으로 옻칠이 된 관 뚜껑에 쓰여져 글씨조차 잘 보이지 않는다.

'제길, 얼굴 잘생겼다고 공부 잘하나.'

그렇게 생각했지만 여전히 마음 한구석이 찜찜하다. 그냥 은자 조금 들여서 제대로 된 현판 한번 달아볼까 하는 생각도 들었다.

"저 정도면 됐어."

자꾸 흔들리는 마음을 잡으려는 듯 혼잣말을 내뱉은 진가운이 사다리를 손에 들고 장의점 안으로 들어갔다.

"배고파."

"주인님! 잠시만 기다리십시오."

장 서방이 부엌에서 슬쩍 얼굴을 내밀었다.

"알았어요. 그런데 하령이는 어디 갔어요?"

"예, 아가씨께서는 방을 치우고 계십니다."

"그래요? 알았어요."

장 서방에게 한마디를 건넨 진가운이 슬쩍 고개를 돌려 예하령의 방을 바라보았다. 등잔 빛에 예하령의 모습이 어른거렸다.

잠시 동안 방을 바라보던 진가운이 마당 한쪽에 있는 평상으로 걸어갔다.

잠시 후, 장 서방이 상을 들고 평상으로 나왔다.

"아가씨!"

"지금 나가요."

드르륵!

문이 열리며 예하령이 미소를 지으며 모습을 드러냈다.

"우와, 맛있겠다."

예하령이 평상을 한번 보더니 쪼르륵 달려왔다.

진가운과 함께 이곳을 나간 후 제대로 된 음식을 먹은 기억이 별로 없다. 아마 천하제일루에서 먹은 두 번의 식사가 그나마 식사다운 식사였다.

"아가씨, 많이 드십시오."

"예."

진가운과 예하령, 그리고 장 서방이 급히 자신의 앞에 놓인 밥그릇에 젓가락을 가져갔다.

"동작 그만!"

뇌성벽력과 같이 우렁찬 한마디에 진가운을 비롯한 세 사람이 문을 향해 고개를 돌렸다.

쾅!

문이 부서질 듯 열리며 인영 하나가 평상을 향해 바람처럼 달려왔다.

추평.

풍월 진인, 무치와 함께 귀봉채를 떠나 이곳 남창으로 달려온 추평이 어느새 장 서방의 밥그릇을 빼앗아 들더니 손이 보이지도 않게 밥그릇과 자신의 입을 오갔다.

눈 깜짝할 시간이었지만 평상 위에 정렬된 그릇들에 담겨 있던 음식들은 이미 깨끗이 비워져 있었다.

"꺼억! 이제 좀 살 만하다."

마지막으로 남아 있던 연근 한 조각을 손으로 잡고 입에 집어넣은 추평이 세 사람을 보며 빙긋 미소를 지었다.

장 서방이 슬쩍 고개를 돌려 진가운을 바라보았다.

이 가운데 추평을 모르는 사람은 장 서방 한 명뿐이다.

"이해하시게. 그놈 거질세."

문에서 들려오는 소리에 다시 세 사람의 눈이 문이 있는 곳으로 돌아갔다.

풍월 진인과 무치, 그리고 천수가 집 안으로 들어서고 있었다.

집 안으로 들어서자마자 평상으로 걸어간 풍월 진인의 손이 하늘 높이 올라가더니 추평의 뒤통수를 향해 날아왔다.

빡!

"아이고!"

풍월 진인의 갑작스러운 주먹질에 평상에 늘어져 있던 추평이 벌떡 .

몸을 일으켜 세웠다.

핏발이 가득한 눈으로 풍월 진인을 노려보는 추평. 그런 추평의 모습에 풍월 진인의 얼굴이 다시 일그러졌다.

"어르신, 제가 동네북입니까? 왜 저만 이렇게 못살게 구십니까? 제가 명색이 천하제일방 개방의 장로입니다."

"그래서?"

"그래서라니요? 저도 체면이 있다 이 말씀입니다."

"허허. 그러신가? 구타신개 그 아이가 네 녀석에게 그렇게 가르쳤느냐? 어른도 몰라보고 그렇게 주둥이 놀리라고?"

"영감! 지금 구타신개 사형을 그 아이라 부른 것이오?"

"그래."

"이놈의 영감탱이가……!"

추평의 얼굴이 부르르 떨렸다.

지금까지는 그래도 무치의 행동으로 보아 평범한 노인은 아니라 생각해 억울해도 참고 맞아도 버텼다. 그러나 자신이 세상에서 가장 존경하는 사형 구타신개를 그 아이라 부르다니 더 이상은 추평도 참을 수가 없었다.

"허허, 그래도 사형 구타신개는 꽤 생각하는 모양이구나. 이놈! 구타신개 그 아이가 이곳에 있다면 내게 머리조차 들지도 못할 것이다. 어디서 감히……."

추평이 급히 고개를 돌려 뒤에 있는 무치를 바라보았다.

무치가 빙긋 미소를 지으며 입을 열었다.

풍월 진인(風月眞人)!

이 이름을 알고 있는 무림인은 그렇게 많지 않다. 그러나 이 이름을 알고 있는 사람은 누구나 풍월 진인을 중원제일검(中原第一劍)으로 인정한다.

무당파 최고 무공이라 알려진 태극혜검을 십이성 대성함은 물론, 태극혜검의 진정한 오의(奧義)가 지금까지 알려진 그것이 아니라며 새로운 해석을 해낸 인물. 일생을 태극혜검의 연무(鍊武)에만 매달려 강호에서는 거의 활동하지 않은, 현 무당파 장문인 청지(淸池) 도인의 사백이 되는 무당파 최고 배분의 고수.

그가 바로 중원제일검 풍월 진인이다.

무치의 설명에 추평의 얼굴이 더욱 일그러졌다.

무당파 장문인 청지라고 하면 그의 사형인 개방 방주 구타신개가 선배라 부르며 깍듯이 대하는 인물이다. 그런 청지의 사백이라니…….

'젠장, 귀신들은 뭐 하는 게야. 저런 늙은이 안 잡아가고.'

"알아들었느냐?"

"……."

"이놈! 내 알아들었느냐고 묻지 않느냐?"

"예, 아주 귓구멍에 딱지가 질 정도로 잘 알아들었습니다."

"그래. 그럼 지금부터 잘 듣거라. 너는 이제 더 이상 개방의 장로 추평이 아니다. 우리들은 여기에 있는 진 소협과 예 소저의 수하임을 잊지 말거라. 앞으로 두 분께 예를 다하거라."

"예."

추평으로서는 불만이 가득한 말이지만 풍월 진인의 말은 사실이다. 자신 역시 그의 사형인 구타신개에게 지금 풍월 진인이 한 말과 똑같은 소리를 이미 들었다.

"그리고."

'뭐야, 또 있어?'

"너 추평은 이제 거지가 아니다. 자고로 일일부작(一日不作) 일일불식(一日不食)이라 했다. 그러니 앞으로는 무슨 일이든 밥값을 하거라. 알겠느냐?'

"아휴, 배고파."

저녁 시간임에도 추평은 연신 배고프다는 소리를 해대며 헛간 아래에 마련된 지하 광장에 쪼그리고 앉아 있었다.

지하 광장을 차지하고 있는 것은 관을 만들 때 사용하는 여러 가지 나무판이다.

소나무, 참나무, 오동나무……

그리고 보니 나무도 참 많은 종류가 있다.

추평이 일어서더니 콧김을 풀풀 날리며 오동나무 판자 서너 개를 들고 와 지하 광장 바닥에 철퍼덕 주저앉았다.

지금쯤이면 한참 마당 평상에서 식사를 할 시간이건만 추평이 이렇게 일을 하고 있다니 그야말로 해가 서쪽에서 뜰 일이다.

추평이 자신이 가장 좋아하는 식사 시간임에도 불구하고 지하 광장에 쪼그리고 앉아 일을 하고 있는 이유는 간단하다.

일일부작(一日不作) 일일불식(一日不食).

하루 일하지 않으면 하루 먹지 않는다.

며칠 전 식사를 하기 위해 자리에 앉으려던 자신에게 망할 놈의 말코도사 풍월 진인 영감쟁이가 내뱉은 말이다.

"일일부……"

풍월 말코가 한 말을 한번 따라해 보려고 했는데 이것마저 제대로 기억에 남지 않는다.

"어떤 망할 자식이 그딴 소리를 한 거야?"

추평이 생각하기에 말도 되지 않는 소리다. 자신이 누군가? 거지 아닌가?

거지에게 그따위 말은 개소리 이외에 아무것도 아니다. 사실 조금 전 풍월 말코가 그런 소리를 했을 때에도 입이 근질거렸다. 그렇지만 그랬다가는 성질 더러운 말코에게 무슨 봉변을 당할지 몰라 억지로 참고 참았다.

"떨그럭."

퉁명스럽게 한마디를 내뱉은 추평이 기다란 나무판의 중간 정도를 향해 힘껏 주먹으로 내려쳤다.

서걱!

마치 보도로 베어낸 듯 깨끗하게 잘린 나무판.

추평의 손이 나무판을 향해 서너 번 정도 더 움직였다. 이내 기다란 나무판이 여섯 자 정도의 일정한 길이로 잘려져 나갔다.

나무판을 일정하게 자른 추평이 나무의 표면에 슬쩍 손을 올렸다.

주르륵!

내력을 끌어올리는 듯 추평의 얼굴에서 땀방울이 송골송골 맺히기 시작했다. 그와 함께 추평이 손을 대고 있는 나무판에서 연기가 모락모락 피어오르기 시작했다.

"헛!"

기합과 함께 추평의 손이 나무판 표면 위를 빠르게 움직였다.

"앗! 뜨거워!"

추평이 나무판에서 손을 떼내며 손바닥에 입김을 호호 불었다.

벌겋게 달아오른 손바닥.

추평의 손바닥이 스치고 지나간 나무판.

검은빛과 함께 표면이 불에 지진 듯 매끄럽게 변했다.

간단히 나무판들의 표면을 매끄럽게 다듬은 추평이 이내 붓 하나를 들고 나무판의 표면을 문질렀다.

추평의 손이 보이지도 않을 정도로 빠르게 움직였다.

옻칠이다.

그렇게 모든 재료를 준비한 추평이 하는 일은 관을 만드는 것이다.

일일부작 일일불식을 말한 풍월 진인은 사흘에 하루 추평이 낙화채를 차지한 귀봉채 산적들의 무공을 지도하는 날이 아닌 날에는 추평에게 관을 만들라고 시켰다.

사흘 가운데 이틀은 다음날 사용할 관을 만들라는 말에 처음에는 죽어도 하지 않겠다고 다짐했었다. 그래서 어제도 버티고 그냥 잤다. 그렇지만 그 결과는 너무도 참혹했다.

하루 종일 배에서 쪼르륵 소리를 들어야 했다. 한 끼만 굶어도 죽겠다고 난리 치는 추평이 하루 종일 굶은 것이다.

밥을 먹기 위해서는 풍월 말코가 말한 것처럼 관을 만드는 수밖에 다른 방법이 없었다.

밤이 이슥하도록 관을 만든 추평이 천천히 자리에서 일어났다.

추평 앞에 놓인 것은 내일 진가운이 사용할 일곱 개의 관.

추평이 일곱 개의 관을 줄로 묶어 등에 지고 지하 광장을 벗어나 지상으로 올라왔다.

'뭐 하는 짓이야?'

추평이 놀란 얼굴로 한곳을 바라보았다.

바닥에 엉덩이를 붙이고 앉아 좌정(坐定)한 풍월 진인의 입이 달싹 거렸다.

"예팽신 임행신 성난신 압령기달 평부수원 급급여율령 훔. 예팽신 임행신……"

알아듣지도 못하는 소리를 반복해서 지껄이고 있는 풍월 전인.

아침에도 관을 향해 풍월 말코는 뭐라고 지껄였다.

무치도 관을 향해 무어라고 중얼거렸다. 그러고는 오늘 자신이 해야 할 모든 일을 다 했다고 떠들었다. 그것이 주문과 진언이라는 것이란 다.

'젠장, 나도 저런 거나 한 가지 배워둘걸……'

아쉬운 생각이 들었다. 천하제일방 개방에도 알 수 없는 중얼거림 한두 가지라도 있으면 밤마다 이런 고생을 할 이유가 없다고 생각했다.

'젠장, 우리 개방에는 왜 저런 게 없는 거야?'

잠시 눈을 감고 주문을 외우는 풍월 진인을 바라보던 추평의 얼굴이 환하게 밝아졌다.

생각을 해보니 천하제일방 개방에도 지금 풍월 진인이 지껄이는 것 과 비슷한 소리가 있었던 것이다.

날이 밝았다.

이제 진가운은 어제 밤늦도록 추평이 땀을 흘리며 만든 관을 들고 일을 나갈 시간이다.

오늘도 어김없이 일곱 개의 관을 앞에 두고 죽은 이의 극락왕생을 비는 무치의 염불과 풍월 진인의 진언이 이어졌다.

두 사람의 염불과 진언이 끝나자 장 서방이 관으로 향했다. 이제 관을 마차에 싣기만 하면 오늘의 일 준비가 모두 끝나는 것이다.

"잠깐!"

막 관을 들어 올리려던 장 서방이 흠칫 놀라며 고개를 들었다.

회익!

장 서방을 향해 날듯 다가오는 추평.

장 서방을 비롯해서 진가운, 예하령, 풍월 진인과 무치, 그리고 천수까지 의아한 표정을 지으며 추평을 바라보았다.

"그거 개방에도 있다. 장 서방은 관을 내려놔라."

장 서방이 이상하다는 듯 고개를 갸웃거리며 진가운을 바라보았다.

"장 서방, 내려놓으세요."

장 서방이 들었던 관을 다시 조심스럽게 마당에 내려놓았다.

입이 길게 찢어진 채 관을 향해 다가가는 추평. 모였던 사람들의 눈이 일시에 추평에게로 쏠렸다.

"개방에도 이런 것 있습니다. 앞으로 추평도 풍월 어르신이나 무치와 마찬가지로 이 일을 하겠습니다. 관은 앞으로 장 서방이 만듭니다. 이제 구골신개 추평은 관을 만들지 않겠습니다."

혼자 중얼거리던 추평이 관을 앞에 두고 땅바닥에 주저앉았다. 그리고 가부좌를 틀었다.

'제길… 더럽게 힘드네.'

생각보다 가부좌라는 자세가 쉬운 것이 아니다. 어떻게 된 놈의 발이 잘 구부려지지를 않는다. 하나 이대로 포기할 수는 없는 일.

추평이 억지로 가부좌를 틀고 관을 한동안 바라보다가 지그시 두 눈을 감았다. 평상시의 추평이라고는 믿어지지 않을 근엄한 모습에 진가운을 비롯한 식구들이 긴장된 표정을 지었다. 어쩌면 개방도 개방 나름대로 사자(死者)에 대한 진언이 있을지도 모른다는 생각이 들었다.

풍월 진인의 얼굴이 일그러졌다.

추평의 거지 근성을 조금이나마 없애줄 생각으로 일일부작 일일불식이라는 불교의 격언까지 끌어다 붙였는데 어쩌면 도로 아미타불이 되어버릴지도 몰랐다.

꿀꺽!

풍월 진인이 긴장한 얼굴로 추평을 바라보았다. 그와 동시에 추평의 입이 달싹거리기 시작했다.

"어얼… 씨 구 씨 구 드… 들어간다. 저얼… 씨 구 씨 구 드… 들어간다."

근엄한 얼굴에서 나오는 추평의 읊조림.

'저… 저놈이……!'

일시 긴장하고 있던 풍월 진인의 얼굴이 벌겋게 상기됐다.

각설이 타령.

거지들이 매일 쪽박을 들고 집 앞에서 떠드는 소리다.

'허허, 이 녀석이 급하기는 급했던 모양일세.'

한편으로는 어이가 없었지만 그래도 추평의 얼굴이 너무 진지해 다음은 어떻게 할 요량인지 보고 싶었다.

풍월 진인이 꾹 눌러 참고 추평을 바라보았다.

'오호, 된다.'

추평의 입이 길게 늘어났다. 혹 이것이 아닐지도 모른다는 생각에 잔뜩 긴장하고 떨리는 목소리로 조용히 외쳐 보았는데 여태껏 풍월 말코에게서 아무런 소리가 들리지 않았다.

'그래, 이제 본격적으로 한번 해볼까.'

두려운 마음이 달아난 추평의 입이 좀 더 자신있게 움직였다.

"작년에 왔던 개방 제자가 죽지도 않고 또 왔네. 어허, 거지가 잘도 헌다. 어허, 개방 제자 잘도 헌다!"

보고 있는 진가운과 예하령, 그리고 장 서방의 어깨가 저절로 들썩일 정도의 흥겨운 가락.

"일자나… 커헉!"

본격적으로 나가려던 추평의 입에서 비명이 터졌다. 어느새 날아왔는지 추평의 머리에 풍월 진인의 주먹이 닿아 있었다.

한 주먹에 추평의 입을 막은 풍월 진인이 고개를 돌려 예하령을 바라보았다.

"허허. 아침부터 귀를 어지럽혀 죄송합니다. 내일부터는 그러지 않도록 추평에게 단단히 교육을 시키겠습니다."

풍월 진인이 예하령에게 허리를 한번 숙여 보이고는 넋을 잃은 채 땅바닥에 주저앉아 있는 추평의 옷을 잡았다.

질질질…….

풍월 진인의 손에 잡혀 개 끌려가듯 끌려가는 추평.

그런 추평을 장 서방과 천수가 안타까운 시선으로 바라보았다.

"크아악!"

"어무이!"

"추평 살려!"

풍월 진인이 추평에게 무슨 짓을 하는지 이내 헛간 있는 곳에서 추평의 비명이 가늘게 새어 나왔다. 추평의 비명이 터질 때마다 장 서방이 놀라 어깨를 움찔거렸다.

"그럼 다녀올게."

진가운이 예하령을 비롯한 식구들에게 한마디를 건넨 후 장 서방과 함께 문을 나섰다.

"푸훗!"

문을 열고 장의점을 나오자마자 진가운이 웃음을 터뜨렸다.

헛간에 들어가 풍월 진인에게 죽도록 맞았을 추평의 얼굴을 생각하니 저절로 웃음이 나왔다.

"주인님! 무슨 일 있으십니까?"

"아닙니다. 상갓집에서 기다리겠어요. 서두르지요."

"예, 주인님!"

장 서방이 말의 고삐를 슬쩍 잡아당기자 멈춰 있던 말이 도리질을 치며 관이 잔뜩 실려 있는 마차를 끌고 앞으로 나갔다.

진가운이 장 서방과 함께 찾아간 곳은 제상진이라는 사람의 집이다.

진가운이 평소에 염을 하러 다니던 거대한 장원에는 비할 바 아니지만 그래도 여느 백성들의 초가에 비하면 당당한 와옥(瓦屋)이다.

대문에 서서 제상진의 집을 바라본 진가운의 입가에 슬쩍 미소가 번졌다.

'돈 떼일 염려는 없겠군.'

솔직히 어제 제상진이라는 자의 방문을 받았을 때만 해도 걱정이 되었다. 제상진의 복장이 그동안 자신이 상대했던 사람들과는 비교도 되지 않을 정도로 허름했기 때문이다.

진가운이 천천히 와옥의 정문으로 걸어갔다.

"계십니까?"

"뉘신지요?"

끼이익!

문이 열리며 삼십대 후반 정도 되어 보이는 소복을 입은 여인이 얼굴을 내밀었다.

"저는 진가운이라고 합니다."

"아, 그러세요. 그렇지 않아도 기다리고 있었습니다. 안으로 드세요."

진가운이 안으로 들어가자 여인이 앞장서며 진가운과 장 서방을 안내했다.

"여보!"

여인의 부름에 방문이 열리며 사내가 모습을 드러냈다.

제상진, 어제 진가운에게 자신의 돌아가신 아버지의 염을 부탁하러 왔던 사내다.

진가운을 발견한 제상진이 밖으로 나오며 진가운을 맞았다.

"안으로 드시지요."

"예."

진가운이 장 서방, 제상진과 함께 방 안으로 들어갔다.

"누구냐?"

"……."

노파(老婆)!

사람이 이렇게까지 주름이 질 수 있다는 것을 보여주는 듯 얼굴에 주름이 자글자글한 노파가 방 안으로 들어서는 진가운과 장 서방을 바라보았다.

'곧 제 고객이 되시겠구려.'

노파를 본 진가운이 첫 번째로 생각한 것이다.

그런 진가운의 마음을 아는지 모르는지 뚫어져라 진가운과 장 서방을 바라보던 노파가 알겠다는 듯 고개를 끄덕였다.

"오~ 의원이시구면."

쪼그랑 노파가 자리에서 힘겹게 일어나 장 서방의 손을 덥석 잡았다.

"이보게, 의원. 우리 영감이 잠을 자는 병이 들었어. 그러니 의원이 우리 영감 꼭 좀 깨워줘! 알았지?"

노파의 이야기에 진가운은 말문이 막혔다.

지금 장 서방에게 말을 건네는 이 노파는 자신의 남편이 죽었다는 것을 모르고 있었다. 아니, 어쩌면 알면서도 그것을 인정하고 싶지 않았는지도 모른다.

"어머니!"

제상진이 노파에게 다가왔다.

"어머니, 의원님들께서 병을 고칠 수 있게 저희들은 나가야 합니다."

제상진의 말에 노파의 얼굴이 환하게 변했다.

잠시 진가운과 장 서방, 그리고 이미 시신이 되어 있는 남편을 바라보던 노파가 속옷에 손을 집어넣었다가 꺼냈다.

"우리 영감 살려주면 하나 더 줄게."

장 서방의 손을 펼치고 노파가 물건 하나를 쥐어주었다.

과자.

작은 과자 하나가 보였다.

그것을 보는 제상진 부부의 눈에 슬쩍 눈물이 고였다. 그렇지만 아버지의 염을 위해서는 일단 어머니를 밖으로 모셔야 했다.

"어머니, 이제 나가요."

제상진의 말에 노파가 고개를 끄덕였다.

아들의 부축을 받으며 자리에서 일어선 노파가 문을 나서기 전 방 안에 누워 있는 노인의 시신을 바라보았다.

"그래. 가자."

방문을 나서는 노파를 바라보던 진가운의 가슴이 메어졌다.

눈물.

방문을 나서는 노파의 눈에서 눈물이 흘러내리고 있었다.

노파 역시 자신의 남편이 죽었다는 것을 알고 있었던 것인지는 모르지만 노파의 눈물 한 방울은 진가운이 일찍이 경험하지 못한 충격이었다.

노파를 내보낸 후 본격적인 염이 시작되었다.

신중한 손놀림. 마지막으로 문을 나서는 노파의 눈에서 본 눈물 때문인지 진가운의 손이 오늘따라 유달리 신중했다.

평상시 한 시진도 걸리지 않던 염이 두 시진이 되어서야 간신히 끝났다.

"휴우. 장 서방은 밖에 있는 관을 안으로 가져오세요."

"예, 주인님!"

장 서방이 밖으로 나가더니 서너 명의 사람들과 함께 관을 들고 방으로 들어왔다. 장 서방과 함께 관을 들고 나타난 사람들을 본 진가운의 눈이 슬쩍 빛났다.

표사(鏢士).

장 서방과 함께 관을 들고 나타난 사람들은 표사였다.

"제상진이라는 분이 표사이신 모양입니다."

"아닙니다. 표두 어르신입니다."

"그러시군요. 이제 돌아가신 어르신을 관에 모시기만 하면 됩니다. 도와주시겠습니까?"

"그러지요."

진가운의 제의에 흔쾌히 승낙하는 표사들.

표사들과 함께 제 표두 부친의 시신을 관에 정성껏 모셨다.

"그냥 가시면 섭섭합니다. 탁주(濁酒)라도 한 사발 드시고 가셔야지요."

이제 막 입관까지 마치고 돌아서려는 진가운을 제상진이 말렸다.

대부호나 관료의 집에서는 한번도 들어보지 못했던 말이다.

역시 대부호들과는 달리 표두 제상진에게서는 사람 냄새가 났다.

"허허, 이러시면 안 되는데……."

진가운이 못 이기는 척 표사들이 앉아 있는 곳에 동석했다.

호상(好喪)이라 그런지 분위기가 그렇게 어두운 것은 아니었다. 이 따금 웃음소리가 들려오기도 했다.

"그런데 자네 그 말 들었나?"

"뭔 말?"

"글쎄, 금산장주가 위독하다네."

"뭐… 뭐야? 그게 정말이야?"

표사들이 일제히 눈이 동그래져서 말을 꺼낸 표사를 바라보았다.

진가운이 뚫어져라 표사의 입을 바라보는 사이 표사의 말이 다시 이 어졌다.

"내 낙양표국에 친구 녀석이 있는데 그 녀석에게 들었으니 틀림없을 걸세. 낙양표국의 주인이 바로 황금왕 주금천 금산장주 아닌가?"

"그래. 살아날 가능성이 아주 없다고 하던가?"

"힘든가 보네. 금산장 사람들이 낙양에서 용하다는 명의들을 모두 불러들였지만 아직까지 차도가 없다고 하네."

"허허, 참. 죽음 앞에서는 황금도 무력하구먼 그래."

후루룩.

진가운이 급히 앞에 있는 탁주 한 사발을 단숨에 들이키고 자리에서 일어났다.

"뭐야? 그게 정말이야? 아… 아버지가 지금 위독하시단 말이야?"

"그래."

진가운의 말에 예하령이 자리에서 벌떡 일어났다.

"가야 돼!"

"잠깐 앉아 있어. 지금처럼 아무 대책 없이 가봐야 소용없어."

"그래도 가야 돼."

"하루만 기다려."

"하루?"

"그래, 하루. 그사이에 최대한 준비를 하는 거야."

"준비?"

"그래. 먼저 황금왕 어르신을 구할 사람을 찾아야 돼."

"낙양에 있는 명의들을 모두 불러들였다며?"

예하령의 말에 진가운이 한심하다는 듯 예하령을 바라보았다. 그런 진가운의 모습에 기분이 상한 듯 예하령의 이마에 골이 생겼다.

"지금 주금천 어르신이 없는 금산장에서 누가 일을 처리할 것 같아?

바로 너야. 아니, 너로 가장한 그 가짜 계집애야. 그런 계집애가 제대로 된 의원을 찾을 것 같아? 모르긴 몰라도 주금천 어르신의 병도 다 그 계집애가 꾸민 일일 거야."

"그럼 어떡해?"

"어떡하긴 뭘 어떡해. 우리들이 명의를 찾아 모셔가야지. 그리고 너도 문제야. 아무리 명의를 찾아 가더라도 지금 네 모습으로 갔다가는 주금천 어르신은 만나뵙지도 못해."

"……."

"사실 주금천 어르신의 병을 살필 명의는 이미 알아봐 뒀어."

"누구……."

궁금한 듯 입을 열던 예하령의 얼굴이 밝아졌다. 그런 예하령을 보며 진가운이 고개를 끄덕였다.

"문제는 네 얼굴이야. 잠시나마 본래의 모습이라면 되겠는데……."

"이거면 되잖아."

예하령이 손을 들어 자신의 얼굴을 가리켰다.

예하령을 잠시 바라보던 진가운의 머리 속으로 금산장에서 자신과 일전을 벌였던 노인의 모습이 떠올랐다.

진가운이 고개를 가로저었다. 물론 평범한 사람들이라면 인피면구로 속일 수 있지만 초절정의 고수들에게는 통하지 않는 것이 인피면구였기 때문이다.

"그것은 가면서 천천히 생각하고 일단 너는 나와 함께 복 의원에게 가자."

"같이?"

"그래. 그 늙은이가 공짜로 환자 봐줄 것 같아? 모르긴 몰라도 엄청나게 비싸게 나올 거야."

"네가 좀 내줘."

"미쳤어? 내가 그 돈을 내게. 모르긴 몰라도 그 욕심 많은 늙은이를 생각할 때 지금까지 피땀 흘려 모은 돈, 한번에 날아갈 거야."

"나, 돈 없는데……."

"걱정하지 마. 일단 외상으로 하면 돼."

"해줄까?"

"물론 그 심통 많은 늙은이가 해줄 리가 없지."

"그런데 어떻게……?"

"이자 줘야지. 염왕채 이자보다 두 배 정도 더 준다고 하면 해줄 거야."

"알았어. 가자."

마음이 다급해진 예하령이 더 이상 생각할 것도 없다는 듯 자리에서 벌떡 일어났다.

"앉아. 아직 할 일이 남았어. 장 서방!"

"예, 주인님!"

"가서 풍월 진인 좀 모셔오세요."

"예."

"도사 할아버지는 왜?"

"이번 기회에 아주 금산장을 되찾아야겠어."

"정말?"

금산장을 되찾겠다는 말에 예하령의 눈이 커졌다.

"그래. 그러니까 너도 약속 지켜. 알았지?"

"응."

예하령이 고개를 끄덕이는 것과 동시에 문이 열리며 풍월 진인이 방 안으로 들어왔다.

"찾으셨는가?"

"예. 귀봉채 산적들 가운데 가장 쓸 만한 녀석으로 열 명만 골라주십시오. 내일 아침 금산장으로 출발할 것입니다."

"알겠네. 준비해 두겠네."

"감사합니다."

진가운이 자리에서 일어나자 예하령도 따라 일어났다.

필꿈치를 탁자에 올리고 슬쩍 편 손바닥 위에 턱을 고인 채 진가운과 예하령, 두 사람을 빤히 들여다보는 복환용의 몇 가닥 되지 않는 턱수염이 파르르 떨렸다.

"그래, 외상이다 이 말이지?"

"……."

진가운과 예하령이 고개를 끄덕였다.

"안……."

진가운이 급히 예하령의 옆구리를 찔렀다.

"이… 이자 있어요!"

예하령의 고함에 복환용이 급히 입을 다물더니 예하령을 향해 고개를 돌렸다.

"염왕채 이자 두 배요."

"……!"

복환용의 눈이 커졌다.

염왕채 이자 두 배라면 원금과 맞먹는 금액이다. 자신이 말한 금액이 은자 일만 냥이다. 거기에 이자까지 합치면 은자 이만 냥.

아무리 강서성 남창 시내에 명의로 소문이 자자한 자신이지만 결코 한번에 벌 수 있는 금액은 아니다. 그렇지만 돈을 받을 가능성이 너무 적었다.

아니, 솔직히 은자만이 문제라면 고민을 하지 않았을 것이다. 여태 껏 돈이 없는 환자들에게 무료로 치료해 준 것도 한두 번이 아니다. 문제는 이번 일이 너무 위험하다는 것이다. 정확한 말은 하지 않지만 금산장에 무슨 일이 벌어지고 있고 그 일은 자신의 생명을 위협하는 일이 분명했다.

'미치겠네.'

복환용이 슬쩍 고개를 들어 자신을 바라보고 있는 진가운과 예하령을 다시 한 번 살폈다.

예하령의 눈에서 조르륵 눈물이 떨어졌다.

'제길. 그래 어차피 살 만큼 살았다.'

"좋아. 해주지. 내일 진시(辰時) 정각에 네놈에게 갈 것이니 그리 알아."

"영감 고마워."

"됐어. 내가 도둑놈이야, 삼만 냥이나 받게?"

'망할 늙은이. 꼭 중요한 순간에 딴소리야.'

평소 같으면 복환용에게 소리라도 버럭 질렀을 것이지만 오늘은 참기로 했다.

예하령이 진가운을 한번 쳐다본 후 자리에서 일어났다.

"잠깐 더 앉아 있어."

"……."

진가운의 말에 예하령이 다시 자리에 앉았다.

"영감, 얼굴 잠깐 고쳐 줄 수 있어?"

"뭐?"

"인피면구 말고 얼굴을 고쳐 줄 수 있느냐고."

"왜?"

"……!"

진가운의 눈이 커졌다.

전음.

여태껏 무공이라고는 마당 쓰는 빗자루 휘두르는 것이 전부라고 생각한 복환용이 전음을 펼친 것이다.

아무리 복환용이 자신의 무공을 속이고 있더라도 진가운의 눈을 속일 수는 없는 법이다. 그런 진가운이 수없이 만났음에도 진가운은 복환용이 무공을 익힌 무인이라는 사실을 몰랐다.

'고… 고수다. 그것도 명운 대선사님이나 풍월 진인 어르신에 버금가는 기인(奇人)이다.'

진가운이 놀란 눈으로 복환용을 바라보았다.

"묻지 않느냐, 이유를. 그리고 금산장에서는 무슨 일이 벌어지고 있는 것이냐? 금산장주 주금천의 여식이 왜 이 모양이 되어 나타난 것이냐?"

"여… 영감!"

"말을 하거라. 그것을 말해 준다면 비록 잠깐 동안이지만 주금천의 여식의 얼굴을 어느 누구도 알아보지 못하게 바꿔줄 수 있다."

진가운의 입이 달싹거렸다.

이렇게 된 이상 복환용에게 더 이상 숨길 필요가 없다고 생각했다.

진가운의 입이 달싹거림에 따라 복환용의 얼굴이 천천히 굳어져 갔다.

아침에 일어나자마자 진가운이 가부좌를 틀고 앉았다.

자리에 앉은 진가운이 조용히 눈을 감았다.

운기!

실로 오랜만에 가부좌를 틀고 앉아 정식으로 해보는 운기다.

어린 시절 사부 추전호에게 온갖 구박을 받으며 익힌 운기법(運氣法)이다. 그때의 생각을 하면 지금도 치가 떨린다.

그래서인가 사부가 죽은 이후로 이렇게 정식으로 운기를 해보기는 처음이다. 그런데 오늘 모처럼 진가운이 방에서 가부좌를 틀고 앉은 것이다.

명운 대선사.

진가운의 머리 속에 명운 대선사와 비무를 벌일 때의 모습이 떠올랐다. 인정하기는 싫지만 자신의 고전이 분명했다. 그동안 꾸준히 운기를 하며 스스로의 무공을 다듬었다면 그런 고전은 하지 않았을 것이라는 생각이 들었다.

'잊자! 운기는 무념(無念) 속에서 시작하는 법이다.'

처음 운기라는 것을 배울 때 사부가 항상 했던 말이다. 그 말을 들으면서 '잊기는 뭘 잊어?' 라고 반항하곤 했는데…….

그렇게 눈을 감은 지 얼마, 진가운의 몸이 공중으로 슬쩍 떠올랐다. 그와 동시에 진가운의 몸 주변으로 안개인지 아지랑인지 모를 뿌연 기운이 퍼지기 시작했다.

그렇게 퍼져 가던 무연(霧煙)이 시간이 지나며 서서히 진가운의 몸 주변으로 모여들었다.

무연이 모여들면서 그 색이 점점 짙은 자색으로 변했다.

그러기를 얼마. 몸 주변에 짙은 자색으로 남아 있던 무연이 조금씩 위로 올라가기 시작했다.

휘이잉!

진가운의 머리 위로 올라간 자색 무연이 소용돌이를 일으키며 진가운의 머리 위에서 소용돌이쳤다.

소용돌이 때문인지 흩어져 있던 무연은 몇 개의 테가 되어 진가운의 머리 위를 돌았다.

무념무상(無念無想).

안쪽에 있는 작은 고리 모양의 무연이 그저 눈을 감고 평화로운 모습을 하고 있는 진가운의 코로 빨려 들어갔다. 그 와중에도 진가운의 몸에서는 아무런 변화가 없었다. 그저 공중에 살짝 떠올랐을 뿐이다.

번쩍!

마지막 가장 밖에서 고리를 형성했던 무연이 진가운의 콧속으로 빨려 들어가는 것과 동시에 진가운이 눈을 떴다.

찌리릿!

진가운의 눈에서 날카로운 빛이 순간적으로 쏟아졌다 사라졌다.

"후우~!"

진가운의 한숨과 함께 공중에 떠올랐던 진가운의 몸이 바닥에 내려앉았다.

상쾌함.

운기를 마친 진가운이 처음으로 느낀 기분은 상쾌함이다.

날아갈 듯한 기분. 정말이지 이런 기분을 느끼기는 처음이다. 단순히 상쾌함이라고 표현하기에는 부족하다. 시원한 느낌과 동시에 만족의 기분이 가슴속으로 밀려들어 오는 그야말로 형용하기 어려운 기분이다.

"좋군."

진가운이 말로 표현할 수 있는 것은 이것이 다였다.

오랜만에 정식으로 가부좌를 틀고 해보는 운기라 그런지 여태껏 운기를 하면서 한번도 느껴보지 못한 즐거움이다. 그러고 보니 최근 들어 조금씩 느껴지던 피곤함도 전혀 느껴지지 않았다.

씨익!

진가운이 미소를 한 번 짓고 천천히 밖으로 나갔다.

종종걸음을 치며 마당을 서성거리는 예하령의 모습이 가장 먼저 눈에 들어왔다. 하기야 아버지의 생명이 지척에 달렸는데 지금과 같은 모습을 보이지 않는다면 오히려 그것이 비정상일 것이다.

"준비는 다 된 거야?"

"그렇다."

엉뚱한 곳에서 들려오는 대답.

진가운도 예하령도 이상하다는 표정을 지으며 고개를 돌렸다.

추평과 무치.

두 사람이 서 있다.

'저건 뭐야?

진가운의 시선이 추평에게 쏠렸다.

무치 역시 스님의 모습을 가려야겠다고 죽립을 눌러썼지만 그 모습은 이미 서너 차례 본 적이 있었다. 하나 추평의 모습은 정말이지 특이하다.

등에 짐 보따리를 잔뜩 지고 서 있다.

어설프게 싸서 밖으로 슬쩍 드러나 보이는 것은 집 부엌에 걸려 있던 무쇠 솥이다.

'이것들이 진짜!'

진가운의 얼굴이 천천히 일그러지기 시작했다.

진가운은 추평이 생사를 앞에 두고서도 장난을 치고 있다고 생각했다.

"그게 뭡니까?"

"뭐긴 뭐야, 솥이지."

"등에 있는 것 원래 위치에 못 놔둬요! 지금 장난하지는 겁니까, 뭡니까?"

"안 된다. 육포는 맛없다. 역시 밥이 최고다. 추평은 밥을 해먹을 거다."

"추 장로님, 쌀은 안 가져가십니까?"

"아! 맞다! 쌀을 잊고 있었다. 무치야, 고맙다."

후다닥!

무치의 농담에 추평이 급히 부엌으로 달려갔다. 그리고는 무쇠 솥에 부엌에 있는 쌀독까지 얹어서 나타났다. 그 모습을 보는 진가운으로서는 기가 막혔다.

추평에게 농담을 던진 무치 역시 놀라기는 마찬가지였다.

"명령입니다. 당장에 원위치시키고 돌아오세요."

예하령의 한마디.

추평의 입이 씰룩거렸다.

그렇지만 명령이라니 어쩔 수 없는 일이다. 예하령의 명령을 어겼다가는 풍월 진인의 손에 작살이 나니 달리 방법이 없었다.

'제길, 육포는 정말 입에 안 맞는데……'

추평이 볼이 잔뜩 부운 얼굴로 부엌으로 몸을 돌렸다.

잠시 후 시무룩한 얼굴로 추평이 마당으로 돌아왔다.

"장 서방, 내가 돌아올 때까지 장의점 잘 지켜요."

"예, 주인님!"

장 서방이 진가운을 배웅하기 위해 밖으로 나왔다.

"아가씨하고 두 분께서도 조심해서 다녀오십시오."

"아가씨 아니라니까. 출발!"

진가운의 신경질에 가득 찬 한마디와 함께 진가운, 예하령, 추평, 무치가 문을 나섰다.

"야, 이 망할 놈아!"

뒤에서 들려오는 고함 소리.

진가운을 비롯한 일행이 고개를 돌렸다.

멀리서 손을 휘저으며 숨을 할딱거리며 달려오는 사람은 금산장주 주금천의 치료를 위해 은자 이만 냥을 주기로 하고 금산장에 동행키로한 복환용이었다.

'그러고 보니 저 노인네를 까먹었네.'

큰일날 뻔했다. 금산장으로 가면서 가장 중요한 사람을 놔두고 갈 뻔한 것이다.

"휴우~"

진가운이 안도의 한숨을 내쉬며 복환용이 달려오기를 기다렸다.

"이 똥물에 튀겨 죽일 새끼야! 아침부터 노인네 발바닥에서 땀나게 만들어!"

휘익!

진가운에게 다가서자마자 복환용의 주먹이 날아들었다.

진가운이 급히 몸을 뒤로 움직였다.

빠악!

그러나 복환용의 주먹은 정확히 진가운의 턱에 떨어졌다.

"……!"

진가운이 놀란 얼굴로 복환용을 바라보았다.

사실 이번의 몸 동작에는 천하제일의 신법이라는 곤륜파의 운룡대 팔식을 보법으로 바꾸어 펼쳤다. 추평과 무치 같은 초절정의 고수도 눈치채지 못할 완벽한 보법이다.

하나 복환용의 주먹은 아무 상관 없다는 듯 진가운의 턱을 날려 버렸다.

'역시 예사 늙은이가 아니야.'

"이놈아! 그따위 어설픈 운룡대팔식으로 내 주먹을 피할 수 있을 것 같아? 또다시 이 늙은이를 시험하려 한다면 턱뼈를 작살내 버릴 것이 니 그리 알아!"

복환용의 한마디에 진가운의 등줄기를 타고 식은땀이 흘러내렸다.

낙화.

남창 가운장의점을 나선 진가운 일행은 먼저 낙화 마을을 찾았다.

이곳에서 기다리고 있을 풍월 진인과 반후벽, 그리고 천수와 십여 명의 귀봉채 산적들과 함께 번양호에서 배를 타고 이동하기로 했다.

배의 운행만 순조롭다면 육로보다 훨씬 빨리 낙양에 도착할 수 있는 방법이었다.

"오셨는가?"

미리 낙화 마을 입구에서 기다리고 있던 풍월 진인이 진가운 일행을 반갑게 맞았다.

흠칫.

풍월 진인을 발견한 복환용의 몸이 살짝 흔들렸다.

비록 찰나지간이지만 오직 복환용만을 주시하고 있던 진가운은 그것을 느낄 수 있었다.

진가운이 급히 풍월 진인을 바라보았다. 예상과는 달리 풍월 진인의 얼굴에서는 어떠한 변화도 없었다. 그것으로 보아 의원 복환용은 풍월 진인을 알고 있지만 풍월 진인은 복환용을 모르고 있는 것이다.

복환용의 신분에 대한 의혹이 점점 짙어지는 가운데 진가운 일행은 어느덧 번양호에 도착했다.

제19장

금산장 탈환 작전을 앞두고

번양호에서 호북성 북쪽인 소하(小河)까지 가는 배는 어렵지 않게 구할 수 있는 일이다. 제법 큰 물줄기인 한수(漢水)를 따라 이동하는 뱃길이라 여러 대의 배가 소하를 경유하기 때문이다. 그렇지만 무슨 일인지 진가운은 배 이곳저곳을 분주히 돌아다녔다.

한참 동안 번양호 포구를 분주히 움직이던 진가운이 마침내 일행을 태우고 갈 배를 잡았는지 급히 풍월 진인을 비롯한 일행에게 다가왔다.

"허허, 배는 마련이 되었는가?"

"예, 마련되었습니다. 저를 따르십시오."

"망할 놈, 평소 하던 짓거리대로 해. 안 하던 짓 하면 오래 못살아."

'저놈의 영감쟁이가.'

획!

풍월 진인을 향해 허리를 숙이고 있던 진가운이 허리를 뻣뻣이 세우며 일행 가운데 제일 우측에 있는 복환용을 향해 고개를 돌렸다. 그런 진가운에게는 관심도 없다는 얼굴로 고개를 돌려 유유히 흐르는 장강(長 江)을 바라보는 복환용.

'좋아, 지금은 어쩔 수 없이 참는다.'

잠시 동안 복환용을 노려보던 진가운이 앞에 있는 풍월 진인에게 다시 허리를 한번 숙이고는 천천히 앞장서서 일행을 안내하며 배가 정박 중인 포구로 걸어나갔다.

"우와, 굉장하다."

번양호에 정박 중인 커다란 배를 바라보는 추평의 입이 벌어졌다.

배라면 고기나 잡는 그저 그렇고 그런 것들로만 생각했던 추평이다. 그렇지만 번양호에 정박 중인 거대한 배들은 그런 추평의 생각을 단숨에 깨뜨려 버렸다. 하기야 기껏해야 열 명 정도 올라타 고기를 잡는 어선과 사람과 화물을 운반하는 상선은 처음부터 비교조차 되지 않는 것이다.

"우와~"

그렇게 포구에 정박한 배를 바라보며 걷던 추평의 눈이 튀어나올 듯 부풀어 오르더니 입이 좌우로 길게 찢어졌다.

어지간한 장원보다 더 큰 거대한 상선. 그 높이가 얼마인지 그 길이가 얼마인지 보고도 짐작이 되지 않는 그야말로 어마어마한 배다.

과연 저 배를 타면 어떤 기분일까 하는 생각에 추평의 가슴이 쿵쾅거렸다.

"어르신, 저 배 보십시오. 굉장하지 않습니까? 어지간한 장원보다 더 큰 듯합니다."

"......"

풍월 진인에게 말을 걸었던 추평의 얼굴이 일그러졌다. 사람이 말을 했으면 대답을 해야 하거늘 풍월 진인은 한마디도 건네지 않았다.

'이봐, 늙은이! 사람 말이 말 같지 않다 이거야 뭐야?

획!

추평이 고개를 돌렸다.

"어라?"

당연히 옆에 있을 것으로 생각했던 풍월 진인의 모습이 보이지 않았다. 풍월 진인뿐만 아니라 진가운을 비롯한 그의 일행 모습이 눈을 씻고 찾아봐도 보이지 않았다.

"이놈 무엇 하느냐? 냉큼 달려오지 않고."

멀리서 들려오는 풍월 진인의 목소리에 추평이 급히 소리가 들려온 곳으로 발이 보이지 않도록 재빨리 달려갔다.

"제길."

추평의 입에서 불만에 가득 찬 한 소리가 터졌다.

지금 추평이 있는 곳은 자신이 보고 깜짝 놀란 그 배보다는 작지만 제법 거대한 배다. 그토록 타보기를 열망한 거대한 상선. 그렇지만 추평의 얼굴은 잔뜩 일그러져 있었다.

쿵!

추평의 귀로 북소리가 들렸다. 추평이 슬쩍 뒤를 돌아보았다. 북을 치는 중년의 사내. 도사공(都沙工)이라 했다. 도사공을 힐끔 노려보던 추평이 고개를 다시 원래의 위치로 돌렸다.

"영차."

소리와 함께 추평이 양팔을 앞으로 쭉 뻗었다.

쿵!

"영차."

다시 한 번 북소리가 들리자 추평이 앞으로 내뻗었던 팔을 자신의 가슴이 있는 곳으로 바짝 끌어들였다. 볼이 더욱 튀어나온 추평이 한심하다는 표정으로 자신의 양팔을 바라보았다. 추평의 양손에는 노가 잡혀 있었다.

"망할 놈. 그깟 은자 얼마나 된다고 우리들을 뱃놈으로 부려먹는 게야."

추평이 고개를 슬쩍 들었다.

자신의 앞뒤에서 힘차게 노를 젓고 있는 열 명의 인물. 그들은 바로 진가운이 풍월 진인에게 부탁해 금산장 탈환을 위해 특별히 선발된 귀봉채의 정예 산적들이다.

"나 안 해!"

추평이 잡고 있던 노를 내려놓고는 씩씩거리며 계단을 타고 뱃전으로 올라갔다.

"하하하하!"

"호호호호!"

무슨 재미있는 이야기를 나누는지 진가운과 예하령, 그리고 풍월 진인과 복환용이 선상에 앉아 웃음꽃을 피우고 있었다.

'양심이라고는 눈 씻고 찾아봐도 없는 인간들.'

갑판에 올라 한참 동안 진가운 일행을 노려보던 추평이 쿵쾅거리며 다가왔다.

"더 이상은 못합니다!"

추평의 고함에 진가운 일행이 고함을 멈추고 고개를 돌렸다.

풍월 진인의 얼굴이 서서히 일그러졌다.

"못하다니, 그게 무슨 말이냐?"

"못합니다. 무치 그 젊은 놈도 안 하는 일을 제가 왜 합니까?"

"그런가. 그게 불만이었는가? 그럼 무치와 일을 바꾸어주면 되겠는가?"

풍월 진인의 말에 추평의 얼굴이 환해졌다. 적어도 노를 젓는 일이 아니라면 족하다고 생각했다.

"정말이십니까, 어르신?"

풍월 진인이 추평에게 고개를 끄덕이며 미소를 지었다.

"이보게, 무치. 그만 내려오시게. 자네와 일을 교대할 사람이 오셨네."

"정말입니까?"

하늘에서 들려오는 무치의 목소리.

추평이 영문을 모르겠다는 듯 소리가 들리는 곳으로 고개를 들었다.

휘익!

하늘에서 한 마리 새가 지상으로 내려앉듯 무치가 선상으로 날아왔다.

'도대체 어디에 있었던 거야?'

고개를 갸웃거리던 추평을 향해 무치가 반장하며 허리를 숙였다.

"추 장로님, 감사합니다. 저는 갑판 아래로 내려가 열심히 노를 젓도록 하겠습니다."

후닥닥!

평상시와는 다르게 무치가 출렁거리며 급히 계단을 따라 배 밑으로 내려갔다.

"자, 이제 무치와 일을 교대했으니 올라가시게."

"어디를 말씀입니까?"

척!

풍월 진인이 손을 번쩍 쳐들더니 손끝으로 하늘을 가리켰다.

"……"

"어허, 이 사람. 내 갈 곳을 일러주었는데 어찌 그대로 있는 겐가?"

"갈 곳이라뇨?"

"이 사람 추평, 어서 돛대 끝에 올라가지 못하겠는가? 이곳은 곳곳에 바위가 물길을 가로막고 있는 곳일세. 당장 돛대 위로 올라가 배에 무슨 일이 생기지 않도록 물길을 잘 감시하시게."

추평이 급히 배 한복판에 박혀 있는 돛대를 따라 고개를 치켜들었다. 끝이 보이지도 않게 까마득하게 솟아오른 돛대에 거대한 돛이 걸려 있었다.

'뭐야? 그럼 저 끝에 올라가야 한단 말이야?'

추평의 얼굴이 일그러졌다. 생각해 보니 자신이 하던 노를 젓는 일보다 무치의 일이 더 힘들고 위험한 듯 보였다.

'제길, 체면이 있지. 도로 바꾸자고 할 수는 없잖아.'

추평이 얼굴을 붉히며 발로 뱃바닥을 힘차게 딛고는 급히 돛대가 있는 공중으로 몸을 날렸다.

휘익!

한참 동안 날아가던 추평이 다시 돛대를 발로 차며 몸을 더욱 솟구쳐 올렸다.

척!

무사히 돛대 끝에 올라간 추평의 눈에 넓디넓은 한수의 물이 출렁거리며 다가왔다.

휘잉!

바람 한 점 없는 선상과는 다르게 돛대 위에는 시원한 바람이 간간이 불어왔다.

'시원하다.'

올라와 보니 그럭저럭 견딜 만했다. 비록 위험하기는 하지만 노를 저으며 땀을 흘리는 것보다는 괜찮다는 생각이 들었다.

쐐앵!

갑자기 거센 바람이 불었다. 돛대 위에 올라가 먼 강물을 바라보던 추평의 몸이 휘청거렸다.

"아이고!"

추평이 놀라 소리를 지르며 급히 몸에 힘을 주었다.

쐐애앵.

더욱더 거세지는 바람.

몸에 힘을 잔뜩 주고 있음에도 몸이 흔들거릴 정도로 바람이 점점 거세졌다.

'제길, 별게 다 속 썩이고 난리야.'

추평이 급히 몸에서 내력을 약간 끌어올렸다. 흔들거리던 몸이 이내 균형을 잡았다.

추평의 입가에 다시 미소가 번졌다. 지금 뱃바닥에서 북소리에 맞춰 '영차 영차' 하며 있는 힘, 없는 힘 짜내서 노를 젓고 있을 무치를 생각하니 약간은 미안한 생각이 들었다.

"허허허. 이거 다행입니다. 순풍입니다."

상선의 도사공이 웃음을 토하며 갑판으로 올라왔다.

'어라, 저 인간이 왜 올라왔지?

뱃바닥에서 북을 치고 있어야 할 도사공이 웃음을 터뜨리며 뱃전으로 올라온 것이다.

"이제 순풍이니 더 이상 노를 젓지 않아도 될 듯합니다."

'뭐야? 이제는 노를 젓지 않아도 된다고?'

돛대 위에 올라가 강풍을 맞고 있는 추평의 얼굴이 시뻘겋게 달아올랐다.

"허허, 다행입니다. 그럼 아래에 있는 아이들을 불러내도 되겠습니까?"

"물론입니다, 어르신."

도사공의 말에 풍월 진인이 뱃바닥으로 내려가는 입구를 향해 소리쳤다.

"수고 많았다! 이제 올라오너라!"

우르르르!

풍월 진인의 말이 끝나기가 무섭게 노를 젓던 사람들이 일제히 뱃전으로 올라왔다.

휘청!

억울한 얼굴로 그들을 내려다보던 추평의 몸이 크게 흔들렸다. 바람이 점점 거세져 가고 있었다. 추평이 얼굴을 잔뜩 일그러뜨리며 몸의 내력을 조금 더 끌어올렸다.

'망할 놈의 바람이 왜 이렇게 세게 불고 난리야. 이제는 바람도 도움을 안 주는구나.'

돛대 꼭대기에 올라간 추평은 바람이 잠들기를 빌고 빌었지만 호북성 북단, 소하에 이르도록 계속된 바람은 까마득한 돛대 위에 올라 물길을 살피는 추평의 마음을 더욱 춥게 만들었다.

짤랑짤랑.

소하 포구에 내려 마을로 걸어가던 추평의 귀로 진가운의 주머니에서 시작된 은자 소리가 들려왔다.

부족한 뱃사람들을 대신해 노를 저어준 대가로 배에서 내릴 때 도사공이 진가운에게 건넨 은자다.

'망할 새끼, 나를 팔아먹고 돈을 벌어?'

추평은 진가운의 주머니에서 짤랑거리는 은자가 자신의 것이라고 생각했다. 사실 다른 사람들은 잠깐 동안 노를 저었을 뿐이다. 불어오는 강풍에 목숨을 걸고 돛대에 올라 배의 안전을 책임진 것은 자신이었다.

그런 추평의 심정을 아는지 모르는지 진가운은 주머니에 든 은자를 손으로 꼼지락거리며 입가에 미소를 흘리고 있었다.

'얄미운 새끼.'

진가운을 바라보던 추평이 얼굴을 획하고 돌리며 마을을 향해 걸음을 재촉했다.

소하.

제법 큰 포구가 있는 곳이어서인지 포구 바깥쪽으로 나오자 제법 화려한 마을이 보였다. 길을 따라 양쪽에 즐비하게 늘어선 주루와 객잔들은 제법 규모가 있었다.

턱!

추평이 갑자기 걸음을 멈추고 코를 벌름거렸다.

한참 동안 냄새를 맡던 추평의 입이 활짝 벌어졌다.

"우와~! 맛있는 냄새다."

추평이 급히 냄새가 흘러나오는 곳을 향해 달려갔다. 추평의 뒤에서 어리둥절한 표정을 짓던 진가운, 예하령, 풍월 진인, 복환용, 무치 등 진가운 일행이 급히 추평의 뒤를 따라 달려갔다.

구육반점(狗肉飯店).

추평은 안으로 들어갔는지 모습이 보이지 않고 추평을 따라 가장 빨리 달려온 무치가 낭패한 표정을 짓고 있었다.

구육반점, 이름 그대로 개고기 집이다. 이름이 그러하니 어떤 음식을 파는 곳인지 들어가 보지 않아도 뻔한 일이다.

"뭐 해!"

"……."

진가운의 말에 무치가 할 말을 잃은 듯 손을 들어 구육반점이라 쓰여진 현판을 가리켰다.

"맛있겠다."

먼저 소리를 지른 것은 진가운과 함께 나타난 예하령이었다. 무치가 놀란 얼굴로 예하령에게 얼굴을 돌렸다.

무슨 생각을 하는지 입가에 약간의 침까지 흘리며 미소를 짓고 있는 예하령. 잠시 서 있던 예하령이 급히 구육반점 안으로 들어갔다.

"자네야 안 먹으면 그만이지 않나. 우리 같은 노인네들에게는 개고기가 최고라네."

언제 왔는지 풍월 진인과 복환용이 무치에게 빙긋 미소를 짓고는 안으로 들어갔다.

구육반점에 들어갈까 말까로 잠시 고민하며 서 있던 무치가 결심이

선 듯 손을 한번 꽉 움켜쥐고는 조심스럽게 구육반점을 향해 몸을 움직였다.

뒤에 남아 있던 진가운이 슬쩍 고개를 돌렸다. 천수와 반후벽, 그리고 열 명의 귀봉채 산적들이 입가에 군침을 흘리며 구육반점 안을 들여다보고 있었다.

"뭐 해, 들어가지 않고?"

"예? 저희들이 들어가도 되는 겁니까?"

"그걸 말이라고 해. 누군 입이고 누군 주둥이야? 잔말 말고 안으로 들어가."

진가운의 말에 얼굴이 밝아진 귀봉채 산적들이 일제히 구육반점 안으로 우르르 몰려들어 갔다.

"여기다. 주문 내가 벌써 다 했다."

이미 넓은 탁자 하나를 차지하고 있던 추평이 진가운을 비롯해서 나중에 들어오는 사람들을 향해 손을 들어 올리며 자리에서 일어났다.

진가운을 비롯한 일행이 추평이 있는 탁자에 가서 자리에 앉았다. 그런 가운데 드디어 추평이 주문한 음식을 들고 점소이가 모습을 드러냈다.

탕을 곁들인 삶은 개고기.

김이 모락모락 나는 것이 제법 먹음직스러워 보인다.

잠시 진가운을 살피고는 먼저 젓가락을 들어 고기 한 점을 입에 집어넣는 추평과 예하령의 입이 길게 벌어졌다.

"우와~!"

"죽인다."

약속이라도 한 것처럼 추평과 예하령의 입에서 동시에 감탄사가 흘러나왔다. 두 사람의 감탄에 고무됐는지 무치를 제외한 나머지 사람들이 젓가락을 들어 고기 한 점을 입으로 가져갔다.

사르르.

녹는다.

이것 이외에는 달리 설명할 길이 없다.

어떻게 요리를 했는지는 모르지만 입 안에 들어간 고기가 봄날 눈 녹듯 입에서 녹았다.

후루룩!

본격적인 식사.

진가운을 비롯한 사람들이 젓가락을 버리고 손으로 고기를 들고 쉼 없이 입을 움직였다.

"아미타불."

갑작스러운 불호에 진가운과 예하령, 그리고 풍월 진인 등이 슬쩍 고개를 들었다. 두 눈을 지그시 감고 염불을 하는지 입술을 달싹이는 무치.

그 모습을 보니 입맛이 달아났다.

"때려치워. 지금은 식사 시간이야."

추평이 무치에게 한마디를 건네고 다시 입을 움직였다. 잠시 무치의 눈치를 살피던 산적들 역시 개고기를 들고 입을 움직였다.

약간 아쉬운 가운데 그릇에 있던 개고기가 모두 사라졌다.

"나온다."

예하령과 진가운이 고개를 돌렸다.

"……!"

여섯 명의 점소이가 낑낑거리며 두 사람이 하나씩 무엇인가를 들고 진가운이 앉아 있는 식탁으로 다가왔다.

통 개!

혹시 호랑이가 아닐까 싶을 정도로 거대한 크기의 통 개 세 마리가 진가운 일행이 앉아 있는 탁자 위로 올라왔다.

'저건 뭐야?'

어리둥절한 표정으로 추평을 바라보는 진가운.

"주(主)요리 나왔다. 이제 먹자."

'그럼 조금 전에 먹었던 것이 전채(前菜) 요리란 말이야?'

어쩐지 추평이 주문한 음식치고는 양이 조금 적다 싶었다.

잠시 진가운의 눈치를 살피던 추평이 뒷다리 하나를 쭉 찢었다. 그리고는 게 눈 감추듯 입 안에 슬쩍슬쩍 집어넣기 시작했다.

정성스럽게 구석에 박힌 살점 하나하나 빼 먹는 모습이 고승의 참선과 같이 경건하기까지 했다.

"캬아~ 죽인다."

다리 하나를 해결한 추평의 얼굴에 흡족한 미소가 번졌다.

쏘옥!

추평이 급히 뒷다리 뼈를 품속으로 집어넣었다.

"뭐 하는 거야?"

창피한 듯 힐난하는 예하령.

"하하하. 이건 추평의 무기다. 집에 개뼈다귀를 두고 와서 찜찜했는데 잘됐다."

진가운이 알겠다는 듯 고개를 끄덕였다. 그러고 보니 추평의 무기는 바로 이 개의 뒷다리다. 그래서 구골신개라 하지 않던가?

예하령도 알겠다는 듯 고개를 끄덕였다.

세상에서 가장 싼 무기를 휘두르는 고수가 아닐까 하는 생각이 들었다. 무기를 구한 추평이 다시 다리 하나를 뜯었다.

와자자작!

처음 먹을 때와는 달리 뒷다리를 덥석 무는 추평. 그 우악스러운 턱에 뒷다리 뼈가 부러지는 소리가 들렸다. 그렇지만 추평은 이에 개의치 않고 계속 우악스럽게 다리를 뜯었다.

뼈까지 송두리째 먹는 추평. 그리고 보니 처음 그렇게 조심을 떤 이유는 무기 확보 차원이었던 모양이다.

"끄어억! 잘 먹었다."

은자에 대한 불만을 완전히 잊은 추평의 만족스러운 미소와 함께 식사는 끝났다.

이걸 언제나 다 먹나 싶었는데 개 세 마리가 뼈만 남기고 사라지는 데는 그렇게 오랜 시간이 걸리지 않았다. 그런 진가운의 일행을 보며 무치는 계속해서 염불을 외는 듯 입술을 달싹거렸다.

구육반점의 점소이들도 진가운 일행의 왕성한 식욕에 놀란 얼굴로 바라보고 있다가 황급히 차가 담긴 주전자를 들고 왔다.

이후의 여정은 순탄 그 자체였다.

비록 산에서의 노숙이 계속되는 고단한 일정이었지만 예하령을 제외한 나머지 사람들은 그것이 문제가 되지 않았다.

추평이야 본래 거지였으니 어디서 자든 별문제가 되지 않았고, 풍월진인과 무치야 숭산과 무당산이라는 깊은 산에서 생활한 사람이다.

나머지 인물은 더욱 말할 필요가 없었다.

귀봉채의 인물들이야 전직이 산적이 아니던가?

예하령 역시 풍월 진인의 지시를 받은 귀봉채 산적에 의해 편안한 잠자리와 먹을거리가 제공되니 불평을 할 필요가 없었다. 그렇게 해서 남창 가운장의점을 떠난 지 팔 일 만에 진가운 일행은 낙양 시내 뒤쪽에 있는 망산(邙山)에 도착할 수 있었다.

망산에 도착하자마자 귀봉채의 산적들이 분주히 움직이기 시작했다.

다른 산에서와는 달리 이곳 망산에서는 제법 오랫동안 생활을 해야 하기 때문이다. 귀봉채 산적들이 가장 먼저 한 일은 잠자리로 사용될 토굴을 파는 것이었다.

토굴을 파는 귀봉채 산적들이 마냥 신기한 듯 입을 벌린 채 바라보는 예하령.

툭!

어깨에 손이 닿자 예하령이 몸을 한번 흠칫거리고는 고개를 돌렸다. 진가운이 예하령을 바라보고 있었다.

"왜, 네 전공이 땅굴 파는 일인데 못해서 좀이 쑤시냐? 그럼 한번 해 보든지……."

진가운의 한마디에 예하령이 입을 삐쭉거렸다. 땅굴이야 도굴하기 위해 어쩔 수 없이 한 일일 뿐인데 그것을 전공이라 말하는 진가운의 주둥이가 얄밉기 그지없었다.

"그나저나 무슨 일이야?"

"가자."

"어딜?"

"금산장."

"왜?"

"쯧쯧쯧, 머리 나쁜 것이 진가운 저놈이랑 똑같구나. 왜는 왜야? 금산장에서 그 가짜 년을 만나야 네 얼굴을 원래대로 고쳐 놓지!"

복환용의 고함에 예하령의 얼굴이 밝아졌다.

물론 예하령도 그것이 영구적인 것이 아니라는 것은 알고 있다. 그렇지만 잠시 동안이라도 자신의 얼굴을 되찾을 수 있다는 말에 가슴이 두근거렸다.

"빨리 가요!"

예하령이 복환용의 손을 덥석 잡더니 산 아래로 달려갔다.

"케케케케. 보았느냐? 예하령, 이 아이는 네놈보다 내게 더 마음이 있는 게야. 어허, 이 나이에 염복(艶福)이 터졌으니 이를 어이 할꼬."

'망할 늙은이.'

멀리 달아나듯 산을 내려가는 예하령과 복환용을 바라보던 진가운 역시 두 사람을 따라 급히 산을 내려갔다.

끼기긱!

금산장의 정문이 열리며 금산장을 지키는 무사 여덟 명이 먼저 밖으로 나왔다.

자박.

화려한 꽃무늬 치마를 입은 발 하나가 문밖으로 슬쩍 튀어나왔다.

정문을 지켜보던 진가운과 복환용, 그리고 예하령이 잔뜩 긴장한 얼굴로 금산장을 지켜보았다.

서서히 정문 밖으로 몸을 드러내는 여인.

꿀꺽!

드러난 여인의 모습에 진가운이 마른침을 삼켰다.

얼굴은 밝은 달과 같이 훤한 것이 통통하고, 눈썹은 가늘고 둥글게 말려진 것이 마치 초승달 같았다. 여기에 맑고 깨끗한 눈하며, 오뚝한 코에 앵두같이 작으며 붉은 입술. 그 사이로 언뜻언뜻 비치는 하얀 이. 그야말로 어디 하나 나무랄 데 없는 얼굴이다. 거기에 머리는 새까만 것이 길게 드리워져 있었고, 풍만한 듯하지만 굴곡이 분명한 가운데 개미처럼 가는 허리가 단숨에 달려가 껴안고 싶은 마음이 용솟음치는 그런 여인이다.

이번이 처음은 아니다. 지난번 예하령의 말을 듣고 이곳 금산장에 들러 가짜 주하령의 모습을 본 적이 있다. 그럼에도 여인을 본 진가운은 마음을 안정시킬 수가 없었다.

스륵!

진가운이 슬쩍 고개를 돌렸다.

금산장을 나온 가짜 주하령을 날카롭게 노려보는 예하령. 인피면구 속에 들어 있는 예하령의 본모습을 생각하니 몸이 저절로 움찔거렸다.

'아무래도 믿을 수가 없어.'

의심에 가득 찬 눈초리.

"오호, 솜씨가 제법인 놈이구나."

예하령과 진가운이 일제히 고개를 돌려 복환용을 바라보았다.

복환용이 그런 두 사람의 눈길에는 아랑곳하지 않고 연신 고개를 끄덕이다가 자리에서 벌떡 일어났다.

"저것들이 움직인다. 어서 따라가자."

"왜? 얼굴도 봤는데 이제 돌아가야지."

한심하다는 듯 진가운을 바라보는 복환용.

'뭐야? 뭐가 잘못된 거야?'

"멍청하기는… 이놈아, 그 가짜 년 얼굴을 코털 하나까지 자세히 봐야 똑같이 만들 것 아니야. 괜히 어설프게 만들었다가는 안 만드느니만 못한 법이야. 헛소리 그만하고 따라와."

복환용이 급히 일어나 가짜 주하령이 사라진 곳으로 걸어나갔다.

이내 세 사람의 눈에 멀리 수하들과 함께 걸어가는 가짜 주하령과 그녀를 호위하는 두 명의 무사 모습이 들어왔다.

걸어가는 가짜 주하령 일행에게 사람들이 다가와 허리를 숙였다. 가짜 주하령은 자신에게 허리를 숙이는 사람들에게 일일이 미소를 지으며 인사를 나누었다.

그때마다 하얗게 드러나는 이.

진가운의 가슴이 또다시 쿵쾅거리며 의지와는 무관하게 동공이 스르르 풀렸다. 그런 진가운의 마음과는 상관없이 가짜 주하령은 사람들에게 인사를 하며 계속 어디론가 걸어가고 있었다.

가짜 주하령이 호위 무사로 보이는 사람들과 함께 찾아간 곳은 낙양의 시장이었다. 낙양을 관통하는 중주대로(中州大路) 양 옆에 무수히 늘어선 시장들.

가짜 주하령은 그 시장의 상점 대부분을 들러 이야기를 나누고 있었다.

진가운이 슬쩍 고개를 돌려 예하령을 바라보았다.

"천하만물총점 소속 상점들이야."

"저게 다?"

"그래. 저런 상점들은 아무것도 아니야."

예하령이 아무렇지도 않은 듯 내뱉은 한마디에 진가운의 입이 떡 벌어졌다. 그렇게 무수한 상점들은 아무것도 아니라니… 도대체 황금왕 주금천의 재산은 얼마나 되는 것인지 알 수가 없었다.

"이 썩을 놈아! 뭘 그렇게 넋을 잃고 있어? 얼른 따르지 않고."

복환용의 짜증 가득한 한마디에 정신을 차린 진가운이 다시 가짜 주하령의 뒤를 따랐다.

상점들을 돌아본 가짜 주하령과 그의 두 호위 무사가 찾아간 곳은 전보루(全寶樓)라는 객잔이었다.

겉모습만으로도 예사롭지 않게 보이는 화려한 객잔.

주하령 일행을 따라 전보루로 들어가려던 진가운이 급히 걸음을 멈추고 주머니를 뒤졌다. 은자가 든 함을 망산에 두고 온 것이다. 다행히 약간의 은자가 주머니에 있었다.

"휴우! 그래도 다행이다."

진가운이 먼저 전보루 안으로 들어갔다.

점심 시간이 지나서인지 객잔 안에는 사람들이 그렇게 많지는 않았다.

"어서 오십시오."

점소이 하나가 인사를 건네며 다가왔다.

진가운이 고개를 한번 가볍게 끄덕이고 점소이가 안내하는 탁자로 걸어가 예하령, 복환용과 함께 의자에 앉았다. 전면을 향하던 두 눈동자를 모았다가 모두 우측으로 쏠리게 하고는 바쁘게 주문하는 가짜 주하령을 뚫어져라 바라보는 복환용.

"손님!"

점소이의 부름에 복환용을 보고 있던 진가운이 흠칫하며 고개를 들었다.

"손님! 무엇으로 드시겠습니까?"

"아, 깜빡했네. 소면(素麵) 세 그릇만 주시게."

"예, 알겠습니다."

점소이가 몸을 돌려 주방이 있는 곳으로 걸어갔다. 가짜 주하령은 아직도 주문이 끝나지 않았는지 점소이를 향해 계속 무언가 말을 하고 있었다. 마침내 끝난 듯 점소이가 몸을 돌려 주방으로 움직였다.

잠시 후.

진가운이 주문한 소면 세 그릇이 나왔다. 화려한 전보루의 모습과는 어울리지 않는 초라한 소면 세 그릇.

예하령과 복환용이 못마땅한 얼굴로 앞에 놓인 소면 그릇을 바라보았다.

"늙으면 먹기라도 잘해야 하는데 이렇게 부실하게 먹고 일이나 잘할지 모르겠다."

획!

열심히 젓가락을 움직이던 진가운이 고개를 치켜들었다.

"영감, 일 잘 끝나면 먹고 싶은 거 배 터지게 사줄게."

"정말이냐?"

복환용의 물음에 진가운이 슬쩍 고개를 끄덕였다. 일그러졌던 복환용의 얼굴이 이내 펴졌다.

"우겔겔겔. 다시 보니 이 소면 참 먹음직스럽게 생겼구나."

복환용이 젓가락으로 소면을 잔뜩 집어 입 안에 처넣었다.

후루룩!

입 밖으로 길게 나와 있던 소면이 복환용의 입속으로 통째로 빨려 들어갔다.

턱!

소면 한 그릇을 한입에 끝낸 복환용을 시작으로 진가운 일행의 식사는 간단히 끝났다.

식사를 마친 진가운에게 복환용이 슬쩍 손을 내밀었다.

"받거라. 그리고 이 안에 있는 것을 가짜 년이 처먹을 음식에 집어넣어야 한다. 알겠느냐?"

"이게 뭔데?"

"썩을 놈. 이놈아, 내가 뭐라고 말하면 네놈이 알아? 어른이 시키면 시키는 대로 '예 알겠습니다' 하고 따르면 되지, 웬 잔말이 그렇게 많아."

진가운이 눈을 치뜨며 옆에 있는 복환용을 한번 힐끔 노려보고는 의자에서 조용히 일어나 주방이 있는 곳으로 걸어갔다.

점소이 하나가 작은 상 하나에 그릇 세 개를 받쳐 들고 주방을 나서는 것이 보였다. 진가운이 급히 상을 들고 나오는 점소이에게 다가갔다.

진가운이 슬쩍 눈을 깔아 점소이가 들고 가는 그릇들을 살폈다.

화려하게 고명이 얹혀진 한 개의 그릇과 평범한 고명이 얹혀진 두 개의 그릇.

"이보시게."

진가운의 부름에 점소이가 놀란 듯 흠칫하며 고개를 들었다.

휘리릭!

점소이가 고개를 쳐드는 순간을 이용, 진가운이 급히 세 개의 그릇 중 가장 화려한 고명이 얹혀진 그릇에 복환용이 건넨 환을 집어넣었다.

진가운의 움직임을 모른 채 멍한 눈으로 진가운을 바라보는 점소이.
진가운이 손을 들어 점소이의 옷깃을 만졌다.

"어허, 점소이의 생명은 단정한 용모에 있거늘 옷깃이 삐뚤어졌네
그려."

"아이고, 감사합니다."

점소이가 진가운에게 고개를 한 번 숙여 보이고는 음식이 식을까 봐
걱정인 듯 급히 가짜 주하령과 두 명의 무사가 앉아 있는 탁자로 걸어
갔다.

진가운이 자신의 탁자로 다가와 복환용을 슬쩍 바라보며 고개를 끄
덕였다.

제대로 집어넣었느냐?

진가운이 슬쩍 고개를 돌려 가짜 주하령과 그녀의 호위 무사가 식사
하는 탁자를 바라보았다. 예상했던 대로 가장 화려한 고명이 얹혀진
그릇은 가짜 주하령의 앞에 놓여 있었다.

끄덕끄덕.

진가운의 고갯짓을 본 복환용의 얼굴에 미소가 번졌다.

"가자."

복환용이 자리에서 일어나자 진가운과 예하령이 따라 일어나 전보
루 밖으로 나왔다.

"영감! 그나저나 그게 무슨 약이야?"

"탈수환(脫水丸)."

"그게 뭐야?"

"망할 놈. 그걸 내가 왜 가르쳐 줘? 네놈은 그냥 입 닥치고 가만히
있어."

진가운에게 한마디를 내뱉은 복환용이 급히 망산을 향해 발을 움직였다.

망산에서의 아침.

진가운, 예하령, 풍월 진인을 제외한 나머지 사람들이 토굴 앞에 석상처럼 긴장한 얼굴을 하고 있다. 그들의 얼굴을 하나하나 찬찬히 살피며 복환용이 걸음을 옮겼다.

턱!

그렇게 걸음을 옮기던 복환용이 걸음을 멈춘 곳은 추평이 서 있는 앞이었다.

씨익!

'웃지 마, 늙은이야. 재수없어.'

복환용의 미소에 추평의 얼굴이 일그러졌다.

"영감! 왜 나야?"

"네놈이 하인하기에 딱 좋은 면상이야."

"뭐야? 내 얼굴이 어떻게 하인하고 어울려?"

"망할 놈. 생전 거울을 쳐다본 적이 없는 모양이구나."

"싫어. 내가 명색이 천하제일방 개방의 장로 추평이야."

"그건 나도 알아."

복환용이 추평의 멱살을 와락 움켜쥐고는 자기가 머무는 토굴로 끌고 들어갔다. 추평을 토굴로 끌고 온 복환용이 작은 함 하나를 들어 추평 앞에 내려놓았다.

딸깍!

함이 열렸다.

추평이 궁금한 듯 안을 들여다보았다.

추평의 눈에 여러 개의 붓과 작은 병이 보였다. 복환용이 그중에 붓 하나를 집어 들고는 작은 병 안에 집어넣었다. 붓을 병에서 꺼낸 복환용이 얼굴 이곳저곳에 문질렀다. 복환용의 얼굴 곳곳에 주름이 생겼다. 주름이 별로 없는 팽팽한 얼굴 곳곳에 이내 굵직굵직한 주름이 생겼다.

붓칠을 마친 복환용이 함 안에 들어 있는 작은 거울을 들어 얼굴을 살폈다. 새로 변신한 얼굴이 마음에 들었는지 거울을 보며 싱긋 미소를 짓던 복환용이 다른 병 뚜껑을 열더니 손에 흰 가루를 묻히고 머리카락 이곳저곳을 만졌다. 복환용의 머리가 순식간에 호호백발(皤皤白髮)로 변했다.

자신의 변장을 마친 복환용이 고개를 돌려 불만 가득한 얼굴로 노려보고 있는 추평을 힐끔 바라보았다.

"꿔다 논 보릿자루처럼 그렇게 멍청히 있지 말고 이리 와."

마치 도살장에 끌려가는 황소처럼 추평이 꼼지락거리며 복환용 앞으로 다가왔다.

복환용의 손이 다시 분주하게 움직였다. 그렇게 한참 동안 손을 움직이던 복환용이 고개를 한 번 끄덕인 후 거울을 들어 추평에게 비쳐주었다.

'이런 망할 늙은이!'

거울을 보고 있는 추평의 얼굴이 단박에 이지러졌다.

'이 늙은이가 나의 사내다운 모습을 질투하고 있었던 것이 분명해.'

잘생긴 얼굴은 아니지만 그래도 사내답게 생긴 추평. 그렇지만 거울에 비친 모습은 그게 아니었다. 어딘가 약간 모자라 보이는 사내 녀석이 거울에 보였다.

얼굴 곳곳에 점이 박혀 있는 점박이 모습에, 눈은 한쪽이 약간 작은 짝짝이 눈을 하고 있으며 입도 한쪽으로 살짝 기울어졌다.

"마음에 드느냐?"

'노인네, 당신 같으면 이 몰골이 마음에 들겠어?'

"따라와."

복환용이 함을 급히 정리해 토굴 구석에 넣은 후 밖으로 나왔다.

'망할 늙은이.'

밖으로 나서는 복환용을 노려보던 추평이 어쩔 수 없다는 듯 자리에서 일어나 복환용을 따라 천천히 걸음을 움직였다.

"아이고, 이게 무슨 개 같은 일이야."

추평의 얼굴에서 땀이 비 오듯 흘러내렸다.

그런 추평의 모습에는 아랑곳하지 않고 뒷짐까지 진 채 천천히 망산을 내려가는 복환용.

잠시 동안 복환용을 원망이 가득한 얼굴로 바라보던 추평이 이를 악물고 급히 복환용의 뒤를 따랐다.

쐐애액!

발이 보이지도 않을 정도의 빠른 움직임. 그렇게 한참을 달렸다.

"헥헥헥!"

추평의 입에서 거친 숨소리가 터져 나왔다.

복환용의 발걸음은 산천을 유람 나온 팔자 늘어진 늙은이처럼 그렇게 한가롭게 보였다. 그렇지만 그 속도는 그야말로 비호(飛虎)다. 추평이 아무리 전력으로 달려도 천천히 유람하듯 걷는 복환용의 뒤를 따라 잡을 수가 없었다.

'아이고, 저 성질 더러운 늙은이가 도대체 무슨 사기를 치는 거야.'

"영감~"

추평이 급히 고개를 들어 천천히 산을 내려가는 복환용을 불러 세웠다. 한참 앞서 가던 복환용이 걸음을 멈추고 천천히 고개를 돌렸다. 그리고는 한심하다는 표정을 지으며 걸음을 멈췄다.

"빨리 뛰지 못해! 젊은 놈이 왜 그 모양이야!"

추평이 급히 복환용을 향해 전력으로 달려갔다.

헥헥거리는 추평을 보며 복환용이 한심하다는 듯 혀를 찼다.

"한심한 놈, 그렇게 느려 터져서 무슨 동냥질이야? 가자."

추평이 도착하자마자 복환용이 다시 뒷짐을 지고 한 발을 내디뎠다.

'망할 늙은이, 나는 쉬지도 못했는데……'

"늙은이! 그렇게 가면 내 얼굴 다 지워져."

복환용이 급히 걸음을 멈추고 추평을 돌아보았다.

얼굴에서 비 오듯 땀을 흘리는 추평을 보곤 복환용이 알겠다는 듯 고개를 끄덕이더니 걸음을 멈췄다.

그 틈을 이용, 추평이 급히 복환용의 옆 자리까지 달려왔다.

복환용이 옆에 있는 나뭇가지 하나를 집어 들었다.

탁탁!

부싯돌로 나무에 불을 붙이는 복환용.

그렇게 잠시 동안 불이 붙었던 나뭇가지를 땅에 박아 불을 끈 복환용이 추평에게 손을 까닥거렸다.

"……?"

"빨리 앞으로 와."

복환용의 고함에 추평이 조심스럽게 다가갔다.

척!

복환용이 나뭇가지를 들어 다가온 추평의 얼굴에 슬쩍 댔다.

치지직!

추평의 얼굴에서 하얀 연기가 솟구쳐 올랐다.

"아이고, 뜨거워! 늙은이가 사람 잡네!"

복환용의 입에서 자지러지는 듯한 비명이 터져 나왔다. 추평의 비명에 당황한 복환용이 나뭇가지를 추평의 얼굴에서 급히 거두었다. 복환용을 노려보던 추평이 버럭 소리를 질렀다.

"영감! 사람 태워 죽이려고 작정했어?"

목구멍 속의 목젖이 들여다보일 정도로 있는 대로 악을 쓰던 추평이 무엇인가 생각난 듯 급히 손을 들어 얼굴을 만졌다.

한참 동안 얼굴을 더듬거리던 추평의 손가락에 무엇인가 볼록 솟아오른 것이 느껴졌다.

'무… 물집이다.'

휙!

추평이 눈을 부라리며 복환용에게 고개를 돌렸다.

"흠흠. 미안하구나. 그렇지만 어디 점이라는 것이 검은 점만 있다더냐? 이따금 붉은 점도 있는 게야? 그러니 염려 말거라."

'세상에 뭐 이런 늙은이가 다 있어?'

복환용을 노려보던 추평이 버럭 소리를 질렀다.

"영감, 내가 지금 얼굴에 검은 점이 아니라 붉은 점이 생겼다고 화를 내는 거야? 됐잖아!"

"뭐라고? 붉은 점이 더 많았으면 좋겠다고? 알았어."

복환용이 잠시 내려놓았던 나뭇가지를 다시 들어 올렸다. 추평이 벌떡 자리에서 일어나 급히 망산을 내려갔다. 그대로 있다가는 얼굴 곳곳에 물집이 생길 것 같았다.

망산을 부리나케 내려가는 추평을 바라보는 복환용의 입가에 슬쩍 미소가 번졌다.

어느새 복환용과 추평 두 사람의 눈에 금산장의 웅장한 모습이 들어왔다.

끼이익.

두 사람이 천천히 금산장으로 다가가는 도중에 금산장 문이 열리며 한 사람이 밖으로 나왔다. 손으로 제법 큼지막한 보따리를 끼고 있는 것이 의원임이 틀림없었다.

"거참 희한하네."

복환용과 추평 옆을 지나가는 의원이 고개를 갸웃거리며 혼잣말을 지껄였다. 의원의 말을 들은 복환용이 빙긋 미소를 지었다. 그리고 조금 속도를 더해 금산장을 향해 다가갔다.

"계십니까?"

평상시 목소리와는 다른 근엄한 목소리가 복환용의 목구멍을 타고 입 밖으로 흘러나왔다.

저벅저벅.

금산장 안쪽에서 누군가 걸어오는 소리가 들렸다.

"뉘신지는 모르나 죄송합니다. 오늘은 집에 일이 있어 손님을 맞을 수가 없으니 이해하십시오."

복환용이 고개를 끄덕이더니 입을 열었다.

"허허, 이 집안에 화(禍)가 미친 듯하여 들렀거늘…….."

복환용이 추평의 옆구리를 슬쩍 찌르고는 몸을 돌렸다. 추평 역시 복환용과 마찬가지로 몸을 돌렸다.

끼이익!

두 사람이 서너 걸음 정도 발길을 내딛은 순간, 금산장의 정문이 열렸다. 추평이 슬쩍 고개를 돌려 옆에 있는 복환용을 힐끔 바라보았다. 복환용의 입이 옆으로 살짝 찢어졌다. 그러나 복환용은 문이 열리는 소리를 못 들은 척하며 오히려 걸음을 빨리했다.

"어르신! 어르신~!"

누군가 두 사람을 부르는 소리가 들렀다. 그렇지만 복환용은 못 들은 척하고 계속 발을 움직였다.

타다다닥!

뛰어오는 소리.

"어르신!"

조금 전보다 다소 큰 소리가 들렀다. 그제야 복환용이 걸음을 멈추고 몸을 천천히 돌렸다.

사십대 중반의 사내가 복환용과 추평을 향해 허리를 숙였다.

복환용이 놀란 듯 사내를 향해 급히 허리를 숙였다.

"뭔 일이시오?"

"어르신, 조금 전 저희 금산장에 화가 있다고 말씀하셨습니까?"

복환용이 고개를 끄덕이자 중년의 사내가 몸을 흠칫하고는 다가와 복환용의 손을 잡았다.

"어르신, 안으로 드시지요."

복환용이 잠시 망설이는 듯하더니 고개를 끄덕이고 사내를 따랐다.

두 사람이 안내되어 들어간 곳은 금산장의 서고였다. 서고의 벽면에는 이름도 알 수 없는 책으로 가득했다. 눈이 휘둥그레진 채 추평이 사방을 둘러보았다.

'우와, 세상에 무슨 책이 이렇게 많아?'

드르륵.

문이 열리며 중년의 사내가 다과상을 든 여인과 함께 방 안으로 들어왔다.

후닥닥.

다과상이 바닥에 내려지자마자 추평이 얼른 과자를 집어 들고 입에 넣었다.

찌리릿.

복환용이 얼굴을 일그러뜨리며 추평을 노려보았다.

'이봐, 늙은이. 내가 과자를 먹든 말든 늙은이가 무슨 상관이야.'

복환용의 눈치에도 불구하고 추평은 모르는 척 쉬지 않고 과자를 입 안으로 집어넣었다. 하기야 추평과 같은 거지가 이때가 아니면 언제 이런 과자를 먹을 수 있겠는가?

"어르신……."

"허허, 이곳에 계신 귀한 분께서 큰 병이 드셨습니다. 맞습니까?"

복환용의 말에 중년 사내의 눈이 화등잔마냥 커졌다. 어떻게 알았느냐는 모습이다.

'불쌍한 놈. 어떻게 알긴 어떻게 알아. 눈앞에 있는 그 망할 놈의 늙은이가 꾸민 일이니까 알지.'

그런 추평의 안타까운 마음과는 달리 중년 사내는 일말의 희망을 찾은 듯 얼굴이 밝아지며 입을 열었다.

"그렇습니다, 어르신. 저희 아가씨께서 병에 시달리고 계십니다. 이 동네에서는 제법 용하다고 소문난 의원들이 들러 맥을 짚었는데도 이유를 알지 못하겠다고 합니다. 저희 아가씨를 한번 봐주시겠습니까?"

복환용이 잠시 생각하는 듯 눈을 지그시 감았다가 뜨더니 고개를 끄덕였다.

"감사합니다, 어르신."

중년 사내가 급히 자리에서 일어났다. 복환용 역시 중년 사내를 따라 자리에서 일어났다.

두 사람이 자리에서 일어나는 모습에 당황한 것은 추평이었다. 아직도 눈앞에는 많은 과자가 남아 있었다.

'제길, 아까운데……'

잠시 아쉬운 눈으로 다과상을 바라보던 추평이 마지막으로 찻잔을 집어 들었다.

"어허……."

복환용이 뭐라 말하기도 전에 추평이 얼른 찻잔을 입에다 부었다. 이것이라도 다 마셔야 아쉬운 마음이 조금은 풀릴 것 같았다.

"쾌에엑!"

'젠장! 뭐가 이렇게 뜨거운 거야!'

"이놈아, 그렇지 않아도 천천히 마시라고 말하려 했거늘……."

추평이 얼굴을 잔뜩 찡그리고 복환용을 바라보았다. 조금 전 말과는 달리 복환용의 입가에는 미소가 번지고 있었다.

'얄미운 늙은이. 뜨거우면 뜨겁다고 미리 말을 할 것이지.'

중년 사내를 따라 두 사람이 도착한 곳은 작은 건물 앞이었다. 아담해 보이는 것이 제법 운치가 느껴지는 건물이었다.

"안에 누구 있느냐?"

한 여인이 문을 열고 밖으로 나왔다.

"총관 어르신, 오셨습니까?"

"그래, 네가 수고가 많구나. 아가씨께서는 여전하시냐?"

"예, 총관 어르신."

"안으로 드시지요."

복환용이 고개를 한 번 끄덕이고 금산장 총관의 안내를 받으며 방으로 들어갔다.

방에는 천상선녀의 모습을 한 가짜 주하령이 누워 있었다. 온몸을 적시며 땀이 비에 흠뻑 젖은 사람처럼 흘러내렸다.

사람이 이렇게 땀을 많이 흘릴 수도 있다는 사실을 추평은 오늘 처음 알았다.

"아가씨."

조금 전 방에서 나와 총관을 맞았던 여인이 급히 천을 들고 가짜 주하령의 몸을 닦았다.

주르륵!

천에 힘을 주어 짜자 바닥에 있는 제법 큰 그릇에 물이 된 땀이 하나 가득 떨어졌다.

탈수환(脫水丸). 그것은 몸속에 있는 물을 땀이 되어 몸 밖으로 쏟게 하는 것이었다.

복환용이 천천히 가짜 주화령에게 다가가더니 얼굴 이곳저곳을 살폈다.

'미친 늙은이, 살필 게 뭐 있어. 이미 다 알고 있는 병인데.'

추평은 심각한 얼굴을 하고 있는 복환용을 가증스럽다고 생각했다.

복환용이 가짜 주하령의 얼굴을 손으로 자세히 만져 가며 세세하게 살폈다. 그리고는 가짜 주하령의 맥을 짚었다. 그렇게 시간이 잠시 흐른 후 복환용이 가짜 주하령의 손목에서 자신의 손을 뗐다.

'놀고 있네. 늙은이, 진맥은 무슨 얼어죽을 진맥이야? 그따위 짓거리 집어치우고 얼른 일이나 해!'

금산장 총관이 초조한 듯 복환용을 바라보았다.

복환용이 총관을 향해 빙긋 미소를 지었다.

"허허, 그렇게 걱정스러운 표정을 짓지는 마십시오. 예전에도 이와 비슷한 증상을 앓고 있던 사람을 고친 적이 있습니다. 추복아!"

'추복이? 추복이가 누구야?'

어리둥절한 표정을 짓는 추평의 목덜미를 향해 복환용의 손바닥이 날아들었다.

짜악!

추평의 목덜미에 복환용의 손이 닿으며 불이 일더니 이내 붉게 물들었다.

'이 때려죽일 늙은이가?'

추평이 얼굴을 붉히며 고개를 획하고 돌렸다.

"추복이 이놈! 어른이 불렀으면 냉큼 대답을 해야지. 어디서 딴 짓을 하는 게야?"

'뭐야? 그럼 추복이가 나야?'

추평은 그제야 추복이가 자신이라는 사실을 알았다.

"지금 당장 나가서 용루환(龍淚丸)을 가져오너라."

'용루환? 그게 뭐야?'

"이놈아, 나가서 그냥 개똥이나 조금 들고 와."

당황하는 추평의 귀로 복환용의 전음이 들렸다.

'뭐야? 그럼 용루환이 개똥이야?'

잠시 멈칫거리는 추평.

"이놈아! 냉큼 달려가지 않고 무엇 하는 게야?"

"아, 예. 알겠습니다."

추평이 급히 자리에서 일어나 밖으로 달려나왔다.

잠시 후, 동그랗게 뭉친 개똥을 들고 추평이 다시 방으로 돌아왔다. 혹 개똥이 손에 묻기라도 할까 봐 추평이 조심스럽게 복환용에게 내밀었다.

씨익.

그런 추평을 향해 빙긋 미소를 짓던 복환용이 품에서 작은 환 하나를 꺼냈다.

"잘 섞어라."

"예?'

"어허, 이놈이 오늘따라 왜 이렇게 말귀를 못 알아들어. 냉큼 이 환약을 그 용루환과 잘 섞으라는데도."

'이런, 제길.'

추평이 얼굴을 잔뜩 일그러뜨렸다. 그러나 어쩌겠는가? 자신은 지금 복환용의 하인인 것을……

추평이 복환용이 건넨 환약을 받아 들고 있던 개똥과 섞었다.

"그래, 잘 섞었으면 여기 아가씨에게 먹이거라."

"예."

추평이 개똥과 이름 모를 약을 섞은 환을 조심스럽게 가짜 주하령의 입으로 집어넣었다.

꿈틀.

여태껏 움직이지도 못한 채 온몸에서 땀을 비처럼 흘리던 가짜 주하령의 몸이 움직거렸다.

"아… 아가씨!"

금산장 총관이 급히 가짜 주하령에게 다가갔다.

스르륵!

누워 있던 가짜 주하령이 천천히 눈을 떴다.

찌릿.

가짜 주하령의 눈에서 안광이 슬쩍 번졌다. 비록 찰나지간의 모습이었지만 주하령을 지켜보던 복환용의 눈동자가 슬쩍 흔들렸다.

"허허, 이제 정신을 차리셨으니 탕약을 드시면서 몸을 보(保)하면 아무 일이 없을 것입니다."

"감사합니다, 어르신!"

복환용과 추평이 얼른 방에서 일어나 밖으로 나왔다.

"그럼 이 늙은이는 이만."

"어르신, 이거."

금산장 총관이 복환용에게 작은 꾸러미를 건넸다. 복환용이 금산장 총관을 향해 손사래를 쳤다.

"어허, 이거 왜 이러십니까?"

"아닙니다. 그저 작은 성의라고 생각해 주십시오."

싫다며 뿌리치는 복환용의 말에도 불구하고 금산장 총관은 복환용의 주머니에 억지로 작은 꾸러미를 넣어주었다.

복환용의 입이 길게 찢어졌다.

그 모습이 추평의 눈에는 또렷이 보였지만 금산장 총관은 계속 허리를 숙이고 있는지라 복환용의 그런 얼굴을 보지 못했다.

제20장

돌팔이 복환용 금산장에서 쫓겨나다

돌팔이 복환용 금산장에서 쫓겨나다

토굴에 앉아 서로를 바라보는 두 사람. 복환용과 예하령이다.

서로를 바라볼 뿐이다.

무엇인가 할 말이 있는 듯 입이 달싹거리고는 있지만 입 밖으로는 한마디도 흘러나오지 않는다. 그러기를 얼마, 예하령을 무심히 바라보던 복환용이 손을 토굴의 입구를 향해 쭉 뻗었다.

휘익!

바람 한줄기가 토굴을 향해 쏘아져 나갔다.

"아이고."

이내 토굴의 입구에서 신음이 터지더니 한 사람이 얼굴을 양손으로 부여잡고 바닥을 굴렀다.

척!

자리에서 일어난 복환용이 얼굴을 씰룩거리며 토굴 입구로 걸어갔다.

"이 망할 것이 쥐새끼처럼 숨어서 어디를 들여다보고 지랄이야."

얼굴을 양손으로 감싼 채 바닥을 떼구르르 구르던 사내가 자리에서 벌떡 일어서며 복환용에게 얼굴을 돌렸다.

코를 중심으로 얼굴이 시퍼렇게 변한 추평.

"영감! 궁금하니까 그렇지."

"닥쳐. 또다시 토굴 안쪽으로 그 낯짝 몰래 들이밀었다가는 뼈 없는 귀신이 될 줄 알아."

"알았어. 내 더러워서 안 본다."

추평이 사라지는 것을 살펴보던 복환용이 슬쩍 미소를 짓고는 토굴 안으로 들어가 예하령을 마주 보며 앉았다.

"손 내밀어."

"……."

예하령이 슬쩍 고개를 들어 알 수 없다는 표정을 지었다.

"네 상판 바꾸려면 네 녀석 몸 상태부터 알아봐야 돼."

쓰윽!

복환용의 말에 예하령이 자신의 팔을 앞으로 내밀었다. 천천히 예하령의 팔을 살피던 복환용이 고개를 한번 끄덕이고는 예하령의 손목을 슬쩍 잡았다.

지그시 감고 있는 복환용의 눈이 살짝살짝 떨렸다.

"……!"

복환용이 놀란 얼굴로 예하령을 바라보았다.

'어허, 이 아이의 몸속에 어찌 이런 기운이…….'

잠시 당황하는 모습을 보이던 복환용이 다시 눈을 지그시 감았다. 고개를 끄덕이며 예하령의 맥을 살피던 복환용이 천천히 예하령의 손목에서 손을 떼어냈다.

"나흘이다."

"예?"

"네 상판 본래의 모습을 유지할 수 있는 시간이 나흘뿐이란 말이야."

예하령이 알겠다는 듯 고개를 끄덕였다. 이미 평생 동안 본래의 모습이 되지는 않을 것이라는 것은 알고 있었다.

나흘.

예하령의 입가에 슬쩍 미소가 번졌다. 비록 나흘에 불과하지만 본래의 모습을 되찾을 수 있다니 지금의 예하령으로서는 그것도 감지덕지다.

"그 사이에 모든 일을 마무리 지어야 한다. 알겠느냐?"

"예!"

"그래, 준비가 되었으면 인피면구를 벗거라."

잠시 머뭇거리던 예하령이 조심스럽게 손을 얼굴로 가져갔다.

떨리는 손. 예하령도 자기의 지금 모습이 어떤지는 알고 있다. 인간이 아닌 괴물의 모습. 그 얼굴을 다른 사람에게 보인다는 것이 두려웠다.

턱!

인피면구에 닿은 예하령의 손이 멈춰졌다.

입술을 지그시 깨물던 예하령이 천천히 인피면구를 벗었다.

스르륵!

인피면구가 벗겨지며 예하령의 추한 얼굴이 드러났다. 사람의 얼굴이라고는 생각되지 않는 썩어 뭉그러진 듯한 몰골. 그렇지만 일전에 한번 보아서인지 복환용의 얼굴에는 아무런 변화도 없었다.

"얼굴 볼 일 없으니 돌아서거라."

"예?"

예하령이 고개를 갸웃거렸다. 복환용은 지금 자신의 얼굴을 원래의 낙양항아의 얼굴로 돌리기 위해 자신의 앞에 있는 것인데 얼굴 볼 일이 없다니…….

"그 낯짝 더 이상 볼 일 없다고!"

복환용의 이어지는 고함에 예하령이 등을 보이고 돌아섰다.

척!

복환용의 손이 예하령의 등에 닿았다.

"마음을 안정시키고 모든 것을 나에게 맡기거라. 알겠느냐?"

예하령이 고개를 끄덕였다.

잠시 동안 예하령의 얼굴을 다시 살피던 복환용이 손을 등에 댄 채 슬쩍 눈을 감았다.

마치 수도하는 고승처럼 그렇게 예하령의 등에 손을 대고 눈을 감고 있는 복환용의 얼굴에서 조금씩 땀이 흘러내리기 시작했다. 그와 함께 예하령의 얼굴에서도 조금씩 땀이 솟기 시작했다.

복환용은 예하령의 몸에 자신의 내력을 집어넣었다. 막힌 듯 잠시 꿈틀거리던 복환용의 내력이 예하령의 몸으로 조금씩 들어갔다. 한번 들어가기 시작한 복환용의 내력은 거침이 없었다.

물줄기를 따라 도도히 흐르는 강물처럼 복환용의 내력이 점차 강물이 되어 예하령의 몸속으로 거침없이 흘러들어 갔다. 예하령의 몸으로 흘러들어 간 복환용의 내력이 일시에 예하령의 얼굴로 모여들었다.

주르륵!

예하령의 얼굴에서 조금씩 배어 나오던 땀이 빗줄기가 되어 얼굴을 타고 흘러내렸다.

쩌저적!

예하령의 얼굴이 갈라지듯 꿈틀거렸다.

고통스러운 듯 일그러지는 예하령의 얼굴.

"으……."

예하령의 입이 조금씩 벌어지며 신음이 흘러나왔다.

얼굴에 밀려든 복환용의 내력이 얼굴 이곳저곳을 두드리며 지나갔다. 그때마다 마치 대바늘이 쑤시는 듯한 고통이 밀려왔다.

"입을 벌리지 말거라."

복환용의 전음에 예하령이 이를 꽉 깨물며 급히 입을 다물었다.

'어떻게 돼가는 거야?'

초조한 듯 앉지도 못한 채 토굴 안을 서성이는 진가운.

지금쯤이면 예하령과 복환용에게서 소식이 와야 하건만 아직까지 소식이 없다.

"영감!"

추평의 목소리에 진가운이 급히 입구를 향해 고개를 돌렸다. 얼굴이 파랗게 변한 복환용이 힘없이 토굴 안쪽으로 걸어 들어왔다.

"영감, 어떻게 됐어?"

진가운이 비틀거리며 걸어오는 복환용을 향해 양손을 펼치며 급히 달려갔다.

"나 여기 있어."

'이건 또 뭐야?'

복환용에게 다가가던 진가운이 슬쩍 고개를 들었다.

'선녀다.'

진가운의 입이 쫙 벌어졌다.

씨익.

주하령, 아니, 예하령이 자신을 보며 빙긋 미소를 짓고 있었다.

"우와! 네가 진짜 예하령이야?"

"응."

듣고도 믿을 수 없었다.

주하령을 보는 것이 벌써 세 번째다. 그렇지만 지금의 주하령은 전에 두 번이나 보았던 가짜와는 어딘지 모르게 달라 보였다. 겉모습은 분명 똑같은데 그 몸에서 알 수 없는 품격이 흘렀다.

쿵!

'어라, 이게 무슨 소리야?'

정체를 알 수 없는 소리에 진가운이 조심스럽게 고개를 숙였다.

예하령의 얼굴을 바꾸느라 너무 많은 내력을 쏟았는지 복환용이 더이상 견디지 못하고 바닥에 쓰러졌다.

"영감?"

진가운이 급히 바닥에 쓰러진 복환용의 어깨를 붙들었다.

"망할 놈. 잡아주는 줄 알았잖아."

진가운에게 한마디를 건넨 복환용이 스르르 눈을 감았다.

끼이익!

금산장의 정문이 열리며 오늘도 평소와 다름없이 낙양의 상점들을 살피기 위해 가짜 주하령이 두 명의 호위 무사와 함께 모습을 드러냈다.

낙양 시내를 걸어가는 가짜 주하령.

"흐흐흐, 꼬리를 감춘 구미호."

가짜 주하령이 눈을 치뜨더니 고개를 획하고 돌렸다.

사내.

머리에 죽립을 깊숙이 눌러쓴 사내가 자기를 바라보고 있었다.

"그래, 꼬리를 밟힌 기분이 어떠냐?"

"누구냐?"

"구미호 사냥꾼."

타닥!

구미호 사냥꾼이라 말한 사내가 몸을 돌려 부지런히 중주대로를 따라 발을 움직였다. 사내를 잠시 노려보던 주하령이 사내의 뒤를 쫓아 움직이자 영문을 몰라 잠시 주춤거리던 두 호위 무사가 가짜 주하령의 뒤를 따랐다.

가짜 주하령이 옆에 있는 두 명의 호위 무사를 바라보았다.

"집 안에 중요한 물건을 잊고 놔두었구나. 너희들이 먼저 상점을 돌아보거라."

"예, 아가씨."

허리 숙인 두 명의 호위 무사를 뒤로하고 가짜 주하령은 죽립사내의 뒤를 따랐다.

사람으로 북적이는 중주로를 벗어나 한산하기 그지없는 망령로(邙嶺路)를 걸어가던 죽립사내가 자기를 뒤쫓는 가짜 주하령에게 몸을 돌렸다.

"네놈은 누구냐?"

휘릭!

사내가 머리에 쓰고 있던 죽립을 벗었다. 사내의 모습을 본 가짜 주하령의 입이 살짝 벌어졌다.

'중?'

머리카락 하나 없이 파르라니 깎은 머리가 사내가 속인이 아닌 스님이라는 것을 말해 줬다.

"아미타불."

"……!"

놀란 듯 사내를 바라보는 가짜 주하령.

가짜 주하령의 눈에 불호와 함께 허리를 숙인 사내의 손이 들어왔다. 일반적인 합장과는 달리, 한 손을 앞으로 슬쩍 내밀어 세운 반장.

"소… 소림이냐?"

"소승 무치라 합니다."

"무치?"

잠시 생각에 잠긴 듯 말없이 서 있던 가짜 주하령이 충격을 받은 듯 비틀거렸다.

"소… 소림신룡. 네놈은 등봉에서 그 아이의 손에 의해 죽었거늘……."

"허허, 소승을 그렇게 평가해 주시다니 감사합니다. 지금은 소림을 떠나 비류성의 개들을 잡고 있습니다. 짐승은 짐승으로 남아야 하는 법. 축생계와 인간계를 구별치 못하고 어지럽히고 있으니 이를 바로잡는 것 또한 수행입니다."

"닥쳐라!"

획!

가짜 주하령이 몸을 날리며 무치에게 달려들었다.

"합!"

그럴 줄 알았다는 듯 무치가 기합과 함께 다가오는 가짜 주하령을 마주하고 손을 내뻗었다.

펑!

가짜 주하령과 무치의 손바닥이 마주치는 것과 동시에 두 사람의 몸이 뒤로 밀려났다. 밀려나는 몸을 바로 세운 가짜 주하령이 다시 무치를 향해 달려들었다. 무치가 급히 몸을 돌려 망산을 향해 발을 움직였다.

스스슥!

무치의 뒤를 쫓아 망산까지 달려온 가짜 주하령 앞으로 한 사람이 불쑥 솟아올랐다.

쐐애앵.

급히 걸음을 멈추는 가짜 주하령을 향해 인영이 날아들었다.

"……!"

가짜 주하령이 급히 손을 들어 자신에게 날아드는 인영을 향해 손을 뻗었다.

빠악!

"크흑!"

가짜 주하령이 몸을 비틀거리며 뒤로 물러났다.

"푸하하하! 어떠냐, 개뼈다귀 맛이!"

가짜 주하령을 보며 호탕한 웃음을 토하며 다가오는 사람은 한 손에 개뼈다귀를 들고 있는 개방 열혈장로 추평이었다.

'속았다.'

자신이 함정에 빠졌다는 것을 깨달은 가짜 주하령이 그대로 몸을 돌렸다.

"무량수불. 빈도가 그대를 기다린 지 오래요."

언제부터 서 있었는지 풍월 진인이 천천히 가짜 주하령을 향해 다가
왔다.

스스슥!

풍월 진인의 등장을 신호로 가짜 주하령을 포위하듯 반후벽을 중심
으로 귀봉채 산적 십여 명이 모습을 드러냈다.

휘릭!

'바람 소리?'

가짜 주하령이 황급히 고개를 돌렸다.

도복을 입은 노인 한 명이 뒤에 잔상을 남기며 자신을 향해 날아들
고 있었다. 가짜 주하령이 급히 몸을 틀었다.

쐐앵.

노인의 손이 아슬아슬하게 가슴을 스치고 지나갔다.

턱!

바닥에 내려선 노인이 가짜 주하령을 보며 빙긋 미소를 지었다.

"누구냐?"

"허허허. 노부는 풍월이라 하외다. 그렇게 모습을 숨기는 것도 쉽지
않은 일인 듯한데 본모습을 보이시구려."

풍월 진인의 이름을 처음 듣는 듯 가짜 주하령의 얼굴에는 별다른
변화가 없었다. 그렇게 물끄러미 풍월 진인을 바라보던 가짜 주하령의
얼굴에 슬쩍 미소가 번졌다.

"카카카!"

귀를 찢는 웃음소리와 함께 가짜 주하령 주변으로 검은 연기가 퍼

졌다.

우드득!

뼈가 늘어나는 소리와 함께 가짜 주하령 주변에서 번지던 검은색 연기가 일시에 사라졌다.

노파(老婆). 검은색 연기 사이에서 모습을 드러낸 것은 얼굴이 쪼글쪼글한 노파였다. 이 노파가 조금 전까지 선녀의 모습을 한 가짜 주하령이었다니…….

"카카카. 가소로운 놈들. 뇌황문 부문주 고라의 손에 죽는 것을 영광으로 알거라. 합!"

이제껏 가짜 주하령 행세를 하던 뇌황문 부문주, 고라의 손이 풍월 진인을 향했다.

슈슉!

고라가 손을 앞으로 내민 채 풍월 진인을 향해 벼락처럼 공중을 날아 달려들었다. 고라의 몸 주변에서 은은히 비치는 광채 사이로 밝은 빛을 뿌리는 손이 보였다.

'수강(手罡)! 역시 뇌황문다운 모습이군.'

다가서는 고라를 바라보던 풍월 진인이 긴장한 듯 입술을 슬쩍 깨물었다.

고라의 손을 바라보던 풍월 진인의 손이 머리 위로 올라갔다.

"흡!"

기합과 동시에 풍월 진인의 몸이 하늘 높이 까마득히 솟구쳐 올랐다.

슈팡.

빛이 번쩍이며 머리 위로 올라갔던 풍월 진인의 손이 자신을 향해 날아오는 고라의 손을 향해 마주쳐 갔다. 풍월 진인의 손을 바라보는 고라의 입가에 슬쩍 비소가 번졌다.

'흐흐흐, 어리석은 놈. 뇌(雷)의 힘은 무적임을 모른단 말이냐?'

고라는 자신의 손바닥이 풍월 진인의 가슴을 꿰뚫는다는 사실을 의심하지 않았다. 중원에 나온 이후 단 한 번도 패하지 않은 뇌전일섬. 그에 대한 믿음은 신앙에 가까웠다.

고라가 승리를 확신하며 더욱 빨리 풍월 진인을 향해 몸을 움직였다.

순간, 풍월 진인의 손에서 바라볼 수 없는 섬광이 일었다.

서걱!

두 사람의 손이 스치며 등골을 서늘케 하는 소리.

휙!

풍월 진인과 엇갈리며 바닥에 내려선 고라가 급히 몸을 돌렸다.

툭!

고라의 손이 바닥에 떨어지며 피가 솟구쳤다.

부르르.

죽일 듯 풍월 진인을 노려보는 뇌황문 부문주 고라. 풍월 진인은 그런 고라를 잊은 듯 등을 돌린 채 그대로 서 있다.

"주… 죽일…….."

쩌저정.

풍월 진인에게 말을 건네려던 고라의 입이 좌우로 갈라지더니 몸 전체가 정확히 반으로 쪼개졌다.

촤아악!

반으로 갈라진 고라의 몸에서 피가 분수처럼 뿜어져 나왔다.

몸이 갈라져서도 여전히 발을 딛고 서 있는 고라의 모습이 보는 이의 소름을 돋게 만들었다.

"무량수불."

풍월 진인의 도호와 함께 고라의 몸뚱이가 바닥에 쓰러졌다.

그 시각.

복환용의 도움으로 잠시 본모습을 회복한 예하령은 호위 무사와 함께 낙양 시내의 천하만물총점 소속 상점을 둘러보고 금산장으로 돌아오고 있었다.

금산장을 향해 돌아가던 예하령이 걸음을 급히 멈춰 세웠다.

"잠깐."

누군가를 발견한 듯 예하령이 한곳을 바라보았다. 길거리 나무판 위에 사내 한 명을 눕혀놓고 침을 들고 있는 노인.

복환용이다.

금산장에 들어갈 때처럼 변장한 모습이 아니라 본래의 얼굴이다. 예하령이 급히 복환용에게 달려갔다. 예하령의 뒤를 따라 금산장 호위 무사 두 명이 예하령을 따랐다.

침을 든 채 부르르 몸을 떨고 있는 복환용을 두려운 얼굴로 바라보고 있는 것은 다름 아닌 가운장의점 주인, 강서성 제일 장의사, 진가운이었다.

쿡!

복환용이 떨리는 손으로 진가운의 배 한복판에 네 치에 가까운 장침(長針)을 박았다.

"아이고."

진가운이 소리를 버럭 지르더니 나무판에서 벌떡 상체를 일으켜 세우더니 아직도 배에 꽂힌 장침을 손으로 잡고 있는 복환용을 죽일 듯 노려보았다.

"늙은이, 당신 돌팔이지? 다리가 아프다는데 왜 배에 침을 꽂는 거야?"

고함 소리에 놀란 듯 복환용이 눈을 동그랗게 뜨더니 버럭 고함을 질렀다.

"뭐야? 배가 아픈 게 아니라 다리야?"

"그래, 이 망할 놈의 돌팔이야! 다리야. 내가 언제 배 아프다고 그랬어?"

"⋯⋯."

민망한 듯 얼굴을 붉히며 머리를 숙이고 있던 복환용이 갑자기 손을 들어 올리더니 진가운의 뺨을 향해 손을 휘둘렀다.

쐐애액!

바람 소리만 들어도 몸이 떨리는 살벌한 움직임이다. 진가운이 파랗게 질린 얼굴로 벌떡 자리에서 일어나더니 급히 뒤쪽으로 몸을 움직였다.

"이놈의 늙은이가?"

얼굴이 시뻘게진 채 복환용을 노려보던 진가운이 복환용의 멱살을 와락 움켜잡았다.

"아이고, 젊은 놈이 늙은이 잡네!"

"뭐? 이 돌팔이야, 멀쩡한 배에 단도같이 큰 장침을 박은 게 누군데 그런 소리야. 너 같은 돌팔이는 맞아야 정신 차려. 이놈아, 가자. 당장에 관으로 가."

진가운이 가지 않겠다고 발버둥 치는 복환용의 멱살을 움켜잡고 한 발을 내디뎠다.

"저……"

"누구야!"

진가운이 복환용의 멱살을 움켜잡은 채 예하령에게 고개를 돌렸다. 다른 사람들의 눈도 일제히 예하령을 향해 돌아갔다.

"아이고, 아가씨 나오셨습니까?"

나타난 사람이 금산장의 무남독녀 주하령이라는 것을 발견한 사람들이 일제히 예하령을 향해 허리를 숙였다.

"어디가 아프다고 하셨죠?"

"다리. 다리가 아파서 걸을 수가 없는데 이 망할 놈의 돌팔이 영감이 배에 장침을 박고 지랄이잖아?"

"잘 걷는데요?"

"……"

진가운이 고개를 급히 숙여 자신의 다리를 바라보았다.

복환용의 손이 아직도 자신의 멱살을 움켜잡고 있는 진가운의 뺨을 향해 날아들었다.

짝!

"아이고!"

복환용에게 뺨을 맞은 진가운이 비틀거리더니 중주대로 바닥에 철 퍼덕 널브러졌다.

휘릭!

벌겋게 달아오른 얼굴을 양손으로 감싸며 비호처럼 일어서는 진가운. 그런 진가운을 노려보는 복환용의 눈에 살기가 돌았다.

"이놈아! 배에 박든 다리에 박든 아픈 것만 낫게 해주면 되는 거 아니냐?"

"……."

말없이 고개를 숙이고 있는 진가운을 향해 복환용이 손을 내밀었다. 그런 복환용을 멀거니 바라보는 진가운.

"이게 뭐요?"

"이놈아, 이 세상에 공짜가 어디 있어?"

"얼마요?"

"닷 푼."

"젠장, 더럽게 비싸네."

진가운이 입을 씰룩거리며 주머니에서 닷 푼을 꺼내 복환용에게 건네고는 중주대로를 따라 사라졌다.

"영감, 조금 전에 일부러 세게 때렸지?"

진가운의 전음에 슬쩍 미소를 짓던 복환용이 그제야 생각난 듯 예하령을 향해 고개를 돌렸다.

"저, 의원이세요?"

"그렇다. 본 복환신의(卜煥神醫)로 말씀드릴 것 같으면 천하제일명의인 화타의 부랄 친구이자 편작과는 동문수학을 한 사람으로서……."

"에이, 영감. 그들이 언젯적 사람들인데……."

복환용이 이마 한복판에 내 천 자를 그리더니 고개를 확하고 돌려 자신의 말을 끊은 사내를 죽일 듯 노려보았다.

천수. 복환용에게 딴지를 건 사람은 다름 아닌 천수였다.

"어린 놈이 어디서 어르신의 말을 끊어. 끝까지 들어! 동문수학한 사람으로서 추하라는 분이 계신데 내가 그분의 이십삼대 제자라 이 말이야. 알았어?"

"……."

복환용의 말에 어이없다는 표정을 짓는 사람들. 사람들이 그러거나 말거나 복환용은 얼굴색 하나 변하지 않았다.

오히려 어이없다는 표정을 짓는 사람들을 한심하다는 듯 바라보더니 앞에 있는 예하령을 자신의 영업 장소인 듯 보이는 나무판 위에 앉히고는 손목을 잡더니 눈을 감았다.

"어허, 이거 장에 큰 병이 있구면."

혼잣말을 지껄인 복환용이 눈을 살며시 뜨더니 예하령을 뚫어져라 바라보았다.

"걱정 마. 석 달 이내에 저승으로 돌아갈 정도로 상태가 위험하지만 내가 누구야? 화타의 부랄 친구이자 편작과 동문수학한 신의 추하의 이십칠대……."

"조금 전에는 이십삼대라고……."

"떽! 내가 언제 이십삼대라고 그랬어? 이십칠대야. 좌우간 내가 그 병 고쳐 줄게."

"저는 병 없는데요?"

"뭐?"

"제가 아니라 저희 아버지……."

복환용이 고개를 번쩍 치켜들더니 예하령을 노려보며 얼굴을 일그러뜨렸다. 험악하기 이를 데 없는 모습에 예하령이 놀란 듯 입을 다물고 복환용을 물끄러미 바라보았다.

"흠. 어흠."

일단 예하령의 입을 막는 데 성공한 복환용이 헛기침을 터뜨린 후

다시 입을 열었다.

"나도 알아. 아버지가 큰 병에 걸리셨다는 거. 원래 자식을 진맥하면 그 부모는 자동으로 나오는 거야."

"에이, 여보소. 그런 법이 어디 있소?"

획!

또다시 찬물을 끼얹는 천수의 한마디에 복환용이 인상을 쓰며 다시 고개를 돌렸다. 조금 전 자신의 말을 가로막았던 천수가 말도 안 된다는 얼굴로 자신을 보고 있었다.

"그런 법 여기 있다, 이 망할 새끼야. 그래, 내가 만약 여기 있는 예쁜 아가씨 아버지 병을 고치면 어떡할래?"

"당신이 고치면 내 열 손가락에 장을 지지겠소. 그러는 당신은 만약 병을 고치지 못하면 어떡할 거요?"

"내 손에도 장 지진다, 이 망할 자식아. 아가씨, 갑시다."

턱!

복환용이 나무판에서 일어나 예하령의 손을 잡았다. 복환용이 일어나 한 걸음을 움직이자 조금 전 복환용과 내기를 벌였던 천수를 비롯해 구경하던 사람들 모두 자리에서 일어났다.

복환용이 고개를 획하고 돌리며 자신의 뒤를 따르는 천수를 비롯한 사람들을 노려보았다.

"너희들은 왜 일어나?"

"당신이 도망갈까 봐 그러오. 됐소?"

천수의 말을 들은 복환용의 얼굴이 파랗게 질렸다. 그런 복환용을 보며 비웃음을 흘리는 천수.

"아가씨."

금산장 호위 무사가 걱정스러운 표정으로 예하령을 불렀다.

"손에 장 지진다잖아요. 밑져야 본전인데 장원으로 모시고 가요."

호위 무사에게 빙긋 미소를 지은 예하령이 복환용과 함께 금산장이 있는 곳으로 걸어갔다.

"혹 저 늙은이가 도망갈지 모르니 우리도 금산장 앞까지 따라갑시다."

"그럽시다. 누구 손일지는 모르지만 오늘 손가락에 장 지지는 꼴 한 번 봅시다."

천수의 말에 사람들이 일제히 소리를 지르며 일어나 복환용과 예하령, 그리고 두 명의 금산장 호위 무사들의 뒤를 따랐다.

예하령과 함께 금산장으로 걸어가는 복환용이 이따금씩 걱정스러운 얼굴로 뒤를 돌아보았다. 복환용을 바라보며 조금 전 시비를 벌였던 천수가 빙긋 미소를 지었다. 고개를 돌리는 복환용의 입가에도 흐릿한 미소가 흘렀다.

금산장으로 들어서는 예하령을 발견하고 한 사람이 급히 달려왔다.

얼마 전 가짜 예하령을 치료할 때 만난 적이 있던 금산장 총관, 두전평이다.

"아가씨, 이제 돌아오십니까? 그런데 이분은……."

"예. 의원이세요, 두 총관님."

예하령은 이미 총관을 알고 있었던 듯 자연스럽게 총관을 대했다. 하기야 원래 예하령이 진짜 주하령이니 금산장 총관을 알고 있는 것은 당연한 일이다.

두 총관이 복환용을 한 번 더 힐끔 바라보고는 고개를 끄덕였다.

"그나저나 아가씨 얼굴이 많이 밝아 보이시니 저도 기분이 좋습니다."

"그래요? 의원을 모시고 와서 그런가 봐요."

간단히 대답한 예하령이 복환용을 데리고 금산장 안채로 들어갔다.

과연 금산장은 금산장이다. 장원 곳곳에 펼쳐진 정원은 정원이기보다는 작은 동산이다. 금산장에 처음 들어온 것처럼 복환용이 놀란 얼굴로 주변을 둘러보았다.

"조심하거라. 보이지 않는 눈이 제법 많다."

예하령이 슬쩍 고개를 끄덕이고는 계속 장원 안쪽으로 들어갔다.

황금전(黃金殿).

으리으리한 건물에 어울리는 거대한 현판에 쓰여진 글씨다.

이곳이 바로 당금 중원제일부호라 알려진 황금왕 주금천이 생활하는 금산장의 본 건물이다.

"허허."

복환용이 자기도 모르게 탄성을 내뱉었다.

그동안 살면서 수없이 많은 집과 장원을 돌아다녔지만 황금전만큼 거대한 건물은 본 적이 없었다. 그런 복환용의 손을 슬쩍 잡은 예하령이 황금전 정문을 향해 천천히 걸음을 옮겼다.

황금전 정문을 지키던 금산장 소속 무사들이 급히 예하령에게 달려왔다.

"아가씨를 뵈옵니다."

"아가씨를 뵈옵니다."

끼이익!

무사들의 인사 소리가 끝나자마자 황금전 문이 열리며 노인 한 명이 천천히 밖으로 나왔다.

노인. 언젠가 진가운이 금산장에 몰래 침입했을 때 모습을 보였던 여섯 명의 노인 가운데 한 명이다. 노인을 발견한 예하령이 활짝 웃으며 달려갔다.

"삼로(三老) 할아버지."

삼로라는 노인에게 달려간 예하령이 두 발을 폴짝 뛰며 노인의 어깨를 양손으로 꾹 움켜잡았다.

"허허허. 오늘따라 아가씨 어리광이 심하십니다."

삼로라는 노인이 예하령을 향해 빙긋 미소를 짓고는 복환용을 바라보았다.

"이분은 뉘신지요?"

"의원입니다."

"그렇습니까? 아가씨의 효심은 과연 대단하십니다. 안으로 드십시오."

"예!"

예하령이 삼로의 품에서 벗어나 황금전 안으로 들어갔다. 복환용이 예하령의 뒤를 따라 급히 황금전 안으로 몸을 움직였다.

"……!"

황금전 안으로 들어가는 복환용과 예하령을 바라보는 삼로의 눈꺼풀이 살짝 흔들렸다.

뼈만 남은 노인 한 명이 사방이 보이지도 않을 정도의 넓은 방 한쪽에 말없이 누워 있다. 물론 그 노인은 예하령의 아버지인 황금왕 주금천이다.

엄청난 부와 그 부를 통한 선행으로 활불이라 불리며 중원 사람 모두의 존경을 받던 주금천의 몰골이 이 모양이라니 눈으로 보고도 믿지 못할 지경이다.

주르륵!

주금천을 멍하게 바라보며 앉아 있는 여인의 볼을 타고 눈물이 떨어졌다. 설명화. 금산장주, 황금왕 주금천의 부인이자 낙양항아 주하령의 어머니가 되는 인물이다.

드르륵!

문이 열리는 소리에 주금천의 옆에 조용히 앉아 있던 설명화가 고개를 돌렸다.

"하령아."

턱!

어머니 설명화를 본 예하령의 걸음이 저절로 멈췄다.

초췌한 얼굴의 어머니. 자신이 금산장을 떠나 몽환장으로 향할 때만 해도 주름 하나 없었던 얼굴이다. 그런 설명화의 얼굴에 주름이 가득하다.

어머니의 모습을 본 예하령은 가슴이 메어졌다. 어머니가 이럴진대 아버지는 어떤 모습일까를 생각하니 아버지의 얼굴을 보는 것이 두려웠다.

"자연스럽게 움직이거라. 이곳에도 눈이 있다."

복환용의 전음에 예하령이 먼저 큰 숨을 내쉬며 마음을 안정시켰다.

"어머니."

쪼르르.

언제 그랬느냐는 듯 예하령이 얼굴 가득 웃음을 지으며 설명화에게
달려갔다.

와락!

예하령이 설명화에게 달려들며 어깨를 와락 껴안았다.

포근함. 설명화를 껴안은 예하령이 처음으로 든 느낌은 포근함이다.
전에 비해서 많이 여윈 모습이지만 그래도 어머니의 품은 따뜻하다.

"그래, 아버지 보러 왔니?"

"예."

예하령이 조심스럽게 아버지 주금천이 누워 있는 곳으로 다가갔다.

"후우."

먼저 한숨을 내쉰 예하령이 조심스럽게 아버지를 향해 고개를 돌렸
다.

뼈밖에 남지 않은 가녀린 몸뚱이의 노인.

예하령의 눈시울이 붉어졌다. 하나 복환용의 말이 생각나 터지려는
울음을 억지로 참았다.

"참, 의원님이세요."

"오, 그러냐? 잘 부탁드립니다."

설명화가 예하령의 옆에 앉아 있는 복환용을 향해 슬쩍 고개를 숙였
다.

"부인, 아무 걱정하지 마십시오. 본인으로 말씀드릴 것 같으면 화타
의 부랄 친구이자 편작과 동문수학한 신의 추하라는 분의 이십칠대 제
잡니다. 제가 곧 어르신을 벌떡 일어나시도록 하겠습니다."

설명화를 향해 마주 고개를 숙인 복환용이 재빨리 주금천에게 다가

갔다. 복환용의 모습을 보는 설명화의 얼굴이 슬쩍 일그러졌다. 이렇게 호언장담하는 인간치고 믿을 만한 사람이 없다는 것을 그동안 무수히 보아왔었다.

마음 같아서는 당장에 방에서 쫓아내고 싶었지만 그래도 데려온 주하령의 성의를 생각해 꾹 눌러 참았다.

주금천의 손목을 잡고 눈을 감은 복환용.

예하령이 걱정이 가득한 얼굴로 복환용을 바라보았다.

그렇게 반 시진이 되도록 복환용은 주금천의 손목을 잡고 있었다. 지금까지 이렇게 오래도록 주금천을 진맥한 의원은 없었다. 미덥지 않다는 듯 복환용을 대했던 설명화가 조심스럽게 복환용을 바라보았다. 이렇게 오래 진맥을 하고 있으니 혹시나 하는 생각이 들었다.

그렇게 오랜 시간 진맥을 하던 복환용이 천천히 고개를 끄덕이며 눈을 떴다.

"그래, 무슨 병입니까?"

설명화가 예하령보다 먼저 물었다.

"모릅니다."

"뭐라고요?"

"아직 병명은 모릅니다. 그렇지만 위독합니다."

너무도 진지한 복환용의 한마디에 설명화의 얼굴이 굳었다. 주금천이 위독하다는 것은 의술이라고는 하나도 모르는 자신도 알고 있는 일이다. 그런 설명화의 마음을 아는지 모르는지 복환용이 자리에서 일어났다.

"내일 다시 진맥을 하도록 하겠습니다. 그나저나 제 처소는 어딥니까?"

'망할 놈. 병명도 모르는 돌팔이 놈이 처소는 왜 찾아? 여기가 객잔이야?'

설명화는 속이 부글부글 끓었다. 그런 설명화의 모습을 한번 살핀 예하령이 자리에서 일어났다.

"처소는 제가 모시겠습니다."

"그럼 이만. 내일 뵙겠습니다."

복환용이 자리에서 일어나 설명화에게 허리를 슬쩍 숙이고는 예하령과 함께 방을 나섰다.

예하령이 복환용을 데리고 간 곳은 금산장에 들르는 손님을 맞이하는 활객당(活客堂)이었다.

얼마 전까지만 해도 이곳 활객당에 머무는 사람은 수십에 달했지만 장주인 주금천이 병이 든 이후 손님이 줄어 요즘은 거의 비어 있었다.

"듣기만 해라."

"……."

"네 아비는 병이 든 것이 아니다. 독(毒)에 당했다. 하나 그 독이 무엇인지는 모른다. 분명한 것은 중원의 독이 아니라는 것이다. 그래서 네 아버지를 간간이 진맥했던 의원들도 원인을 찾지 못한 것이다."

예하령의 얼굴이 어두워졌다. 독이라면 무엇인지 알아야 해독을 할 수 있는 법이다. 수심이 가득한 예하령의 귀로 복환용의 전음이 이어졌다.

"걱정하지 말거라. 놈들도 네 아버지의 갑작스러운 죽음은 의심을 부를 것을 염려하여 많은 독을 한번에 쓰지는 않았다. 덕분에 네 아버지의 몸속에 독에 대한 내성이 조금은 생겼다. 무슨 독인지 모르니 해독약을 쓸 수는 없다. 그러나 독을 한곳에 몰아 봉인할 수는 있다. 물론 봉인보다는 독을 내력으로 태워 없애는 것이 좋은 방법이다. 하나 그러기에는 감시의 눈초리가 너무 많다. 내일부터 네 아버지를 진맥하는 척하면서 독을 한곳에 몰아 봉인할 것이다. 너는 그사이에 이곳에 있는 뇌황문의 잔당들을 파악해라. 네 아버지에 대한 응급 처치가 끝나는 순간, 일거에 놈들을 칠 것이다. 알겠느냐?'

예하령이 자리에서 일어났다.

"알겠습니다. 술 한잔 올리라고 전하지요. 내일 뵙겠습니다."

복환용을 활객당 방에 놔두고 밖으로 나오자마자 호위 무사 한 명이 예하령에게 달려왔다.

"부문주님! 아침에 말씀하신 대로 시행했습니다."

'아침에 내가 무슨 말을 했는데? 그리고 부문주?'

예하령의 눈이 슬쩍 빛났다. 이자 역시 뇌황문의 졸개란 말이다.

"그래. 내일 자정, 모두 내 방으로 들라고 일러라."

"무슨 일이신지……?"

"네놈이 감히 나에게 질문을 던진단 말이냐?"

예하령의 날카로운 말 한마디에 호위 무사의 몸이 그대로 얼어붙었다.

획!

그런 호위 무사를 뒤로하고 예하령이 항아각으로 향했다.

방 안에 든 예하령의 얼굴이 일그러졌다. 자신만이 거하던 방에 그것도 침상에 사내 하나가 드러누워 있었다.

자신이 살아가는 동안 이곳에 발을 들인 남자는 아버지 주금천뿐이었다.

'망할 계집애.'

이미 죽었을 가짜에게 저절로 욕이 나왔다.

"흠!"

예하령의 헛기침 소리에 침상에 드러누워 있던 사내가 벌떡 몸을 일으켰다.

"……!"

예하령의 얼굴이 일그러졌다.

침상에서 몸을 일으키는 사내. 그는 다름 아닌 몽환장주 철시혼이었다. 당장에 놈에게 달려들어 머리통을 박살 내고 싶었지만 아직은 때가 아니라는 생각에 꾹 눌러 참았다.

"부문주님, 연락을 받고 대령해 있었습니다. 그동안 젊은것만 찾고 소인은 찾지 않으시기에 소인은 부문주께서 저를 잊으신 줄 알았습니다."

예하령이 고개를 끄덕였다.

조금 전 활객당 앞에 찾아왔던 호위 무사의 말이 무슨 뜻인지 알 수 있었다.

"호호호! 그럴 리가 있겠습니까? 내 어찌 장주를 잊을 수 있단 말이오. 호호호호!"

'젠장, 목이 간질거려서 이 짓도 못하겠네.'

예하령의 그런 마음을 모르는 듯 침상에서 일어난 철시혼이 느물거리는 시선으로 예하령을 보며 천천히 다가왔다.

"가보시오."

"예?"

욕망 가득한 시선으로 다가들던 철시혼이 그대로 걸음을 멈추고 예하령을 바라보았다.

"가보라지 않소. 내 오늘 장주를 부른 것은 내가 그대를 아직 기억하고 있다는 것을 알려주려고 한 것뿐이오. 이제 당장 돌아가시오."

철시혼의 얼굴이 순식간에 일그러졌다.

기껏 부른다기에 달려왔더니 당장 나가라니, 이게 무슨 짓인가 말이다.

'뭐야? 똥개 훈련시키는 거야?'

자기도 모르게 철시혼의 볼이 조금씩 부풀었다.

"귀먹었느냐! 당장에 돌아가라 하지 않느냐?"

"예? 예, 알겠습니다. 당장 물러가겠습니다."

후다닥!

철시혼이 급히 예하령의 방에서 뛰어나갔다.

"내 참, 더러워서. 누구는 좋아서 온 줄 알아? 나도 백 살 넘은 할망구하고 있기 싫어. 그래도 부른다기에 억지로 왔더니 뭐? 가보시오? 할망구, 앞으로 다시 부르기만 해봐라. 에이 퉤!"

바닥에 침을 내뱉은 철시혼의 일그러진 얼굴과 함께 금산장에서의 첫날밤이 흘렀다.

"흠, 흠."

연신 '흠흠' 거리는 소리와 함께 오늘도 복환용은 금산장주 주금천의 손목을 움켜잡고 있다.

새벽같이 찾아와 하루 종일 손목만 잡고 있는 복환용의 모습에 설명화의 얼굴이 절로 일그러졌다. 그러나 진지한 얼굴로 복환용을 바라보는 그의 딸, 주하령을 생각해 참고 또 참고 또 참았다.

스르륵!

벌써 한나절.

세 시진 가까이 주금천의 손목만을 잡고 끙끙거리던 복환용이 눈을 떴다.

"허허, 더 이상은 허기가 져서 진맥을 할 수가 없겠습니다. 우선 밥부터 먹지요."

찌리릿!

복환용의 얼굴을 향해 설명화의 안광이 쏟아져 들어왔다. 설명화의 눈길을 피해 슬쩍 고개를 돌리는 복환용.

'오냐, 한번은 더 참는다.'

설명화가 어금니를 꽉 깨물었다.

"밖에 누구 있느냐?"

"예."

"그래 의원께옵서 시장하시다니 음식을 장만해 올리거라."

"예."

복환용이 얼굴 가득 환한 미소를 지으며 자리에서 일어나더니 설명화에게 허리를 슬쩍 숙이고 밖으로 나갔다. 복환용이 밖으로 나가자마자 설명화가 주하령에게 다가갔다.

"그래, 네 생각에는 저 의원이 아버지의 병을 고칠 수 있을 것 같으냐?"

"그것은 소녀도 모릅니다. 그렇지만 이곳 낙양뿐 아니라 하남성에 있는 명의라는 명의를 모두 불러 보았지만 아버지의 병환을 치료하지는 못했지 않습니까?"

"에휴."

설명화의 입에서 한숨이 흘러나왔다.

주하령의 말대로 하남성의 이름있는 의원들도 그의 남편 주금천의 병을 고치지 못하기는 마찬가지다. 이왕 시작된 치료이니 잠시 더 인내를 갖고 기다리기로 했다.

복환용은 일 다경도 지나지 않아 다시 황금전으로 들어왔다. 한숨을 푹푹 내쉬며 양손으로 배를 만지며 들어오는 모습이 목구멍에 차도록 음식을 먹은 모양이다.

"꺼억."

아니나 다를까, 복환용의 입에서 트림이 흘러나왔다.

'망할 놈의 돌팔이. 먹으러 온 거냐? 치료하러 온 거냐?'

하나가 미우니 하는 짓 모두가 마음에 들지 않는다. 그것을 아는지 모르는지 복환용이 주금천에게 다가왔다.

턱!

다가오자마자 복환용은 다시 주금천의 손목을 잡았다.

한 시진. 두 시진. 세 시진……. 시간은 그렇게 계속해서 흘렀다.

어느덧 날도 서서히 어두워지고 있었다.

"됐다."

예하령이 깜짝 놀란 얼굴로 복환용에게 고개를 돌렸다.

씨익!

복환용의 입가에 퍼지는 은은한 미소.

"잠시 후면 네 아버지는 의식을 찾을 것이다. 하나 의식을 찾더라도 아직은 일어나선 안 된다. 네 아버지 주변에 아직도 눈이 있음을 잊지 말거라. 지금부터 네 아버지께 지금 금산장의 상황을 설명할 것이다."

예하령이 슬쩍 고개를 끄덕였다.

다시 한 시진이 흘렀다.

더 이상은 참을 수가 없었는지 설명화가 자리에서 벌떡 일어났다.

성큼성큼 복환용에게 다가가는 설명화의 얼굴이 시뻘겋게 달아오른 것이 화가 나도 보통 난 것이 아니었다. 이를 꿈에도 생각하지 못하는 복환용은 여전히 눈을 감은 채 주금천의 손목을 잡고 있었다.

설명화의 손이 머리 위로 번쩍 올라갔다.

빠악!

"아이고!"

복환용이 비명을 지르며 바닥을 굴렀다.

휙!

고개를 치켜들고 설명화를 바라보는 복환용.

"무……."

"병명은 알아냈소?"

"아… 아직……."

"아직?"

"예. 그렇지만 이제 책을 찾아서 공부하면 알 것도……."

퍽!

복환용의 말이 끝나기도 전에 설명화의 발이 복환용의 옆구리에 박혔다. 고통이 얼마나 심한지 복환용은 신음 소리도 내지 못하고 눈을 까뒤집었다.

"밖에 누구 있느냐!"

"예."

"당장 무사들을 이곳으로 부르거라."

"예."

드르륵!

문이 열리며 금산장 호위 무사 네 명이 방 안으로 들어왔다.

"부르셨습니까?"

"그래. 당장 이 돌팔이 놈에게 치도곤을 가하고 밖으로 내던지거라. 당장!"

"예."

호위 무사가 바닥에 널브러진 복환용에게 다가왔다.

후닥닥!

놀란 복환용이 자리에서 벌떡 일어나더니 주하령의 뒤로 몸을 숨겼다. 그런 복환용을 향해 천천히 다가서는 금산장 호위 무사들의 입가에 미소가 가득했다.

"아가씨?"

획!

복환용이 예하령을 부르는 것과 동시에 예하령이 복환용의 멱살을 잡아 다가서는 호위 무사에게 내밀었다.

와락!

호위 무사 네 명이 복환용에게 재빨리 다가가 복환용의 사지를 하나씩 잡았다.

질질질.

발버둥 치는 복환용을 끌고 밖으로 나가는 호위 무사. 예하령이 호위 무사를 따라 밖으로 나왔다.

나무 기둥에 묶여 있는 복환용이 예하령을 애처롭게 바라보았다.

"너 정말 이럴래?"

예하령이 복환용을 향해 고개를 끄덕임과 동시에 호위 무사가 들고 있는 몽둥이가 바람을 갈랐다.

픽!

"아이고! 화타의 부랄 친구이자 편작과 동문수학한 신의 추하라는 분의 이십칠대 제자인 중원제일명의 죽네!"

"저놈이 그래도. 뭐 하느냐? 주둥이 닥칠 때까지 매우 치지 않고!"

어느새 밖으로 나왔는지 설명화의 고함이 터졌다.

획!

또다시 몽둥이가 복환용의 몸에 날아들었다.

픽!

"아이고! 화타의 부랄 친구이자 편작과 동문수학한 신의 추하라는 분의 이십칠대 제자인 중원제일명의 죽네!"

획!

픽!

"아이고! 화타의 부랄 친구이자……."

한 시진이 넘도록 동일한 매질과 비명이 반복되었다. 그렇지만 매에는 장사가 없는 법, 그렇게 악을 쓰던 복환용도 계속되는 매질에는 견딜 수는 없었는지 입을 다물었다.

"고얀 놈. 당장 놈의 얼굴에 물을 뿌려 정신 차리게 한 후 밖에 내다 버리거라."

"예."

호위 무사 한 명이 복환용이 매달린 나무 옆으로 다가가 물통 하나를 들어 복환용에게 뿌렸다.

촤악!

"크흐."

복환용이 정신이 든 듯 신음을 토했다. 호위 무사가 복환용에게 다가가 묶인 줄을 풀고 축 늘어진 복환용을 끌고 나갔다.

"마… 마님, 지… 지… 지금까지 제가 받아야 할 치료비는 은자 세 냥입니다."

"망할 놈의 돌팔이. 그놈에게 은자 세 냥을 쥐어 보내거라."

"예."

호위 무사에게 끌려가는 복환용의 모습이 서서히 예하령의 시야에서 멀어졌다.

금산장의 정문이 열리며 복환용이 던져졌다.

밖에 나자빠지자마자 복환용이 슬쩍 고개를 좌우로 돌렸다.

씨익.

복환용의 입가에 미소가 번졌다.

"낄낄낄. 은자 이만 냥 벌기 더럽게 힘들군."

복환용이 힘겹게 자리에서 일어나더니 망산을 향해 비틀거리며 걸어갔다. 한참 동안 망산을 향해 걸어가던 복환용이 급히 되돌아와 금산장 정문 주변을 살폈다.

복환용이 무엇인가를 발견한 듯 급히 허리를 숙였다. 복환용이 손에 든 것은 은자다. 금산장으로부터 주금천의 치료비라는 명목으로 받은 은자 세 냥. 은자 세 냥을 바라보는 복환용의 입이 서서히 벌어지더니 귀에 걸렸다.

"매 품이 하루에 은자 세 냥이라. 낄낄낄. 이것도 나쁘지는 않군."

은자 세 냥을 주머니에 넣은 복환용의 모습이 순식간에 금산장 앞에서 사라졌다.

자정. 금산장 항아각.

금산장에서도 가장 으슥한 이곳에 오늘은 사람들이 모여 있었다. 상좌에는 예하령이 앉아 있다.

항아각에 모인 사람들을 바라보던 예하령의 얼굴이 슬쩍 일그러졌다. 많은 사람들이 뇌황문에 속해 있을 것이라고는 생각했지만 이렇게 많은 사람들일 것이라고는 생각지 못했다.

예하령의 눈이 향한 곳에 중년의 사내가 있었다.

금산장 총관 두전평(杜錢評).

어렸을 적부터 아저씨라 부르며 따랐던 사람이다. 입술을 지그시 깨물던 예하령이 다시 고개를 돌렸다. 낯익은 얼굴들. 어떻게 이 사람들이 금산장주인 아버지를 배반할 수 있는지 알다가도 모를 일이다.

"부문주, 하실 말씀이 무엇입니까?"

"이제 정식으로 금산장에 관한 모든 권리를 주금천에게서 넘겨받아야겠습니다."

"그렇다면……."

"그렇습니다. 그 일로 내일 정식으로 천하만물총점 총회를 열 것입니다. 그러니 그리 아십시오."

"예, 부문주."

"돌아가시오."

"예."

돌아가는 뇌황문 수하들을 바라보는 예하령의 얼굴이 슬쩍 일그러졌다.

쏘옥!

"엄마야!"

뇌황문의 졸개들이 모두 항아각을 빠져나가자마자 예하령의 옆 자리에 구멍이 뚫리며 얼굴 하나가 불쑥 솟아올랐다.

진가운이 한 손에 예하령의 신병인 지둔륜을 손에 든 채 미소를 짓고 있다.

"놀랬잖아."

"놀라라고 한 짓이야. 그래 뇌황문 졸개 놈들은 다 파악했어?"

"대충."

"대충이 뭐야? 이번에 아주 놈들을 뿌리 뽑아야 한다고."

"알아."

"아는 사람이 대충 파악해?"

"그래서 내일 총회 소집했잖아. 내일 그곳에서 내 의견에 찬성하는 놈들은 다 뇌황문 놈들이야. 알았지?"

진가운이 놀란 듯 예하령을 바라보았다. 진가운이 자신을 바라보고 있다는 사실 하나만으로도 예하령은 기분이 좋았다.

'자식. 예쁜 것은 알아가지고. 그만 봐. 너 보라고 예쁘게 생긴 것 아니니까.'

"네 머리에서 그런 생각이 나오다니 신기하다."

'뭐야? 예뻐서 본 것 아냐?'

예하령의 얼굴이 서서히 일그러졌다. 진가운을 노려보는 예하령의 눈에 진가운이 들고 있는 지둔륜이 보였다.

"내놔!"

예하령이 지둔륜을 향해 손을 뻗었다.

"안 돼. 이게 있어야 내일 그놈들에게 기습을 할 거 아냐. 내일 돌려줄게. 수고해."

쓰윽!

예하령이 즉시 자신의 앞에 있는 탁자를 옆으로 밀어 진가운이 나타난 구멍을 가렸다.

제21장

뒤로 자빠졌는데 왜 코가 깨지는 거야?

뒤로 자빠졌는데 왜 코가 깨지는 거야?

이곳이 황궁인가?

황궁대전을 연상시킬 정도로 넓고 화려하다. 계단 두 개가 이어진 단상 위에 있는 의자에는 지금 여덟 명이 앉아 있다.

그곳 가운데에서도 상석으로 보이는 화려한 의자.

뒤에 용 문양이라도 하나 있다면 용상이라 말할 수 있을 정도다.

그 화려한 의자에 앉아 아래에 있는 탁자를 사이에 두고 좌우에 앉아 있는 뭇사람을 지켜보는 여인은 주하령이다.

굳게 다문 입술.

한마디라도 내뱉으면 그 자리에서 죽음이라도 오는지 탁자에 앉아 있는 사람들은 입을 굳게 다물고 있을 따름이다.

그렇게 시간은 계속해서 흘렀다.

벌써 이곳에 모여 얼굴을 마주한 지 한 시진이 되었건만 어느 누구도 입을 열지 못하고 있다. 그런 사람들을 말없이 지켜보는 주하령의 얼굴에 주름이 잡히더니 선홍색의 입술이 살짝 열렸다.

"무엇 하십니까? 어서 각자의 의견을 말해 보세요."

"……."

주하령의 다그침에도 실내에는 침묵뿐이다.

"그렇다면 내가 직접 의견을 말할 분을 호명하겠습니다."

획!

아래에 있던 사람들의 고개가 일제히 상단에 있는 주하령에게 몰렸다. 주하령의 고개가 하단에 있는 사람들을 하나하나 살피며 돌아가더니 이내 멈췄다.

주하령의 시선이 고정된 사람. 얼마 전까지 천하만물총점 강서성 책임자로 있다가 지금은 낙양의 상점들을 총관리하는 직을 수행 중인 철시혼이다.

당황했는지 철시혼의 얼굴에 지렁이가 꿈틀거리듯 힘줄이 꿈틀거렸다.

"철 숙부가 한번 말씀해 보십시오."

"……."

"어서요."

주하령의 재촉에 철시혼이 어쩔 수 없이 자리에서 일어났다.

스륵!

자리에서 일어난 철시혼이 고개를 돌렸다. 단상을 향해 고개를 돌린 철시혼. 그렇지만 철시혼이 바라보는 사람은 이곳 천하만물총점의 실질적 주인인 주하령이 아니었다.

주하령의 좌측에 앉아 있는 노인.

언젠가 진가운이 금산장에 몰래 들어왔을 때 한번 겨루어보았던 신선의 풍모를 한 그 노인이다.

'저 늙은이만 없으면……'

잠시 노인을 바라보던 철시혼이 입술을 꽉 깨물었다.

'그래, 저 늙은이도 주하령에게는 어쩔 수 없는 늙은이다.'

마음을 안정시키려는 듯 잠시 심호흡을 하던 철시혼이 마침내 입을 열었다.

"이… 이제 기다릴 만큼 기다렸다고 생각합니다. 그러니 속히 천하만물총점의 총점주와 금산장의 장주 직위는 주금천 장주님으로부터 주하령 아가씨에게 넘어가야 한다고 생각합니다."

"이유는?"

부르르.

간신히 용기를 내 입술을 움직이던 철시혼의 몸이 떨렸다. 얼굴 역시 파랗게 질렸다.

스윽.

철시혼이 다시 고개를 돌려 주하령의 좌측에 앉은 신선노인을 바라보았다.

"이유를 묻지 않느냐, 철시혼?"

철시혼의 대답이 들리지 않자 노인의 목소리가 다시 실내에 울려 퍼졌다.

높지 않은 목소리. 그렇지만 이상하게 신선노인의 목소리는 실내를 쩌렁쩌렁 울렸다.

"그… 그… 그야, 천하만물총점의 발전을 위해서는 과감하게 결정할 사항이 많은데 장주님께서 공석 중이시라 결정이 미루어……"

"철시혼 그대는 그리 생각하는가? 그렇다면 결정이 미루어져 일을 추진하지 못한 것이 무엇인지 한번 말해 보거라."

'젠장. 그걸 왜 나한테 물어?'

철시혼이 급히 단상 한복판에 있는 주하령을 바라보았다. 애절한 눈빛. 그것은 지금 자신의 위급한 상황을 구해달라는 구조의 눈빛이다.

턱!

철시혼의 좌측에 앉아 있던 천하만물총점 총관, 두전평이 자리에서 일어났다.

'고맙네, 두 총관.'

철시혼이 두 총관에게 슬쩍 미소를 지으며 재빨리 자신의 자리에 앉았다.

"대장로 어르신, 그 이유는 소인이 말씀드리겠습니다."

"들을 필요 없다. 나 천하만물총점 대장로 호인상객(護刃商客) 유문도는 이번 일에 반대한다. 너희들도 모두 알고 있을 것이다. 천하만물총점의 총회 결정에서 대장로의 반대가 있으면 그 의견은 무조건 부결된다는 사실을."

"대장로님, 예외도 있습니다."

"무어라?"

총관 두전평을 노려보던 유문도가 고개를 돌렸다. 자신과 같은 위치에서 단상 아래를 내려다보고 있는 여섯 명의 노인. 천하만물총점 장로들인 금산육로(金山六老)들이다.

두전평의 말대로 자신이 반대하는 의견이라도 이들 여섯이 만장일치로 찬성한다면 자신의 반대 의견은 단순히 한 사람의 의견에 불과하다. 혹 있을지 모를 대장로의 반란에 대비한 조치. 그러나 그 조치가 지금은 목에 걸린 가시가 된 것이다.

'서… 설마……'

씨익.

금산육로 가운데 우두머리라 할 수 있는 금산일로(金山一老)의 입가에 미소가 번졌다.

"자… 자네가……."

"대장로님, 그동안 너무 오랫동안 금산장에 안주했다고 생각지 않으십니까?"

"무슨 말인가?"

"이제 쉬실 때가 되었다는 말씀입니다."

금산일로를 바라보는 대장로 유문도의 몸이 떨렸다. 대장로 유문도가 급히 다른 다섯 명의 장로들을 바라보았다. 미소. 그들의 입가에도 은은한 미소가 번지고 있었다.

'이놈들이 모두……'

"대장로님, 어차피 아직 투표는 하지도 않았습니다. 그러니 먼저 투표를 하시지요. 단, 이번 투표에는 대장로님의 진퇴도 함께 물었으면 합니다."

"……."

대장로를 바라보던 금산일로가 총관 두전평에게 고개를 돌렸다.

천하만물총점의 총회를 진행하는 사람이 총관이기 때문이다.

"좋습니다. 대장로님이 반대를 하셔도 투표를 하는 것에는 아무런 문제가 없습니다. 그럼 지금부터 의견을 묻겠습니다. 찬성하시는 분은 탁자의 우측으로, 반대하시는 분은 좌측으로 움직여 주십시오."

두전평의 말이 떨어지기 무섭게 의자에 앉아 있던 사람들이 좌우로 갈라졌다. 우측에 장로 여섯 명을 포함 열네 명. 좌측에 대장로 유문도를 비롯한 여섯 명이다.

두전평을 비롯한 열네 명의 입가에 미소가 번졌다.

"하하하. 비록 대장로님께서 반대하셨으나 장로님들이 모두 찬성하셨으니 인원수대로 결정합니다. 어차피 천하만물총점은 주하령 아가씨에게 이어지게 되어 있습니다. 단지 그 시기가 문제일 뿐이었습니다. 여섯 분은 너무 섭섭해하지 마십시오."

"물론, 내 직위는 내 딸에게 이어질 것이다!"

갑자기 울리는 고함 소리에 탁자의 우측에 서서 회심의 미소를 짓던 열네 명의 얼굴이 일제히 소리가 들린 문이 있는 곳으로 돌아갔다.

"……!"

금산장주 황금왕 주금천.

어제만 해도, 아니, 오늘 아침만 해도 자리에 누워 꼼짝도 못하던 주금천이 양손을 휘휘 저으며 대전 안쪽을 향해 힘차게 걸어 들어오고 있었다.

턱!

걸음을 멈춘 주금천이 탁자의 우측에 서 있는 열네 명의 얼굴을 하나하나 살폈다. 철시혼을 비롯한 열네 명의 얼굴이 일시에 일그러졌다.

"조금 전 두 총관의 말은 어김없는 사실이다. 나의 모든 것은 내 딸 주하령에게 전해진다. 뇌황문의 주구들에게 전해지지 않는다. 알겠느냐?"

부르르.

우측에 서 있던 열네 명의 몸이 일제히 지진을 당한 듯 흔들렸다.

"쳐라!"

금산일로의 한마디와 함께 열네 명이 마치 준비하고 있었다는 듯 일제히 몸을 날렸다.

미소를 지으며 주금천을 향해 날아간 금산이로(金山二老)와 삼로(三老)가 동시에 팔을 뻗었다.

펑!

"크흑!"

금산이로와 삼로의 입에서 동시에 신음이 터져 나왔다.

"무량수불."

어디서 나타났는지 풍월 진인이 주금천의 앞에 서서 이로와 삼로에게 허리를 숙였다.

획!

눈빛을 주고받던 이로와 삼로가 풍월 진인에게 달려들었다.

슈슉!

이로와 삼로의 손에서 빛이 번졌다.

가짜 주하령 노릇을 하던 뇌황문 부문주 고라에게서 보았던 수강이었다.

"허허. 이것은 이미 한번 본 적이 있소이다. 흡!"

풍월 진인이 손을 하늘 높이 쳐들더니 몸으로 날아드는 이로와 삼로의 손으로 내려갔다.

서걱.

풍월 진인의 손짓과 함께 손 네 개가 바닥에 떨어졌다.

놀란 얼굴로 바닥에서 퍼덕거리는 자신들의 손을 바라보는 이로와 삼로의 얼굴이 파랗게 질렸다.

쩌저정!

파랗게 질렸던 이로와 삼로의 몸이 정확히 반으로 갈라지며 바닥에 쓰러졌다.

"이로! 삼로!"

금산일로의 얼굴이 시뻘겋게 변했다.

"이놈!"

풍월 진인을 향해 달려가는 금산일로. 하나 그것까지였다.

쏘옥!

마치 두더지가 땅속에서 몸을 드러내듯이 복환용이 천하만물총점 대전 바닥을 뚫고 나타나며 금산일로를 막아섰다.

"네 이놈!"

회익!

금산일로의 호통과 함께 바람 소리가 들렸다.

"크하학!"

찢어지는 듯한 비명과 함께 금산일로의 목에서 피가 분수처럼 쏟아졌다.

"망할 자식! 침을 맞기 싫으면 싫다고 할 것이지 왜 소리를 지르고 난리야. 이 망할 자식아, 그게 원래 네놈들 물건이야. 네놈도 알지? 설 표 수염. 주인을 만났기에 돌려주었더니 왜 지랄이야."

무심히 한마디를 내뱉은 복환용이 몸을 돌리더니 바쁘게 문밖으로 달려갔다.

채쟁챙.

문밖에서도 치열한 싸움이 전개되고 있었다.

예하령을 호위하던 호위 무사 두 명을 포함, 대전 안으로 들어서려는 백여 명에 이르는 금산장 무사를 상대로 귀봉채의 채주 반후벽을 비롯한 산적 십여 명과 천수가 도를 휘두르며 사력을 다해 막고 있었다.

십 대 백의 싸움.

숫자로만 따진다면 상대가 되지 않는다. 그렇지만 싸움은 의외로 치열했다.

의외의 결과다. 비록 금산장 무사들이 일류라고 할 수는 없지만 그래도 전직 산적인 귀봉채 무리와는 비교가 되지 않는 고수다. 그런 고수들이 숫자도 십 분의 일에 불과한 귀봉채 무사들을 단번에 요리하지 못하다니…….

그것은 다름 아닌 반후벽 때문이었다.

일당백의 절정고수.

절정고수를 상대하는 금산장의 무사들은 반후벽의 공격을 피하느라 정신이 없었다. 그 틈을 이용, 반후벽의 주변에 있는 귀봉채의 산적들과 천수의 기습이 빛을 발했다.

휘릭!

어느새 무기를 월에서 검으로 바꾼 반후벽의 검이 바람을 일으키며 금산장 무사의 앞을 스치고 지나갔다.

"이크."

반후벽의 무시무시한 공격에 감히 맞대응하지 못하고 뒤로 몸을 빼는 금산장의 무사.

슈슉!

그 틈을 노리고 천수의 검이 뒤로 물러서는 금산장 무사의 가슴을 파고들었다.

"커헉!"

믿을 수 없다는 얼굴로 눈을 부릅뜬 채 가슴에 박힌 천수의 검을 바라보는 금산장의 무사.

"푸하하하! 개돼지만도 못한 놈들은 모두 천수의 검에 목이 달아날 줄 알아라!"

천수가 대소를 토하는 와중에도 복환용은 정문을 향해 계속해서 몸을 날렸다.

턱!

문 앞에 도착한 복환용의 얼굴에 잔경련이 일었다.

금산장 마당을 뒹구는 이십여 구의 시체.

도나 검에 당한 시체에서는 아직도 피가 꾸역꾸역 흘러나와 금산장의 장원을 적시고 있었다.

휙!

복환용이 팔을 높이 치켜들더니 아직까지 허리를 뒤로 젖힌 채 웃음을 토하는 천수의 얼굴로 날아들었다.

퍽!

웃음을 토하던 천수가 입을 그대로 벌린 채 마당에 벌렁 나자빠졌다가 발딱 몸을 일으키고는 눈을 등잔만하게 부릅뜨곤 노려봤다.

"미련한 놈! 이들이 금산장의 무사라는 사실을 잊었느냐? 당장 얼굴 돌려!"

짝!

휙!

복환용의 말이 끝나기가 무섭게 천수의 얼굴이 그대로 반대편으로 돌아갔다.

'어… 언제 날아온 거야?'

붉은 손자국이 가득한 왼쪽 볼을 감싼 천수의 눈이 더욱 부풀었다. 사람의 손이 이렇게 빠를 수 있다는 것을 오늘 처음 알았다.

복환용의 고함에 금산장주 주금천이 놀란 듯 문밖을 향해 몸을 움직였다. 잘못해서 자신의 수하들이 다치기라도 하면 큰일이라는 생각이 들었다.

턱!

금산장주 주금천을 막아서는 세 명의 인물. 금산육로 가운데 아직까지 살아남아 있는 세 명이었다.

"비켜라!"

"……."

장주의 명에도 불구하고 세 장로는 그저 슬쩍 웃음을 지을 뿐이었다.

"망할 새끼들. 개돼지도 주인 말은 듣는 법이야."

고함과 동시에 금산육로의 나머지 세 명이 급히 몸을 돌렸다.

세 명을 향해 빙긋이 미소를 짓는 추평. 추평의 미소가 순식간에 걷히며 손을 번쩍 치켜들었다. 추평의 손에 들려 있는 것은 개뼈다귀.

휘익!

추평의 개뼈다귀가 바람을 가르자 금산사로, 오로, 육로가 황급히 뒷걸음질을 치며 물러났다.

타다닥!

그 틈을 이용 주금천이 급히 밖으로 달려나갔다.

"칼을 거둬라!"

주금천의 호통과 함께 반후벽을 비롯한 귀봉채 산적들과 치열한 싸움을 벌이던 금산장의 무사들의 검이 일제히 움직임을 멈췄다.

그 시각.

실내 한편에서는 아직도 치열한 접전이 벌어지고 있었다.

무치가 상대하는 자는 다름 아닌 천하만물총점 두전평이다. 하나 이곳의 결과는 이미 무치의 일방적인 승리로 기울고 있었다. 아무리 두전평의 무공이 일류라 하더라도 소림제일신룡이라 불리는 무치의 상대는 될 수 없었다.

만약 무치가 살의를 갖고 있었다면 두전평의 몸은 이미 걸레가 되었을 것이다.

파바박!

무치의 손이 그대로 허공을 가르며 두전평의 몸을 두드렸다.

나한권(羅漢拳). 무치가 펼치고 있는 것은 소림사 나한제자들이 익히는 무공 가운데 기본이라 할 수 있는 나한권이다. 그러나 무치의 나한권은 달랐다. 비록 절정에는 이르지 못하지만 그래도 일류 중에 일류 고수인 두전평은 무치의 평범한 주먹질에 계속 뒤로 밀려났다.

'제길, 이제 어떡해야 하는 거야?'

위기에 처한 철시혼은 그저 눈을 이리저리 굴리며 피할 곳을 찾았다.

"……!"

고개를 돌리던 철시혼이 먹잇감을 발견한 듯 한곳을 향해 몸을 날렸다. 철시혼이 발견한 대상은 두려운 듯 대전의 한구석에서 몸을 움츠리고 있는 예하령이었다.

'그래, 저년만 인질로 잡으면 목숨은 보전할 수 있다.'

철시혼이 입술을 꽉 깨물며 예하령이 있는 곳으로 재빨리 다가갔다.

쾅!

"아이고!"

예하령을 노리고 달려가던 철시혼이 비명을 지르며 뒤로 벌러덩 넘어졌다. 마치 거대한 벽에 부딪친 듯 온몸이 욱신거리며 쑤셨다.

"어라? 늙은이, 거기서 뭐 하는 거야?"

왠지 모를 귀에 익숙한 목소리에 바닥을 뒹굴던 철시혼이 급히 고개를 들어 전방을 바라보았다.

자신을 바라보며 능글맞은 미소를 짓고 있는 사내. 언젠가 남성 몽환장에서 예하령의 서찰을 전했던 그놈이다.

"네 이놈!"

철시혼이 얼굴을 씰룩거리며 진가운에게 달려들었다. 평상시의 철시혼이라면 감히 생각지도 못할 짓이다.

"놀고 있네."

자신에게 달려드는 철시혼의 공격을 무시하듯 진가운은 몸을 돌려 예하령에게 다가갔다.

"잘 숨어."

"응."

고개를 끄덕이던 예하령의 눈이 커졌다. 진가운의 바로 뒤에서 철시혼이 눈을 까뒤집은 채 득달같이 달려들고 있었다.

"위험……."

쾅!

예하령이 무슨 말을 꺼내기도 전에 폭발음이 퍼졌다.

"아이고!"

"……!"

예하령의 눈이 커졌다.

분명 뒤에서 기습을 퍼부은 것은 철시혼인데 그가 바닥을 뒹굴고 있었기 때문이다.

"늙은이, 오늘 죽었다고 복창해. 알았어?"

진가운이 예하령을 등 뒤에 업은 채 바닥을 뒹구는 철시혼에게 달려들었다.

파바박!

일방적인 공격.

진가운의 손발이 한번씩 움직일 때마다 이를 악다문 철시혼의 몸이 좌우로 비틀거렸다. 그와 함께 예하령은 진가운의 목에서 떨어지지 않으려고 두 팔로 힘껏 진가운의 목을 부둥켜안았다.

"좋으면 좋다고 말로 해. 괜히 목 조르지 말고."

"착각하지마. 누가 좋아서 이러는 줄 알아?"

"그럼?"

"안 떨어지려고 그러는 거잖아."

진가운의 입이 슬쩍 벌어졌다. 비록 자신이 생각한 것처럼 예하령이 좋아서 그런 것은 아니지만 낙양항아가 자신의 목을 꼭 끌어안고 있다는 사실이 좋았다.

이런 무치와 진가운의 일방적인 승리와는 반대로 고전을 하고 있는 사람은 세 명의 금산장 장로와 대결을 펼치고 있는 추평이었다.

초반 기습으로 어느 정도 공세를 취할 수 있었으나 이내 시작된 세 노인의 반격에 뒤로 밀리기 시작했다.

'이 새끼들은 뭐야?'

추평으로서는 답답하기 짝이 없었다. 다른 금산장의 놈들과는 달리 자신과 상대하는 세 명의 노인은 절정에 이른 고수들이었다.

일 대 일로 상대한다면 결코 뒤로 밀리지 않을 자신이 있었지만 세 명을 상대하기는 쉽지가 않았다.

와직!

추평이 이를 질끈 깨물고 개뼈다귀에 내력을 집어넣었다.

광채. 추평이 들고 있는 개뼈다귀에서 광채가 흘러나왔다.

개뼈다귀 전체를 감싼 광채가 점점 짙어지더니 이내 뼈다귀를 뚫고 밖으로 흘러나왔다.

'제길, 구골강(狗骨罡)을 펼치게 될 줄은 몰랐다.'

구골강. 개뼈다귀에서 일어나는 강기. 검강, 도강이라는 말을 참고해 추평이 지은 이름이다.

쩌저정!

개뼈다귀에서 흘러나온 광채가 밖으로 점점 흘러나와 넉 자에 이르렀다.

세 명의 금산장 장로 역시 추평의 이번 공격이 심상치 않다고 판단한 듯 얼굴이 잔뜩 굳은 채 슬금슬금 뒤로 물러났다.

"합!"

기합 소리와 함께 추평의 몸이 슬쩍 공중으로 떠올랐다.

스르륵!

공중에 슬쩍 몸을 띄운 추평이 얼음판 위를 걷듯 재빠르게 세 노인을 향해 미끄러져 들어왔다.

입술을 꽉 깨문 세 노인도 마지막 공격을 펼치려는 듯 합장을 하듯 손바닥을 모으더니 손을 양쪽으로 조금 벌렸다.

찌리리릿!

양손 사이에서 뇌화(雷火)가 일었다.

'뇌전일섬.'

장난치듯 철시혼을 상대하던 진가운의 얼굴이 파랗게 질렸다.

세 노인의 공격.

그것은 뇌전일섬이 분명했다.

'그렇다면 저들이 뇌황문의 장로들? 그렇다면 추평이 위험하다.'

"추평!"

진가운이 막 추평을 부르는 그 순간, 추평의 몸은 이미 세 명의 노인과 맞부딪치고 있었다.

콰콰광!

요란한 폭음 소리와 함께 네 사람의 신형이 일제히 뒤로 밀려났다.

"크흑!"

작은 신음과 함께 믿을 수 없다는 얼굴로 세 노인을 바라보는 추평의 입술을 타고 가느다란 핏줄기가 보였다. 들고 있던 개뼈다귀는 이미 산산조각이 났는지 추평의 손에는 아무것도 들려 있지 않았다. 그러나 추평을 상대한 세 노인 역시 무사하지는 못했다.

창백해진 얼굴이 세 노인 역시 심각한 내상을 입은 것이 분명했다.

진가운이 놀란 얼굴로 네 사람을 바라보았다. 추평에 대한 놀라움. 그저 개뼈다귀나 들고 설치는 성질만 급한 사내로 알았는데 그것이 아니었다.

뇌황문의 장로 세 명의 공격, 그것도 뇌전일섬을 상대하고도 추평은 쓰러지지 않았다.

'과연……'

추평을 보며 진가운이 고개를 끄덕였다.

구파일방. 그들의 무공을 짐작하고도 남았다.

휘릭!

진가운이 잠시 감탄을 터뜨리는 사이 세 노인이 추평을 향해 급히 몸을 움직였다. 진가운으로서는 아차 싶었다. 경탄을 터뜨릴 것이 아니라 재빨리 추평을 구해야 했다.

"제길!"

자기도 모르게 터져 나온 육두문자와 함께 진가운이 질끈 눈을 감았다.

퍼벙!

또다시 들려오는 폭음에 눈을 감은 진가운의 얼굴이 일그러졌다. 추평의 죽음이 머리 속에서 그려졌다.

"커헉!"

"크악!"

여러 명의 비명 소리에 진가운이 의아한 표정을 지으며 조심스럽게 눈을 떴다.

바닥에 쓰러진 네 사람.

"어르신!"

추평의 고함과 동시에 진가운이 급히 유문도에게 달려갔다.

턱!

진가운이 바닥에 쓰러진 유문도의 손목을 잡았다.

'죽었다.'

유문도의 맥은 뛰지 않았다.

"대장로님!"

그제야 정신이 든 듯 예하령이 급히 진가운의 등에서 내려 유문도의 몸을 흔들었다.

타닥!

그 틈을 이용, 몽환장주 철시혼이 급히 문이 있는 곳으로 달아났다.

"아미타불!"

불호와 함께 무치의 손이 철시혼의 등덜미를 움켜쥐고는 공중으로 집어던졌다. 공중에 떠올랐던 철시혼의 몸뚱이가 이내 '쿵' 하는 소리와 함께 바닥에 처박혔다.

"우와! 녹옥(綠玉)이잖아!"

광인 듯 보이는 어두운 실내. 금산장 내에서 가장 값진 물건들을 모아두었다는 보원이다.

과연 그 명성대로 실내에는 값진 금은보화로 가득했다.

'저게 무슨 빛이야?'

어두운 보원 안을 움직이던 진가운이 신기하다는 표정을 지으며 한 곳을 향해 걸어갔다. 진가운의 눈에 가장 먼저 들어온 것은 그 크기가 주먹보다 조금 더 큰 거대한 녹옥이다.

이렇게 큰 녹옥이 있다는 것이 믿어지지 않았지만 그것은 분명 녹옥이다. 잠시 녹옥을 바라보던 진가운이 이상하다는 듯 고개를 갸웃거렸다. 녹옥 역시 엄청난 보화임에 틀림없다. 그렇지만 녹옥에서 빛이 흘러나오지는 않는다.

어두운 실내. 그렇지만 녹옥 주변에서는 밝은 빛이 흘러나왔다.

스르륵!

진가운이 천천히 녹옥을 한쪽으로 밀었다. 녹옥의 뒤쪽에서 밝은 빛을 뿌리는 물체.

"야명주!"

그랬다. 그것은 야명주였다. 잠시 군침을 흘리며 야명주를 바라보던 진가운이 몸을 돌렸다.

자신이 찾는 것은 야명주가 아니기 때문이다.

진가운이 찾는 것은 오직 한 가지, 그의 생명을 지켜줄 만년교룡의 내단이었다.

'분명 이곳 근처에 있을 텐데.'

진가운이 급히 보원의 한쪽을 다시 뒤졌다.

그렇게 한참을 뒤지던 진가운의 입이 서서히 벌어졌다.

나무 함.

함의 뚜껑에 적혀 있는 글씨가 진가운의 입을 벌어지게 만들었다.

만년교룡단.

함 뚜껑에는 분명 그렇게 적혀 있었다.

"됐다. 이제 살았다."

진가운이 급히 만년교룡의 내단이 들어 있는 함을 들고 보원 밖으로 나왔다.

"허허. 그래, 원하는 물건을 찾으셨는가?"

보원 밖에서 진가운을 기다리고 있던 풍월 진인의 물음에 진가운이 고개를 끄덕였다.

"어르신, 가시죠."

진가운이 급히 금산장 한복판에 있는 거대한 마당으로 달려갔다.

이내 마당에 도착한 진가운. 그곳에는 철시혼이 온몸이 꽁꽁 묶인 채 무릎을 꿇고 있었다. 진가운이 이상하다는 듯 고개를 갸웃거렸다. 철시혼에 대한 심문 등으로 시끌벅적해야 할 금산장 마당은 고요함으로 가득했다.

소림사 경내보다 더 조용한 모습.

'뭐야? 왜 이래?'

진가운이 급히 예하령과 그의 아버지 주금천이 있는 곳으로 달려갔다.

"하령아! 찾았다."

"으… 응!"

탐탁지 않은 얼굴.

한참 동안 예하령을 바라보던 진가운이 급히 자신이 들고 있는 함을 열었다.

"……!"

텅 빈 함.

진가운의 얼굴이 조금씩 일그러지는가 싶더니 이내 시뻘겋게 달아올랐다.

"어… 어디 있어?"

획!

미친 듯 소리치던 진가운이 급히 고개를 들고 예하령을 노려보았다.

"너… 너는 알지, 만년교룡의 내단이 어디에 있는지?"

"……"

잠시 미적거리던 예하령이 낭패한 얼굴로 고개를 끄덕였다.

"어… 어디야?"

"……."

"어디냐고?"

"내 뱃속."

"뭐?"

진가운이 고개를 들었다.

"내 얼굴을 이렇게 만든 게 만년교룡의 내단 때문이래."

"뭐?"

예하령이 천천히 손을 들었다. 진가운의 눈이 예하령의 손을 따라 움직였다. 예하령이 가리킨 것은 다름 아닌 몽환장주 철시혼이다.

"저 늙은이가 내게 먹인 게 그거래."

"뭐야? 그럼 네 얼굴을 망친 그 독물이……?"

"응!"

"……."

기가 막혀 말이 나오지 않았다. 기껏 만년교룡의 내단을 구하기 위해 별짓 다 해가며 여기까지 왔는데 그것이 예하령의 뱃속에 들어가 있다니…….

"으아! 이거 정말 미치겠네."

잠시 하늘을 보며 미친 듯 소리를 지르던 진가운이 고개를 돌려 예하령을 노려보았다.

눈까지 시뻘겋게 충혈된 무시무시한 모습.

와락!

진가운이 급히 예하령의 멱살을 움켜잡았다.

"너… 너는 알고 있었지? 그렇지?"

진가운의 말에 예하령의 얼굴도 시뻘겋게 달아올랐다.

"이 망할 놈아! 내 얼굴 돌릴 수 있는 천년설도는 네 뱃속에 있는데 그게 무슨 소리야!"

"뭐? 그럼 넌 천년설도가 해독약이란 말이야?"

"그래. 그나저나 이제 어쩔 거야, 이 망할 놈아. 엉엉엉!"

'우와, 쓰벌. 정말 미치고 환장하겠네. 재수없는 놈은 뒤로 자빠져도 코가 깨진다더니 난 왜 이렇게 재수가 없는 거야.'

예하령의 통곡 소리가 금산장에 울려 퍼지는 와중에 진가운은 넋을 잃은 채 먼 하늘을 바라보았다.

획!

한참 동안 넋을 잃고 하늘을 보고 있던 진가운이 고개를 돌렸다. 진가운이 바라보는 곳은 복환용이었다. 장원 한쪽에 쪼그리고 앉아 햇빛에 꼬박꼬박 졸고 있는 강아지처럼 고개를 까닥거리는 복환용.

'그래, 의원이니 해결책을 알지도 모른다.'

"영감! 방법 좀 생각해."

"……."

대답없이 여전히 졸고 있는 복환용. 그런 복환용이 답답한 듯 진가운이 얼굴을 씰룩거리고는 복환용에게 다가갔다.

턱!

"뭐… 뭐야?"

복환용이 깜짝 놀라며 자리에서 벌떡 일어났다.

"영감은 알고 있지?"

"뭘?"

"우리들을 치료할 방법."

복환용이 슬쩍 고개를 돌리더니 진가운과 예하령을 번갈아 바라보더니 난처한 듯 한숨을 내쉬었다.

"……!"

무엇을 생각했는지 진가운과 예하령의 얼굴이 동시에 붉어졌다.

'음양 화합?'

그들이 생각한 것은 음양 화합이었다. 전에 한번 들어본 적이 있었다. 예하령을 바라보는 진가운의 얼굴이 더욱 붉어졌다. 만약 치료가 된다면 지금의 모습일 것이다. 그렇다면 망설일 이유가 없었다.

'그래, 이것이 운명이라면 어쩔 수 없지. 받아들일밖에.'

"정말 그 방법밖에 없단 말이야?"

진가운의 느닷없는 말에 복환용이 눈을 동그랗게 떴다.

"그래. 견디기 힘든 일인 줄은 안다만."

"휴후~ 어쩔 수 없지, 운명이니."

한숨까지 내쉬며 내뱉는 말과는 달리 진가운의 입은 귀에 걸렸다. 자신의 생각대로 된다면 자신의 인생 목표인 영세천하제일인과 천하제일대부호 가운데 천하제일대부호는 간단히 이룩되는 것이다. 그리고 남은 기간 사문 무공의 비밀을 풀어낸다면 영세천하제일인의 자리도 꿈만은 아니다.

'그야말로 호박이 넝쿨째구나.'

전화위복, 새옹지마라는 말은 이를 두고 하는 말이라 생각하며 진가운이 조심스럽게 예하령과 그의 아버지 주금천이 있는 곳으로 걸어갔다.

턱!

금산장주 황금왕 주금천에게 무릎을 꿇는 진가운. 그런 진가운을 보며 복환용이 뒤에서 고개를 갸웃거렸지만 진가운은 그 모습을 미처 보지 못했다.

"들으셨지요? 저 역시 원치 않으나 이것이 운명이니 어쩌겠습니까? 이곳 금산장의 사위로서 최선을 다하……."

진가운은 말을 끝마치기도 전에 바닥에 콕하고 처박혔다.

후닥닥!

급히 일어선 진가운이 고개를 돌렸다. 한심하다는 듯 자기를 바라보는 복환용의 얼굴 근육이 꿈틀거린다.

"영감 미쳤어? 나도 좋아서 이러는 것 아니야? 그렇지만 어쩌겠어? 살려면 그 방법뿐인걸?"

"방법? 무슨 방법?"

"무슨 방법은, 음양 교합……."

입을 열던 진가운의 얼굴이 붉게 물들었다. 입 밖으로 꺼내려니 입이 떨어지지가 않았다. 진가운의 얼굴이 붉어지는 것과 마찬가지로 복환용의 얼굴도 붉게 물들었다. 그러나 입술 끝 부분이 파르르 떨리는 것이 진가운과는 조금 달랐다.

'뭐야?'

어리둥절한 표정을 짓고 있는 진가운을 향해 복환용의 손이 날아들었다.

휘익!

미리 준비라도 하고 있었는지 진가운이 급히 몸을 틀며 복환용의 주먹을 피했다.

"망할 놈! 마빡에 피도 안 마른 놈이 지금 무슨 생각을 하는 게야?"

"……?"

"꼴에 어디서 이상한 소리는 들어서……."

"……?"

여전히 말이 없는 진가운을 향해서 복환용의 고함이 계속해서 이어졌다.

"음양교합이기대법(陰陽交合以氣大法) 같은 소리 하고 자빠졌다. 이놈아! 그런 말은 사기꾼들이나 하는 소리야! 세상에 그런 방법은 없어. 그런 짓 하려면 밥이나 조금 덜 처먹고 운동이나 열심히 해."

'뭐야, 그런 방법이 없어? 그럼 무슨 방법이 있는 거야?'

진가운이 조심스럽게 복환용을 향해 고개를 돌렸다. 초조한 마음에 입술까지 바짝 타 들어갔다. 진가운이 눈동자 하나 깜빡거리지 않고 목을 길게 뺀 채 복환용을 주시했다.

"잘 들어. 방법은 한 가지뿐이야."

'망할 늙은이, 그게 뭐냐니까?'

속 타는 진가운의 모습을 즐기기라도 하듯 말을 끊은 채 잠시 진가운을 바라보는 복환용.

"그것은 만년교룡의 내단과 천년설도를 다시 구하는 것이야."

진가운의 얼굴이 일그러졌다. 방법이 한 가지 있다고 하기에 나름대로 기대를 걸었건만 두 물건을 다시 구하라니, 이게 무슨 방법인가?

'그게 무슨 방법이야? 처음부터 다시 하라는 말이지.'

진가운뿐만 아니라 예하령, 아니, 주하령과 그녀의 아버지 황금왕 주금천 역시 실망한 기색이 역력했다. 복환용이 망설이는 것으로 보아 그 방법이 쉬운 일은 아니라고 생각했지만 그것이 물건을 다시 구하는 것이라고는 생각지 못했다.

안절부절못하며 자리에 앉아 있던 주하령이 자리에서 일어나려 하자 주금천이 슬쩍 옷소매를 잡아 다시 자리에 앉히고 자신이 일어났다.

"어르신! 그것이 무슨 방법입니까?"

"그럼, 하령이를 평생 저 모양 저 꼴로 살게 할 생각이시오?"

"그… 그게 아니라……."

"그렇다면 천년설도와 만년교룡의 내단을 구하시오."

"하지만 현재는 방법이 없지 않습니까?"

씨익!

복환용의 얼굴에 슬쩍 미소가 번졌다.

"허허허. 다른 곳은 방법이 아닐지 모르나 이곳 천하만물총점에서는 방법이 될 수도 있소이다."

"그게 무슨……."

"지금 당장 중원 곳곳에 있는 천하만물총점을 통해 방을 붙이시오. 방에는 만년교룡과 천년설도가 있는 곳의 위치를 알려주는 자에게는 각각 은자 일만 냥을 전한다고 하시오. 분명 중원의 누군가는 만년교룡과 천년설도에 대해 기록을 통해 알고 있는 자가 있을 것이오."

"그런 후에는 어찌합니까?"

"천년설도와 만년교룡이 있는 곳을 중원 사람들에게 알리는 것이오. 그리고 그것을 구해오는 자에게 은자 이십만 냥을 주겠다고 하면 되는 일이오."

"영감 미쳤어? 은자 이십만 냥이 강아지 이름이야? 그곳이 있는 위치를 알면 우리들이 구하지, 왜 은자 이십만 냥을 버려?"

"그게 네 녀석 돈이냐?"

소리치며 달려드는 진가운을 재미있다는 듯 바라보는 주금천과 복환용. 복환용을 향해 달려가던 진가운이 걸음을 멈췄다. 복환용이야 미소를 지을 수 있을지 몰라도 주금천이 미소를 짓는 것은 의외였다.

'뭐야? 미쳤나? 하긴 복환용 저 늙은이의 말 같지 않은 소리에 충격이 크겠지.'

"허허허. 알겠습니다. 그렇게 하지요."

"아니, 어르신. 은자 이십만 냥을 왜 버리십니까? 위치만 알면 그것을 구하는 일은 제가 할 것입니다."

"그야 당연히 자네가 해야지."

'이게 무슨 말이야?'

진가운이 주금천을 향해 고개를 돌렸다. 조금 전에는 구해오는 자에게 은자 이십만 냥을 내주겠다고 하고서는 자신이 구해야 한다니……

"미련한 놈! 머리는 무겁게 왜 목에 붙이고 다녀?"

"……?"

"쓸데없는 소리 말고 너는 염이나 할 생각해."

'염? 무슨……'

"이런 벼락을 쫓아다니며 맞아 뒈질 놈을 보았나. 이놈아, 이곳 금산장의 대장로가 죽었어. 그 사람 염은 네가 해야 할 것 아냐!"

복환용의 고함에 비로소 진가운은 이번 싸움에서 추평을 구하고 죽은 금산장 대장로 호인상객 유문도가 생각났다.

다음날 아침.

진가운은 잠자리에서 일어나 추평과 함께 유문도가 누워 있는 곳으로 갔다. 평상시라면 왜 나냐고 투정을 부렸을 추평이지만 오늘은 아무 말 없이 조용히 진가운의 뒤를 따랐다. 유문도의 죽음이 자신에게 원인이 있음을 알기 때문이다.

호인상객 유문도. 끝까지 의리를 지켜 금산장을 지키려 한 노인. 방에 들어선 진가운과 추평이 그렇게 누워 있는 유문도를 향해 슬쩍 허리를 숙였다.

유문도에게 예를 표한 진가운과 추평이 조심스럽게 시신 앞으로 다가갔다.

몸 전체를 덮은 천이 서서히 걷히며 유문도의 시신이 모습을 드러냈다. 조심스럽게 유문도의 시신을 닦아가던 진가운의 손이 멈칫거렸다. 그러나 이내 다시 유문도의 시신을 닦기 시작했다.

조금 전보다 더욱 신중해진 진가운의 손놀림과 더불어 진가운의 입이 달싹거렸다.

유문도의 시신을 닦은 진가운이 수의를 입혔다.

경장을 벗고 수의를 입은 채 편안히 누워 있는 유문도.

진가운이 추평을 바라보며 고개를 끄덕이자 추평이 밖으로 나갔다. 잠시 후 추평이 관을 들고 방 안으로 다시 들어왔다. 관을 방 안에 내려놓은 추평이 유문도의 다리가 있는 곳으로 걸어갔다.

다리와 머리 부위를 잡고 묶인 유문도의 시신을 들어 올린 진가운과 추평이 조심스럽게 관에 집어넣었다.

스릉.

이내 관의 뚜껑이 닫혔다. 이제 관에 대못만 박으면 유문도의 염도 끝이다. 뚜껑을 닫은 진가운이 나무못을 관에 댔다. 그렇지만 이상하다. 뚜껑을 박으려면 관 뚜껑의 귀퉁이에 나무못을 대어야 하건만 진가운은 관 한복판에 나무못을 대고 있었다.

주르륵!

진가운의 얼굴을 타고 한줄기 땀방울이 흘러내렸다.

망치를 든 진가운의 손이 머리 위로 올라갔다가 나무못을 향해 번개처럼 내려왔다.

휘익!

꽝!

망치로 머리를 맞은 나무못이 그대로 관을 산산조각 내며 안으로 파고들어 갔다.

"커허헉!"

신음.

진가운이 급히 관을 바라보았다. 이미 뚜껑은 박살이 난 상태라 관 안쪽이 진가운의 눈에 훤히 들어왔다. 손을 앞으로 쭉 뻗은 채 부르르 몸을 떨고 있는 호인상객 유문도가 눈을 부라린 채 입을 벌리고 있었다. 단전에 박힌 나무못을 타고 피가 조금씩 새어 나왔다.

가르르릉!

가래 끓는 소리를 내며 진가운을 바라보는 유문도.

"궁금하겠지?"

"……."

"네 녀석의 연기는 훌륭했다. 더구나 자신의 수하까지 죽이며 벌인 연극은 정말 훌륭했어. 물론 너도 수하로부터 내가 장의사라는 소리는 들어 알고 있었을 것이다. 그래서 지금과 같은 완벽한 기습을 하기로 계획했겠지. 하나 네가 간과한 것이 있다. 그것은 내가 중원제일의 장의사라는 사실이야."

"그… 그게……."

"호호호, 죽지도 않은 너를 염하다 보니 한 가지 이상한 점이 있더군. 너의 왼쪽 가슴에 뇌전 문양이 보이지 않았다. 물론 뇌전일섬이 극성에 달하면 흔적이 남지 않는다는 것을 알고는 있었다. 그러나 추평과 싸움을 벌인 세 녀석은 뇌전일섬을 극성으로 익힌 자들이 아니다. 만약 뇌전일섬을 극성으로 익힌 자였다면 아무리 추평의 무공이 강하더라도 삼 대 일로 버틸 수 없다. 그런 자들에게 뇌전일섬을 당했다면 네 가슴에는 당연히 뇌전 문양이 남아야 한다. 그런데 없었다. 그때부터 네놈을 의심했지. 그리고 네 더러운 몸뚱이를 닦아내며 조심스럽게 살폈다. 그래서 내린 결론은 네놈이 죽지 않았다는 것이었다."

"······?"

"사람이 죽으면 시반(屍斑)이 나타나게 된다. 물론 죽은 지 몇 시진 되지 않으면 그 흔적이 미미해 잘 나타나지 않지. 그렇지만 시반은 분명 나타나기 시작하는 법이다. 네놈의 몸뚱이를 닦으며 안력을 돋우어 시반을 찾았다. 없더군. 그것은 네놈이 죽지 않았다는 결정적인 증거다. 이제 죽게 될 것이니 죽기 전 미리 염을 했다고 생각해라. 뇌황문주!"

말을 마친 진가운이 추평을 향해 슬쩍 고개를 돌렸다. 추평의 손이 계속 가래 끓는 소리를 토하는 유문도의 목으로 다가갔다.

턱!

목을 잡은 추평의 손에 힘줄이 돋았다.

으드득!

목뼈가 부러지며 관 안에서 몸을 떨던 유문도의 시신이 축 늘어졌다.

"뚜껑은 다시 가져와야겠어."

"알았어."

추평이 자리에서 일어났다. 막 문을 나서려던 추평이 진가운을 향해 고개를 돌렸다.

"그나저나 조금 전에 네가 한 말 사실이냐?"

"……?"

"그놈들이 뇌전일섬을 극성으로 익힌 놈들이었다면 내가 삼 대 일로 버틸 수 없었을 것이라는 말."

"당연하지."

추평의 얼굴이 단박에 일그러졌다.

'망할 새끼. 우리 개방을 뭐로 보는 거야.'

쾅!

문을 부수듯 열어 젖힌 추평이 관 뚜껑을 찾아 쿵쾅거리며 문밖으로 나갔다.

제22장

만년교룡 내단과 천년설도를 손에 넣다

만년교룡 내단과 천년설도를 손에 넣다

주하령이 진가운의 도움을 받아 금산장에 숨어 있던 뇌황문을 몰아내고 금산장을 되찾아 예하령에서 주하령이라는 본래의 이름을 되찾은 지 벌써 열흘이 흘렀다.

짧다면 짧고, 길다면 긴 시간이다. 그러나 만년교룡의 내단과 천년설도의 행방을 알지 못하는 진가운에게는 지난 열흘 하루하루가 일 년처럼 느껴지는 지루한 시간이었다.

고문난장(古文亂場).

진가운의 지루한 하루하루와는 달리 강호에서는 일대 난리가 벌어졌다. 그것의 시작은 천하만물총점에서 중원 곳곳에 붙인 방에서부터였다.

은자 이만 냥의 현상금이 걸린 방. 그것은 두 가지 물건을 찾는 일이었다. 아니, 물건을 찾는 것이 아니라 물건이 어디에 있느냐만 알려주면 되는 일이었다. 두 가지 물건은 물론 만년교룡과 천년설도다.

만년교룡과 천년설도가 있는 곳을 알려주는 사람에게 은자 각 일만 냥을 현상금으로 준다.

간단한 방문 하나에 사람들은 눈에 불을 켜고 다녔다. 사냥꾼은 사냥을 중지하고, 약초꾼은 약초 채집을 중지하고 산을 헤매고 다녔다. 그러나 가장 큰 난리를 치른 것은 시내의 고서점이다.

평소에는 잘 찾지도 않던 고서들이 불티나게 팔렸다. 고서 가운데서 기물, 영물 등에 관한 책은 바닥난 지 오래다. 글을 읽을 줄 아는 사람들은 고서란 고서를 닥치는 대로 읽으며 두 가지 물건을 찾기 위해 혈안이 되었다.

그것이 벌써 열흘째다.

드르륵.

문이 열리며 복환용이 진가운이 머물고 있는 방으로 들어왔다.

"일어나!"

"왜요?"

"찾았어."

'찾기는 뭘……'

시큰둥하던 진가운이 벌떡 몸을 일으켰다.

"정말입니까?"

"그래."

"가시죠?"

진가운이 문을 열고 찾아간 곳은 금산장주 주금천이 머물고 있는 황금전이다.

황금전에 들어간 진가운의 눈에 주하령을 비롯한 여섯 사람이 보였다. 이곳의 주인인 주금천이 상석에 앉아 있고, 그 밑으로 다시 흉해진 얼굴 전체를 천으로 드리우고 있는 주하령, 풍월 진인, 무치, 그리고 추평이다.

'한 명은 누구야?'

알지 못하는 한 사람. 진가운은 그를 자세히 살폈다. 삼십대 초반의 사내. 천하만물총점 소속의 사람들이 입는 푸른 경장을 차려입은 것으로 보아 그 역시 천하만물총점의 인물임에 틀림없다.

"앉게나."

"예!"

진가운이 주금천을 향해 슬쩍 허리를 숙인 후 네 사람 옆으로 다가가 조용히 앉았다.

"그럼 난 계속 이렇게 서 있어?"

"아… 아닙니다. 앉으십시오."

복환용이 코를 씰룩거리며 주금천을 힐끔 노려보고는 진가운의 옆에 철퍼덕 주저앉았다.

"그래, 이제 모일 사람은 다 모였으니 말해 보시게."

"예!"

정체를 알 수 없는 사내가 품에서 겉장도 뜯겨져 제목도 알 수 없는 낡을 대로 낡은 책 한 권을 주금천에게 내밀었다.

"이것인가?"

"예, 장주님! 귀주성 지부장님께서 이것이 틀림없다 하셨습니다."

주금천이 사내가 내민 힘이라도 조금 주면 파삭하고 부서질 듯 보이는 낡은 책을 집어 들고 천천히 넘겼다.

　무엇인가를 발견한 듯 한참 동안 책장을 넘기지 못하고 있는 주금천. 그것은 귀주성에 전설처럼 전해져 내려오는 영물 하나와 영과 하나에 관한 기록이었다.

　"어디라 적혀 있는가?"

　"귀주성(貴州省), 범정산(梵淨山) 구룡동(九龍洞)과 구룡지(九龍池)라 합니다."

　"만년교룡과 천년설도가 한곳에 있다고 적혀 있는가?"

　"그렇습니다. 알고 계셨습니까?"

　"어디에 있는지는 알 수 없었으나 영물과 영과가 함께 있을 것이라 짐작은 하고 있었네. 만년교룡이라면 짐승일 터, 그 역시 화염 속에서는 살 수 없는 법일세. 그렇다면 자신의 화염과 같이 뜨거운 몸을 식혀 줄 적당한 물건이 필요할 걸세. 그것이라면 혹 천년설도가 아닐까 생각해 보았네."

　복환용의 말에 풍월 진인을 비롯한 사람들이 고개를 끄덕였다. 진가운이 자리에서 벌떡 일어났다.

　"이제 있는 곳도 알았으니 가시지요."

　"이놈아, 먼저 귀주성 범정산에 만년교룡과 천년설도가 있다고 중원 곳곳에 방을 붙여야지."

　"영감, 정말 미쳤어? 그러면 사람들이 떼거지로 밀려들 텐데……."

　"밀려들라고 하는 짓이야."

　"뭐?"

　"미련한 놈! 이놈아, 지금 우리끼리 나갔다가는 그놈들한테 몰살을 당할 수 있어. 나나 풍월 진인이야 워낙 무공이 지순하니 목숨 하나 건지는 것이야 어려운 일이 아닐지 모르지만 부족하기 짝이 없는 추평 저 미련한 놈은 내는 목숨이야. 왜 물고기들이 떼로 몰려다니는 줄 아느냐? 그것은 자신을 보호하기 위해서다. 떼로 몰려다니면 그중에 가장 약한 놈만 죽게 되어 있어. 추평 저놈이 약하기 그지없는 놈이지만 그래도 수많은 무리 중에 가장 약한 놈은 아니다."

'씨앙, 왜 또 내 이름을 들먹이는 거야?'

불만 가득한 얼굴로 복환용을 바라보는 추평이었지만 입 밖으로는 한마디도 내뱉지 않았다.

"어서 중원 곳곳에 방을 붙이시게. 단, 귀주성 범정산이라고만 밝히시게. 그래야 우리들이 먼저 천년설도와 만년교룡을 취할 수 있을 걸세."

"알겠습니다. 당장 그리 시행하겠습니다."

*　　　*　　　*

요마산 비류성 대전.

언제나처럼 비류성 성주 은하대제는 용좌에 앉아 단상 아래를 바라보고 있었다.

단상 아래에서 조용히 무릎을 꿇고 있는 두 사람.

비류성의 호법인 파라와 밀타다.

잠시 동안 말없이 두 사람을 바라보는 은하대제.

"파라! 중원 금산장에서 만년교룡의 내단과 천년설도를 찾고 있다는 것이 사실이냐?"

"그렇습니다. 주금천 딸 주하령의 독을 풀기 위해 그런 것 같습니다."

"그렇겠지. 금산장에 있던 뇌황문이 전멸했다는 말을 듣고 어느 정도 짐작은 하고 있었다."

"전멸은 아닌 것으로 압니다. 뇌황문주와 부문주, 그리고 일부 장로들이 그곳에서 죽은 것으로 보입니다."

"전멸이라는 말과 다르지 않구나. 그래, 그들은 누구냐?"

"모릅니다."

파라의 말에 비류성주 은하대제의 얼굴이 꿈틀거렸다.

"모른다고 했느냐?"

"예, 주군. 그렇지만 승복을 입은 자와 도복을 입은 자 등이 포함되어 있다고 했습니다. 그리고 그들을 이끄는 자가 젊은이라 했습니다."

'젊은이?'

파라의 말에 밀타의 몸이 흠칫거렸다. 자신과 죽음을 건 일전을 벌였던 일승문 문주의 모습이 떠올랐다. 자신을 한칼에 벨 수 있었음에도 무슨 일인지 자신을 베지 않은 채 사라졌던 인물.

'도대체 왜 그 녀석의 얼굴이 떠오르는 거지?'

밀타로서도 그 이유를 알 수가 없었다. 그런 밀타를 유심히 바라보는 눈동자. 비류성주 은하대제다. 그러나 밀타는 비류성주 은하대제가 자신을 보고 있다는 사실을 눈치채지 못했다. 갑자기 떠오른 일승문주의 모습이 머리 속에서 떠나지 않았다.

"밀타, 혹 짐작되는 인물이라도 있느냐?"

"아… 아닙니다."

밀타의 떨리는 목소리를 듣고 있는 은하대제의 입가에 쓴웃음이 지어졌다.

"밀타, 그는 네가 생각하는 그 인물이 맞을 것이다. 파라!"

"예, 주군."

"너는 지금 곧 수하들을 이끌고 중원으로 출발하거라. 그곳에서 나의 명을 기다려라."

"존명!"

턱!

파라의 몸이 자리에서 일어나는가 싶더니 자리에서 사라졌다. 파라가 자리에서 사라지는 것과 동시에 이제껏 말없이 고개를 숙이고 있던 밀타가 천천히 고개를 들어 올렸다.

"밀타, 너는 당장 귀주성 범정산으로 출발하거라. 금산장의 그놈은 분명 범정산으로 움직일 것이다. 놈의 목을 베어오너라."

"주군, 놈은 저와의 싸움에서 도주한 자입니다. 그것으로 보아 그는 강호에 뜻이 없는 자 같습니다. 하오니 그냥 중원을 취하심이……."

밀타의 말에 은하대제가 아니라는 듯 고개를 흔들었다.

"밀타, 네 말은 일승문주 그자를 걱정하는 것처럼 들리는구나."

"아, 아… 아니옵니다."

은하대제가 고개를 내젓는 밀타를 보며 빙긋 미소를 지었다. 밀타의 입은 아니라고 말하고 있지만 마음은 그렇지 않다는 것을 은하대제는 이미 알고 있었다.

밀타의 얼굴.

이미 햇살을 잔뜩 받은 사과처럼 붉어진 밀타의 얼굴이 밀타의 말을 곧이곧대로 듣게 할 수 없었다.

"밀타, 중원을 취하고자 하였다면 지금까지 백 년을 기다리지도 않았다. 백 년 전 선대(先代) 은하대제께서 돌아가셨다 하더라도 중원을 취할 수 있는 힘은 남아 있었다. 그러나 그러지 않았다. 그것은 선대

성주님이나 나나 단순히 중원을 취하는 것이 목표가 아니기 때문이다."

"그럼?"

"영세불멸(永世不滅) 천하제일인(天下第一人)! 그것이 비류성 은하대제의 숙명이다. 이대로 중원을 취하면 비류성 은하대제는 영원히 중원의 일승문주에 패한 이인자로 남을 것이다. 그럴 수는 없는 일. 설사 중원을 취할 수 없다 하더라도 영세불멸 천하제일인이 되는 것을 놓칠 순 없는 일이다. 그러기 위해서 일승문주를 내 손으로 반드시 베어야 한다."

"그런데 어찌하여 저에게 그의 목을 베라 하십니까?"

"너의 마음에 있는 정을 베어버리기 위해서다. 너는 여인이기 이전에 자랑스러운 비류성의 무인이다. 밀타, 명령이다. 그의 목을 베라."

"……."

잠시 말없는 밀타를 바라보던 은하대제가 품에서 몇 장의 금박을 꺼내 들었다.

금박.

언젠가 흑사방 방주 간유상의 어금니 속에서 진가운이 끄집어내었던 그 금박과 동일한 것이었다.

"이것이 바로 비류성 초대 은하대제 비류성군의 무공, 비류폭풍강(飛流爆風罡)이다. 삼백여 년 전 비류성군을 도와 비류성을 세웠던 다섯 명의 벗에게 비류성군께서 나누어주셨던 것이다. 선대 성주들께서는 이 비류폭풍강을 찾지 않으셨다. 그것은 자신의 무공에 대한 자부심이 그만큼 강했기 때문이다. 하나 그것은 착각이었다. 중원에 무수히 널린 기인이사들을 생각지 못한 것이다. 만약 선대 성주들께서 먼저 비류폭풍강을 찾고 중원으로 들어갔다면 최후의 결전에서 쓰러진 사람은 대제가 아니라 일승문주였을 것이다. 비록 흑사방에 파견된 한 녀석은 임무에 실패했고, 다른 하나는 그 후인조차 찾지 못해 오 초식 가운데 삼초식에 불과한 불완전한 비류폭풍강이지만 그래도 충분하다. 이것이면 그 이름만으로도 우리 비류성의 수치인 일승문의 비류은하참(飛流銀河斬)을 박살 낼 수 있다. 하나 너에게 먼저 명한다. 그자의 목을 베라!"

"존명!"

밀타가 자리에서 벌떡 일어나 몸을 돌리더니 비류성 대전에서 사라졌다. 상좌에 앉아 대전을 나가는 밀타를 바라보는 은하대제의 입술이 달싹거렸다.

"밀타, 나는 네가 그자를 베지 못한다는 것을 이미 알고 있다. 단지 지난번의 짐을 벗겨주고자 할 뿐이다. 밀타, 그를 잊어라. 그는 나의 검에 의해 베어질 인물이다."

혼잣말을 내뱉는 은하대제의 모습이 왠지 쓸쓸해 보였다.

*   *   *

호남성 봉황(鳳凰)의 대로변에 위치한 작은 객잔. 평상시라면 그저 손님 언제 오나 목 빼고 기다릴 정도로 한가한 객잔이지만 오늘은 정반대다. 그야말로 발 디딜 틈 없이 꽉 차 객잔 밖에 탁자를 길가에 쭉 펴놓고 영업을 할 정도로 인산인해다.

그 모습은 이곳 작은 객잔에서만의 일이 아니다. 봉황 내 제일 객잔이라는 용봉루를 비롯해 모든 객잔에서 동일하게 벌어지고 있는 모습이었다.

봉황로 좌우에 늘어선 객잔의 탁자에 앉아 식사를 하는 사람들의 모습 또한 다양했다. 이제 막 걸음마를 떼었을까 싶은 어린 여아부터 얼굴 가득 죽음의 상징이라는 검버섯을 덮고 있는 팔십 노인까지 모두 탁자에 앉아 급히 음식을 먹고 있었다.

은자 이십만 냥의 위력은 실로 대단한 것이었다.

금산장에서 붙인 만년교룡의 내단과 천년설도를 구해주는 자에게 은자 이십만 냥을 내준다는 방 하나에 중원의 어지간한 사람들은 모두 범정산으로 모여들었다.

호남성 봉황. 이곳은 귀주성으로 들어가는 호남성의 관문이다. 물론 이곳 말고도 귀주성으로 들어갈 수 있는 곳은 여러 곳이 된다. 특히 귀주성과 가장 많은 면을 접하고 있는 곳은 사천성이다. 그러나 사람들은 사천성에서 귀주성으로 들어가는 길을 마다하고 하나같이 이곳 호남성 봉황으로 모여들었다.

그것은 이곳 봉황이 귀주성 범정산으로 통하는 길목이기 때문이다.

좌우로 길게 늘어선 탁자에서 식사를 하는 사람들 가운데에서도 가장 요란스러운 곳이 있었다.

육 인의 인물. 그들은 물론 이번 소동을 일으킨 장본인들인 진가운 일행이었다. 진가운 일행이 식사하는 탁자 뒤에서 자신들의 순서가 오기를 기다리고 있던 사람들의 얼굴은 하나같이 일그러져 있었다. 하긴 식사를 시작한 지 벌써 한 시진이 넘어가건만 어떻게 된 인간 하나가 아직도 입을 쉼없이 움직이며 음식을 입속으로 꾸역꾸역 밀어 넣고 있기 때문이다.

'망할 놈의 자식. 뱃속에 거지가 서너 명은 들어 앉았나!'

탁자를 노려보던 사내들의 얼굴에 미소가 번졌다.

턱!

지금까지 무섭게 먹어대던 사내 앞에 있던 마지막 접시가 깨끗이 비워진 채 탁자에 내려졌기 때문이다.

'망할 자식 같으니라고. 배고파 돼지는 줄 알았네.'

"끄억, 이제야 간에 기별이 오는구나. 이봐~!"

배를 한 손으로 만지며 객잔 안에 있는 점소이를 부르는 사내는 구골신개 추평. 추평의 큰 목소리에 객잔 안에 있던 점소이 한 명이 발이 보이지도 않을 정도로 바쁘게 달려왔다.

쓰윽!

손을 앞으로 내미는 점소이를 이상하다는 듯 바라보는 추평.

"이게 뭐야?"

"예, 계산섭니다."

"이걸 왜 가져와?"

"예?"

"아직 제대로 다 먹지도 않았는데 이걸 왜 가져오느냐고?"

"……!"

추평의 한마디에 말문이 막힌 점소이가 추평과 진가운 일행이 앉아 있는 탁자 위에 놓인 그릇들을 바라보았다. 설거지가 필요없을 정도로 국물 한 방울 없이 깨끗이 비어진 그릇들.

'이 새끼가 뭔 소리를 하는 거야?'

점소이의 얼굴이 점점 일그러졌다. 보나마나 음식값 안 내고 튀려는 녀석이 분명하다.

"아직 다 안 먹었어."

"무슨 말씀이십니까? 그릇들이 깨끗이 비워져 있는데."

"더 시키면 안 되나?"

"예?"

눈이 동그래지는 점소이. 점소이 생활 사 년에 이렇게 많이 먹는 손님은 처음이었다. 그런데 이렇게 먹고도 더 먹겠다니 그야말로 충격 중에 충격이다. 그러나 점소이의 충격은 이제나저제나 하며 진가운 일행이 탁자를 비우기를 기다렸던 탁자 뒷사람들에 비하면 아무것도 아니었다.

점소이의 눈에 얼굴이 시뻘겋게 변한 채 눈을 부라리고 있는 손님들의 모습이 보였다. 만약 자신이 '됩니다'라는 소리를 했다가는 이들의 주먹에 당장 맞아 죽을 것 같은 험악한 모습이다.

'제길, 이럴 때는 어떻게 해야 하는 거야.'

점소이가 얼굴을 슬쩍 돌려 추평의 옆에 있는 복환용을 바라보았다. 살려달라는 애절한 눈빛. 점소이를 바라보던 복환용이 먼저 자리에서 일어났다.

"그만 처먹어. 지금 더 먹을 시간이 어딨어?"

"안 됩니다. 통 개 뒷다리 하나는 꼭 먹어야 됩니다."

복환용을 비롯한 진가운, 예하령, 풍월 진인, 무치가 알겠다는 듯 고개를 끄덕였다. 지난번 금산장에서의 싸움에서 잃었던 무기를 되찾겠다는 추평의 마음을 알았기 때문이다.

"지금 바로 통 개 뒷다리 하나만 가져다주게. 앉아서 먹지는 않을걸세."

"아이고! 알겠습니다, 어르신. 그리고 뒷다리 하나는 그냥 드립지요. 감사합니다."

점소이가 사라지는 것과 함께 진가운 일행이 탁자에서 일어났다.

후닥닥!

이제껏 목 빠지게 기다리던 여섯 명이 혹 뺏길세라 진가운 등이 자리에서 일어나기 무섭게 탁자 의자에 앉았다.

"여기 있습니다. 은자 다섯 냥입니다."

개 뒷다리 하나를 내밀며 허리를 숙인 점소이의 손에 예전의 인피면구를 둘러쓴 예하령이 은자를 건넸다.

"아이고, 감사합니다. 또 오십시오."

허리가 휘어지도록 인사하는 점소이를 뒤로하고 진가운 일행이 몸을 돌렸다. 그 와중에도 구골신개 추평은 뒷다리의 살점들을 보물 다루듯 조심스럽게 벗겨내어 입에 집어넣었다.

호남성 봉황에서 귀주성 범정산까지 도착하는데 이틀이나 걸렸다. 솔직히 진가운을 비롯한 풍월 진인 등의 무공이라면 아무리 천천히 걷더라도 봉황에서 이곳까지 반나절도 걸리지 않는 길이다. 그러나 경공을 펼칠 수가 없었다.

그저 몰려드는 사람들에 묻혀 그들 가운데 하나로 보이기 위해서 그들은 천천히 걷고 또 걸었다. 그사이 몸이 근질거렸는지 추평이 경공을 펼쳐 달려나갔지만 이내 풍월 진인에게 잡혀 치도곤을 당했다.

새 무기를 구해 귀까지 걸렸던 추평의 입이 댓발이나 튀어나왔다. 그런 추평이 손을 번쩍 치켜들었다.

"산이다!"

추평의 고함을 들은 진가운 일행이 일제히 고개를 쳐들었다. 과연 추평의 말대로 저 멀리 제법 높게 보이는 산 하나가 눈에 들어왔다.

"범정산이다!"

"와아!"

누군가의 외침. 그것이 출발 신호라도 되는 듯 천천히 지친 걸음을 움직이던 사람들이 함성과 함께 일제히 범정산을 향해 발이 보이지도 않게 달려갔다.

"아이고, 역시 젊은 놈들이라 힘이 펄펄 솟는구먼."

달려가는 사람들을 보며 복환용이 부러운 듯 한마디를 내뱉었다.

"허허허, 노인장의 기운도 만만찮아 보입니다그려."

빙긋 미소를 지으며 복환용을 바라보는 풍월 진인.

"클클클. 이게 다 약발이오. 노인장도 보약 한 첩 해드시구려."

"영감! 지금 약장사하게 생겼어!"

"썩어 문드러질 놈! 조용히 구석에 처박혀 있지 왜 남의 영업을 방해하는 게야?"

풍월 진인과의 대화에 끼어든 진가운을 죽일 듯 노려보던 복환용이 얼굴을 획하고 돌려 진가운의 시선을 외면했다.

그렇게 티격태격하는 사이 범정산은 벌써 진가운 일행의 눈앞에 다가와 있었다.

"우와, 제법인데!"

추평의 입이 살짝 벌어졌다.

멀리서 봤을 때는 그저 야산보다 조금 높은 듯 보이던 범정산이건만 실제로 눈앞에서 보니 그 높이가 상당했다.

"허허, 팔백 장은 넘어 보이는구나."

"팔백삼십일 장 하고도 삼 척이 넘습니다."

"그걸 네가 어떻게 알아?"

범정산을 바라보던 추평이 조금 전 입을 연 무치에게 얼굴을 들이밀고 따지듯 물었다.

"스륵!"

무치가 품에서 둘둘 만 종이 한 장을 꺼내 들었다.

"그게 뭐야?"

"지도입니다."

"지도?"

"그렇습니다. 이곳에 오기 전 금산장 서고에 들러 이곳 범정산 지도를 한 장 구해왔습니다."

"정말?"

"예. 천하만물총점이라면 표국도 함께 운영하는 곳이니 그곳 서고에 혹, 지도가 있지 않을까 싶어 뒤져 보았는데 다행히 범정산 지도가 있었습니다."

"어머, 그러고 보니 그러네. 내가 왜 그 생각을 못했지? 머리가 나빠졌나?"

"넌 원래부터 머리 나빴어."

"뭐야?"

손톱을 세우며 진가운을 노려보는 예하령.

'머리 나쁜 것들은 머리 나쁘다고 사실대로 말하면 꼭 이래요.'

진가운이 그런 예하령을 바라보며 이를 드러낸 채 얼굴을 찡그렸다.

"허허, 무슨 짓들인가? 아직 산을 오르기도 전에 벌써부터 이러면 어쩌는가?"

"놔두시오. 원래 젊은것들은 사랑싸움을 저렇게 하는 법이오."

"뭐라고요?"

"뭐라고?"

서로를 노려보던 예하령과 진가운이 동시에 고개를 돌려 복환용을 노려보았다.

"허허허. 보셨소, 진인? 고개도 똑같이 돌리는 것이 그야말로 일심동체외다."

"그런 것 같습니다. 그럼 우리 늙은이들이 먼저 자리를 피해줍시다."

복환용과 풍월 진인이 먼저 웃음을 터뜨리며 범정산 입구를 향해 천천히 걸음을 움직였다. 잠시 미적거리며 부러운 듯 진가운과 예하령을 바라보던 추평도 무치의 눈짓에 어쩔 수 없다는 듯 두 노인의 뒤를 따랐다.

"뭐 해, 올라가."

"알아, 나도 네 얼굴 더 이상 볼 생각 없어. 흥!"

코웃음을 치며 일행의 뒤를 따르는 예하령. 그런 예하령을 어이없다는 얼굴로 잠시 바라보던 진가운이 일행 가운데 제일 뒤에서 범정산 입구를 향해 걸었다.

범정산 입구에 도착했지만 이미 사람들은 산속으로 들어갔는지 모습은 보이지 않았다.

무치가 슬쩍 뒤를 바라보았다. 저 멀리서 한두 사람이 달려오고 있을 뿐이었다.

또르르르

무치가 품에서 다시 범정산의 지도를 꺼내 바닥에 펼쳤다.

제법 커다란 범정산 지도. 계곡과 봉우리는 물론 곳곳에 숨어 있는 작은 사찰과 동굴까지 자세히 기록된 지도다.

"여깁니다."

무치가 지도 한곳을 손가락 끝으로 가리켰다. 무치가 손으로 가리킨 곳은 고서에 만년교룡이 숨어 있다는 구룡지와 그 옆에 천년설도가 자라고 있다는 구룡동이었다.

지도를 바라보던 풍월 진인이 고개를 끄덕였다.

"그럼, 이렇게 가면 되겠네."

범정산 입구에 손가락을 얹은 풍월 진인이 손가락을 천천히 움직였다. 구룡지에 머문 풍월 진인의 손가락. 다른 사람들이 모두 고개를 끄덕였다. 풍월 진인이 손가락으로 움직인 것은 범정산 입구에서 구룡지로 향하는 지름길이었다. 물론 평범한 사람이라면 도저히 택할 수 없는 험한 길이다.

"아닙니다."

사람들의 시선이 일제히 진가운에게 쏠렸다.

진가운이 손가락을 지도에 대고 천천히 움직였다.

"……!"

사람들의 얼굴이 일제히 굳었다.

진가운이 택한 길은 분명 조금 전 풍월 진인이 택한 길보다 훨씬 빨라 보였다.

직선.

진가운은 입구에서 구룡지까지 직선으로 손가락을 움직였다.

"야! 미쳤어? 우리가 새야? 어떻게 이 길을 따라 움직이라는 거야!"

얼굴이 시뻘겋게 달아오른 추평의 한마디. 진가운이 택한 길을 따라 가려면 사람이 아니라 새가 되어야만 한다.

씨익!

'이 새끼가 사람 놀리는 거야, 뭐야?'

자신을 향해 미소를 짓는 진가운을 보자 추평의 얼굴이 더욱 시뻘겋게 달궈졌다.

"날아갈 수 없다면 뚫고 가면 되지요."

"뭐?"

어이없는 표정의 진가운 일행.

"이 새끼가 정말!"

더 이상 참을 수 없었는지 추평이 자리에서 벌떡 일어났다. 어느새 손에는 자신의 애병(愛兵)인 개뼈다귀까지 꺼내 들었다.

스륵!

그런 추평을 무시하고 진가운이 고개를 돌렸다.

'뭐야, 왜 나를 쳐다보는 거야?'

진가운이 바라본 것은 예하령이다. 진가운을 바라보던 복환용과 풍월 진인, 그리고 무치가 고개를 끄덕였다.

"허허, 그렇구먼. 날아갈 수 없다면 뚫고 가면 되는구먼."

"그렇습니다. 우리들은 날아가는 것이 아니라 뚫고 갑니다. 날아가면 우리들의 모습이 보일 수 있어 혹 위험에 처할 수 있으나, 뚫고 가면 누구의 눈에도 띄지 않고 구룡지까지 갈 수 있습니다."

진가운이 자리에서 벌떡 일어나 예하령의 허리를 손으로 감싸 안았다.

"뭐야?"

"좋아서 그러는 거 아냐. 그 나이 처먹도록 경공 하나 배우지 않고 뭐 했어?"

"비켜!"

예하령이 진가운의 몸을 밀어내고 급히 복환용에게 달려가 매미가

고목에 달라붙듯 찰싹 달라붙었다. 복환용의 입이 찢어지도록 벌어졌다.

"할아버지, 가요."

"그래, 가자꾸나."

복환용이 진가운을 향해 약 올리듯 한쪽 눈을 깜빡거리고는 범정산 구룡지를 향해 몸을 날렸다.

'망할 놈의 계집애.'

"이놈아. 이제 알겠냐? 하령이는 분명 네놈보다 나를 더 좋아하는 게야. 허허, 진짜 이 여난(女難)을 어이 할꼬."

'망할 늙은이, 말을 해도 꼭. 내 늙은이 골로 간 다음에 어떻게 염하는지 한번 봐.'

"그렇게 기둥처럼 멀거니 서 있지 말고 빨리 와. 이 느려 터진 놈아."

복환용의 이어지는 전음에 진가운이 그의 일행이 보이는 저 먼 곳을 향해 몸을 날렸다.

턱!

진가운 일행이 출발한 직후 일단의 무리들이 다시 범정산 입구에 도착했다.

그들의 가장 앞에 서 있는 칠 척 장신의 대장부. 그러나 그는 사내가 아닌 여인이다. 비류성 호법 밀타.

은하대제로부터 진가운에 대한 추살 명을 받은 밀타가 드디어 범정산에 도착한 것이다.

밀타의 뒤로 정확히 백 명의 무사가 보였다. 눈에서 뿜어져 나오는 안광 하나만으로도 고수임에 틀림없는 백 명.

"너희들은 이곳에서 사방으로 흩어져 범정산을 이 잡듯 샅샅이 뒤진다. 놈들을 발견하면 즉시 신호를 보낸다. 알겠느냐?"

"예!"

"가라!"

휘리릭!

밀타의 명령과 함께 백 명의 비류성 무사가 범정산으로 바람처럼 재빠르게 달려갔다.

까마득한 절벽. 그 끝을 보기 위해 머리를 치켜들면 고개가 아플 정도로 까마득한 절벽이 진가운 일행을 가로막고 있었다.

천망애(天望崖).

꼭대기에서 아래를 바라보며 마치 하늘에서 지상을 바라보는 것과 같다 하여 붙여진 이름이다. 이름 그대로 수직으로 서 있는 벼랑이 능히 이백 장은 넘어 보이는 곳이다.

진가운이 아직도 복환용의 등에 업혀서 활짝 웃음을 짓고 있는 예하령을 바라보았다.

'뭐가 저렇게 좋은 거야?'

복환용의 등에 업혀 활짝 웃고 있는 예하령을 바라보자니 이유없이 짜증이 치밀어 올랐다.

"당장 내려와!"

"왜?"

"너 눈 없어? 안 보여?"

진가운이 손을 들어 눈앞에 버티고 있는 천망애를 가리켰다. 그제야 알겠다는 듯 복환용의 등에서 폴짝하고 내려오는 예하령.

예하령이 치마 옆에 길게 매달려 있는 지둔륜을 꺼내 들었다.

턱!

지둔륜을 땅에 댄 예하령이 무슨 일인지 슬쩍 뒤로 몸을 돌렸다.

"안 파."

"뭐? 무덤도 잘 파던 계집애가 갑자기 왜 얌전을 떨고 그래?"

"나 치마야!"

"그래서?"

"내가 먼저 파고 들어가면 내 뒤에 오는 놈이 다 보잖아."

'제길.'

진가운의 얼굴이 똥 씹은 표정으로 바뀌었다. 그러고 보니 그렇다. 아무리 예하령이 예의라고는 눈곱만큼도 없는 그런 여인이라 하지만 그래도 여인이다.

"그럼 어떡해?"

"네가 파. 난 제일 나중에 들어갈 거야."

"그건 안 된다."

'이건 또 뭐야?'

진가운이 고개를 돌렸다. 자신을 바라보며 빙긋 미소를 짓는 복환용. 그나저나 진가운은 복환용의 말을 이해할 수가 없었다. 방법이 그것뿐인데 그건 안 된다니……

"왜?"

"제일 나중에 들어가는 자는 제일 힘든 일을 하게 돼."

"……?"

"소 같은 놈. 이놈아, 굴을 뚫으면 뭐가 나와?"

"그야 흙이나 돌 부스러기가 나오지 뭐가 나와, 이 늙은이야."

"그래, 그걸 그대로 놔두었다가 잘못해서 뒤에 쌓이기라도 하면 숨 막혀 뒈지는 거 알아, 몰라?"

"알아!"

획!

진가운의 말이 끝나는 것과 동시에 복환용의 모습이 사라졌다. 사라진 복환용이 다시 모습을 드러낸 곳은 진가운의 턱밑이다. 진가운의 눈이 부풀어 올랐다. 몸을 피해야 하건만 그러기에는 너무 늦었다. 그야말로 잠깐의 방심이 화를 부른 것이다.

빡!

복환용의 모습이 드러남과 동시에 진가운의 몸이 비틀거리며 뒤로 물러났다.

"이놈의 영감탱이가. 그래도 여태껏 나이 대접해 줬더니……."

"망할 자식. 이놈아! 그걸 아는 놈이 하령이를 제일 뒤에 들어가게 해? 제일 뒤에 들어가는 놈은 굴을 파며 떨어진 흙과 돌 부스러기를 계속 밖으로 내다 버려야 돼. 그러려면 힘이 있는 놈이 해야 돼. 그런데 예하령을 제일 뒤에 세우자는 말이냐? 이 덜떨어진 놈아."

"……."

말문이 막혔다. 복환용의 말을 들으니 예하령이 제일 뒤에서 들어오면 안 될 것 같았다. 그렇지만 제일 뒤가 아니면 굳이 예하령을 나중에 들어가도록 배려할 필요가 없었다.

"그럼 어떡해?"

"어떡하긴, 치마를 바지로 바꾸면 되지."

"영감! 바지가 있어야 바지로 바꾸지. 하령이 저 계집애는 치마, 그것도 꽃무늬 치마밖에 없단 말이야!"

악을 쓰는 진가운을 혀를 차며 바라보던 복환용이 천천히 나무가 있는 곳으로 걸어갔다. 나무를 유심히 바라보던 복환용이 손으로 나무를 칭칭 감고 있는 가느다란 넝쿨을 뜯어내더니 예하령에게 천천히 걸어갔다.

찌이익!

예하령의 치마 가운데를 한 자 정도 찢어내는 복환용.

'저 늙은이가 벌건 대낮에 그것도 손녀 같은 하령이를⋯⋯.'

타다닥! 휙!

진가운이 두 눈을 질끈 감고 복환용에게 달려가며 몸을 날리더니 다리를 쭉 뻗어 복환용의 배를 향해 휘둘렀다.

턱!

'어라?'

지금쯤이면 복환용이 배를 쥐고 신음 소리를 고래고래 내질러야 하건만 전혀 반응이 없었다.

휘잉.

'웬 바람 소리야?'

진가운이 두 눈을 번쩍 떴다. 복환용이 멀쩡한 얼굴로 자신을 바라보는 가운데 자신의 몸뚱이가 공중을 날고 있다.

쾅!

"아이고 대가리야!"

머리가 깨지는 충격에 진가운이 고함을 지르며 바닥에 널브러졌다. 진가운이 손을 꽉 움켜쥐며 자리에서 벌떡 일어났다.

그런 진가운에게는 관심도 없다는 듯 복환용은 갈라진 예하령의 치마를 반으로 나눠 다리에 둘둘 감더니 넝쿨로 묶었다.

　예하령의 치마 끝이 양다리에 넝쿨에 매어져 착 달라붙어 있는 것이 영락없는 바지다.

　'그러면 그렇다고 말을 할 것이지.'

　진가운이 민망한 듯 머리를 긁으며 일행에게 다가왔다. 예하령의 몸은 보이지 않았다.

　"뭐 하고 자빠졌어? 안으로 들어가지 않고."

　진가운이 입맛을 다시며 천망애에 뚫린 구멍을 따라 몸을 안으로 집어넣었다.

　후닥닥.

　진가운의 뒤를 따라 굴 안쪽으로 들어가려던 추평이 고개를 뒤로 돌렸다.

　"뭡니까?"

　"너는 제일 뒤야."

　"나보다 어린 무치도 있는데 왜 제가 가장 힘든 일을 합니까?"

　"이놈아. 보아하니 힘쓰는 일은 네 녀석이 딱이야. 그러니 잔말 말고 해! 알았어?"

　추평이 입을 삐죽거리는 가운데 무치, 풍월 진인, 복환용이 예하령이 뚫어놓은 굴을 따라 천망애 안쪽으로 들어갔다.

　"아직 멀었습니까?"

　연신 헛기침을 토하며 불만을 터뜨리는 추평. 그야말로 미치기 직전이다. 앞에서 밀어낸 돌 부스러기와 흙더미 때문에 눈조차 제대로 뜰수가 없었다.

"추평! 빨리빨리 움직이지 않고 무엇 하는 게냐? 먼지가 자욱하지 않느냐!"

풍월 진인의 호통에 가뜩이나 일그러졌던 추평의 얼굴이 더욱 찌그러졌다.

'망할 늙은이. 거기가 그 모양인데 여기는 어떻겠어?'

마음 같으면 당장 눈앞에 있는 풍월 진인의 뒤통수에 품속에 있는 개뼈다귀를 박고 싶었다. 그렇지만 후환을 생각하니 품으로 손이 움직여지지가 않았다.

'한 번만 참자.'

추평이 풍월 진인을 한번 노려보고는 웃옷에 돌 부스러기와 흙을 가득 담고 급히 뒷걸음질을 쳤다.

추평의 불만이 끝없이 이어지는 가운데 어두웠던 석굴에 한줄기 빛줄기가 밀려들어 왔다.

"뚫렸다!"

진가운 일행 중 가장 먼저 소리를 지른 사람은 다름 아닌 추평이다. 이젠 더 이상 무릎이 까지도록 석굴에서 움직일 필요가 없다고 생각하니 십 년 묵은 체증이 내려가듯 가슴이 시원히 뚫렸다.

턱!

추평을 마지막으로 석굴을 뚫고 나온 진가운 일행의 얼굴에 미소가 번졌다. 그러나 그것도 잠시 진가운을 비롯한 여섯 명의 얼굴이 일제히 일그러졌다.

"내가 미쳤지."

휑한 눈. 전방을 바라보는 진가운의 눈에는 초점이 없었다.

구룡지.

처음 이곳을 찾을 때만 해도 산속에 폭포가 떨어지는 밑에 자리한 아담한 작은 소를 생각했다. 그런데 그것이 아니다. 끝도 보이지 않는 거대한 호수. 구룡지는 이곳이 진정 산에 있는 연못이 맞는가 싶을 정도로 어마어마한 규모의 대형 호수였다.

'여길 어떻게 다 뒤져?'

구룡지를 바라보니 눈앞이 캄캄했다. 이 넓은 호수를 무슨 수로 뒤진단 말인가?

물론 책에 적힌 대로 이곳에 만년교룡이 살고만 있다면 일 년이든 이 년이든 기다리면 언젠가는 그 모습을 드러낼 것이다. 그러나 진가운 일행에게는 시간이 없었다.

오늘만 해도 이곳 범정산을 찾은 사람들의 수가 수백에 이른다. 그들 가운데 몇몇은 오늘 저녁 안으로 이곳 구룡지에 도착할 것이다.

"허허. 이거 낭패로구먼."

풍월 진인의 곤혹스러운 한마디가 진가운을 더욱 우울하게 만들었다.

'젠장, 들어가 보면 알겠지.'

진가운이 입술을 한번 꾹 깨물고는 웃옷을 훌렁 벗어 젖혔다.

"엄마야?"

예하령이 놀라 소리치며 복환용의 등 뒤로 슬쩍 몸을 숨겼다.

"그냥 평소 하던 대로 해. 안 어울려."

예하령에게 퉁명스럽게 한마디를 내뱉은 진가운이 구룡지를 향해 상체를 벗어 젖힌 채 달려갔다.

'제길, 더럽게 차네.'

산속 한가운데에 있어서인지 구룡지의 물은 살을 에듯 차가웠다. 몸이 절로 움츠러들었다.

잠시 눈을 감은 채 몸속에서 내력을 슬쩍 끌어올리고 나서야 추위를 이길 수 있었다.

"후우."

숨을 크게 들이킨 진가운이 자맥질을 하기 위해 팔을 앞으로 내뻗었다. 막 물속으로 잠수하려던 진가운이 일행을 향해 눈길을 돌렸다.

'뭐야? 저 인간들은 왜 저러고 있는 거야?'

아무리 만년교룡의 내단과는 무관한 사람들이라고는 하지만 그래도 일행이라면 물속에서 만년교룡을 찾는 시늉이라도 해야 할 텐데, 풍월 진인을 비롯한 다섯 명은 한심하다는 듯 진가운을 바라보고 있었다.

'뭐야?'

진가운이 의아한 얼굴로 일행을 훑었다.

"너무하는 거 아냐? 아무리 당신들의 목숨과는 상관이 없더라도 찾는 척이라도 해야 하잖아."

"이놈아! 그게 무슨 지랄이야. 당장 올라와!"

"영감, 뚫렸던 귀가 다시 막혔어? 만년교룡을 찾아야지!"

진가운의 고함에 조금 전 진가운을 향해 소리친 복환용이 혀를 찼다.

"쯧쯧쯧, 한심하기가 집에서 기르는 소만도 못한 놈. 만년교룡을 찾는다는 놈이 웃옷은 왜 벗고 물속으로 뛰어들어?"

"그럼?"

"이놈아! 만년교룡이 물고기야? 그놈도 숨 쉬고 사는 놈이야."

"그래서?"

"그래서는 뭐가 그래서야. 그놈이 살 만한 동굴을 찾아야지."

"동굴?"

"그래, 동굴. 놈이 물 밖으로 나오면 어디로 가겠어? 그러니까 쓸데 없는 짓 하지 말고 당장 올라와."

'그런가?'

복환용의 고함에 진가운이 계면쩍은 얼굴로 물을 뚝뚝 떨어뜨리며 밖으로 나왔다.

"그래, 동굴은 어디 있어?"

"저기."

복환용이 손을 들어 한곳을 가리키는가 싶더니 구룡지 연안을 따라 손을 움직여 갔다.

"……!"

진가운의 입이 떡하고 벌어졌다.

구룡지 연안을 따라 수백 개가 넘는 동굴이 보였다.

"뭐야? 어떤 것이 구룡동이야?"

"전부 답니다."

"뭐?"

진가운이 고개를 돌렸다. 무치가 금산장에서 가지고 온 지도를 든 채 진가운을 바라보고 있었다.

"전부 구룡동입니다. 구룡동은 어느 동굴 하나를 말하는 것이 아니라 구룡지 주변에 있는 모든 동굴을 말합니다."

"뭐라고? 그런데 여태껏 왜 나한테는 말을 하지 않은 겁니까?"

"말씀드린다고 구룡동의 숫자가 줄어드는 것은 아니지 않습니까?"

"……."

일순 진가운의 어깨가 축하고 늘어졌다. 복환용의 말을 듣고 이 넓은 구룡지를 뒤지지 않아도 쉽게 만년교룡을 찾을 수 있다고 생각했는데 이렇게 되니 그 일이 그 일이다. 이렇게 많은 동굴을 일일이 하나하나 뒤지며 찾다가는 그야말로 세월이다.

"걱정하지 마."

"영감, 남의 일이라고 그렇게 말하는 거 아냐?"

"망할 놈! 좋은 방법이 있어서 걱정하지 말라고 했더니."

'뭐? 좋은 방법?'

아차 하는 생각에 진가운이 얼른 일그러진 얼굴을 바로잡고 조심스럽게 복환용을 향해 고개를 돌렸다.

"뭐야?"

"……."

입을 굳게 다무는 복환용. 애가 탔다.

"영감, 좋은 방법이 뭐냐고?"

"개구리나 잡아."

"뭐?"

어이가 없었다. 이 바쁜 와중에 개구리를 잡으라니 이 무슨 아닌 밤중에 홍두깨 같은 소리란 말인가?

'늙은이, 아무리 개구리가 몸에 좋아도 그렇지 이 와중에도 영감 몸이나 챙기겠다 이 말이야?'

진가운의 몸이 부르르 떨렸다.

"어린 놈이 귓구멍 막혔어? 개구리나 잡으라고!"

"왜?"

복환용의 몇 가닥 되지도 않는 수염이 파르르 떨렸다.

획!

복환용의 몸이 하늘로 떠오르며 진가운을 향해 달려들었다. 진가운이 급히 뒤로 물러섰다.

"왜냐고 묻잖아?"

"이 머리카락을 뽑아 밧줄을 만들어 목 매달아 죽일 자식아, 어르신께서 생각이 있어 일을 시키면 예 하고 당장 달려갈 것이지 무슨 말이 그렇게 많아!"

"그래도 이유는……."

"이… 이런 썩을 놈이!"

복환용이 손을 번쩍 치켜들었다.

"아… 알았어. 우리 마… 말로 합시다."

진가운이 복환용을 향해 손을 휘휘 가로저으며 급히 숲이 보이는 곳으로 달려갔다.

"썩을 놈!"

진가운이 숲으로 달려가는 것을 확인한 복환용이 몸을 돌렸다.

"무치, 추평! 네놈들은 뭐 하고 자빠졌어? 너희들도 귓구멍 막혔어? 내 뚫어주랴?"

복환용이 한 발을 움직이는 것과 동시에 무치와 추평도 이내 진가운을 따라 개구리를 잡으러 숲으로 달려갔다.

잠시 후, 양손에 개구리를 한 마리씩 움켜잡은 진가운과 추평, 무치가 복환용 앞으로 다가갔다.

"어르신, 여기 개구리."

손에서 벗어나려고 몸부림치는 커다란 개구리 두 마리를 복환용에게 넘긴 추평이 급히 주변을 훑으며 삭정이를 긁어모았다.

타닥!

삭정이에 불을 피우려는 듯 부싯돌을 열심히 부딪치는 추평.

"추 장로님, 지금 뭐 하시는 겁니까?"

"뭐 하기는……. 개구리 구우려면 불을 피워야지. 아무리 개구리를 좋아해도 날로 먹을 수는 없는 일 아닌가. 안 그래?"

추평의 말에 무치의 얼굴이 일그러졌다.

"예라, 이 화상아."

쪼그리고 앉아 있는 추평을 향해 복환용이 달려들었다. 복환용의 기세에 놀란 추평이 벌떡 몸을 일으키더니 급히 뒤로 물러났다.

"이 자식아! 개구리를 굽겠다고 불을 피워?"

"그럼, 나보고 날개구리를 먹으란 말씀이십니까?"

"망할 자식이 꼭 매를 벌어요."

복환용의 주먹이 추평을 향해 날아들었다. 급히 몸을 숙여 복환용의 주먹을 피한 추평의 입술이 씰룩거렸다.

"비 맞은 중처럼 중얼거리지 말고 이리 와."

추평이 경계를 늦추지 않으며 복환용에게 조심스럽게 다가갔다. 언제든 주먹이 날아오면 즉시 피할 생각인지 추평의 눈은 복환용의 손에 박혀 있었다.

"받아."

복환용이 들고 있던 개구리 두 마리 가운데 하나를 추평에게 내밀었다.

"전 날개구리는 안 먹습니다."

"누가 먹으래?"

"그럼?"

"일단 받아."

추평이 손을 뻗어 복환용이 건넨 개구리를 받아 들었다.

"따라와!"

추평에게 개구리 한 마리를 건넨 복환용이 무수히 뚫려 있는 구룡동의 동굴 가운데 하나를 향해 천천히 걸어갔다.

"잘 봐!"

동굴 입구에 개구리를 내려놓은 복환용이 개구리의 뒤쪽을 손으로 슬쩍 두드렸다. 놀란 개구리가 폴짝거리며 동굴 안쪽으로 뛰어들어 가자 복환용이 얼른 바닥에 있는 개구리를 손으로 움켜잡았다.

"봤지?"

"뭘?"

영문을 모르겠다는 얼굴로 복환용을 살피는 진가운.

"이놈아, 동굴 입구에서 이렇게 하란 말이야. 너 설마 만년교룡이 진짜 용이라고 생각하지는 않겠지?"

"……."

"그렇다면 만년교룡이 무엇이겠느냐?"

"그야, 뱀."

"그래, 내가 생각해도 만년교룡은 틀림없이 뱀이다. 그런데 뱀이 제일 좋아하는 게 뭐냐?"

"개구리."

"그래, 내가 생각해도 개구리일 것 같다. 그러니 개구리를 이렇게 동굴 입구에 놓고 놀라게 툭 한 번 치란 말이야. 개구리가 놀라 안으로 뛰어들어 가려고 하면 그곳에는 뱀이 없는 거야. 왜냐? 개구리는 본능적으로 뱀이 있는 곳으로는 움직이지 않거든. 그러니 그런 곳은 뒤질 필요도 없다 이 말이야. 설마 이것도 왜냐고 묻지는 않겠지?"

복환용의 말을 들은 일행이 고개를 끄덕였다.

"지금부터 각자 흩어져 동굴을 살핀다. 실시!"

어느새 일행의 대장이 되어 있는 복환용의 한마디에 진가운을 비롯한 일행이 수백 개의 동굴이 뚫려 있는 구룡지 연안으로 흩어졌다.

툭!

진가운이 동굴의 입구에 개구리 한 마리를 내려놓고 뒤를 슬쩍 두드렸다. 몸을 움츠리며 앞으로 튀어나가려던 개구리가 무슨 일인지 앞으로 나아가지 못하고 그대로 돌이 된 듯 멈춰 섰다.

"……!"

진가운의 눈에서 슬쩍 빛이 흘러나왔다.

스윽.

돌이 된 듯 멈춰 선 개구리를 손에 들고 천천히 동굴 안쪽으로 들어갔다. 처음 몸을 움츠리고서야 간신히 들어갈 수 있었던 동굴이었건만 안으로 들어갈수록 동굴은 넓어지고 있었다.

왠지 모를 으슥함에 진가운이 슬쩍 내력을 끌어올렸다.

저벅저벅!

몸을 일으켜 똑바로 걸어 들어갈 수 있을 정도의 커다란 동굴.

'광장이다.'

진가운은 가까운 곳에 광장이 있다고 생각했다. 동굴에서 울리는 소리가 점점 사방으로 흩어지고 있었다. 진가운의 눈에 사방 사 장 정도 되는 자그마한 광장이 보였다.

"천년설도!"

진가운이 급히 광장 한구석으로 다가갔다. 크기 다섯 자 정도 되어 보이는 자그마한 나무 한 그루에 주먹보다 조금 작은 복숭아 하나가 매달려 있었다. 자신의 수명을 삼 년으로 한정시킨 꿈에서도 보기 싫은 천년설도였다.

'젠장, 만년교룡인가 하는 것은 어디에 있는 거야?'

사실 진가운은 천년설도에는 별 관심이 없다. 진가운이 관심을 갖고 있는 것은 만년교룡이었다. 그런데 동굴에는 천년설도만 보일 뿐 만년교룡은 찾을 수 없었다.

천년설도를 잠시 바라보던 진가운이 한 개 남은 천년설도를 향해 손을 움직였다.

쉬리릭!

"……!"

천년설도를 향해 손을 뻗어가던 진가운이 급히 손을 몸으로 끌어들였다.

천년설도 바로 앞에 머리를 곧추세운 뱀 한 마리가 혀를 날름거리며 진가운을 노려보고 있었다.

등이 새빨갛고, 배는 새파랗다. 거기에 머리는 투명해서 머리 속이 훤히 들여다보이는 희한한 모습이었다.

치칙!

진가운을 노려보던 뱀의 입에서 독인지 침인지 모를 액체가 뿜어져 나왔다.

화르륵!

진가운의 눈이 빠져나올 듯 부풀었다.

입에서 뿜어져 나온 액체가 벽에 닿자마자 동굴 벽이 그대로 녹아내렸다.

"만년교룡!"

진가운의 얼굴이 환하게 밝아졌다. 눈앞에 모습을 드러낸 뱀. 진가운은 그것이 만년교룡이 틀림없다고 생각했다. 벽을 녹아내리게 하는 강력한 불덩이의 액체. 그것은 양기의 정화라는 만년교룡의 내단에서 비롯된 것이 틀림없었다.

'생각보다 작군. 그런데 이놈이 어디서 튀어나온 거야?'

진가운이 슬쩍 고개를 돌려 천년설도를 살폈다. 잠시 살피던 진가운이 알겠다는 듯 고개를 끄덕였다.

천년설도가 맺혀 있는 나무의 한복판에 작은 구멍이 나 있었다.

'그렇군. 이놈들은 서로를 의지하며 살고 있었군.'

만년교룡은 자기의 몸에서 뿜어져 나오는 열기를 식히기 위해 천년설도 중간에 구멍을 뚫고 그 안에 살고 있었던 것이다. 그것은 천년설도를 위해서도 좋은 일이다. 만약 만년교룡이 없었다면 천년설도 역시 자신의 냉기로 인해 살아남을 수 없었을 것이다.

상극처럼 보이는 가운데 절묘한 조화를 이루며 영물과 영과는 서로를 의지하며 살아가는 것이다.

사라락!

만년교룡이 움직이는 소리에 진가운이 급히 고개를 돌렸다. 땅을 박찬 만년교룡의 머리가 공중으로 치솟은 채 진가운을 노리고 달려들었다. 진가운이 급히 몸을 뒤로 움직였다.

만약 물리기라도 한다면 자신의 몸은 형체도 남지 않고 녹아내릴 것이다.

주르륵!

진가운의 얼굴을 타고 식은땀이 흘러내렸다.

'제길, 나무 꼬챙이라도 하나 들고 올 걸 그랬다.'

뱀의 머리를 누를 나뭇가지 하나 들고 오지 않은 것이 후회가 되었지만 이미 늦은 일이었다.

스슥!

만년교룡의 머리가 바닥에 내려서는 것과 동시에 진가운의 왼손이 만년교룡의 머리를 향해 움직였다. 진가운의 움직임에 만년교룡이 흠칫하며 머리를 들어 올렸다.

턱!

진가운이 왼손을 급히 회수하며 오른손으로 만년교룡의 머리를 움켜잡았다.

휘리릭!

머리가 잡히는 것과 동시에 만년교룡이 몸뚱이로 진가운의 팔을 감았다.

"크흑!"

진가운의 입에서 신음 소리가 터져 나왔다. 길이가 두 자도 채 되지 않는 자그마한 뱀. 그러나 진가운의 몸을 감자마자 몸뚱이에서 화산보다 더 뜨거운 열기가 흘러나왔다.

진가운이 급히 몸에 있는 내력을 끌어올렸다.

무려 팔성의 내력을 끌어올리고 나서야 몸 안으로 흘러들어 오던 열기를 막을 수 있었다. 간신히 만년교룡의 열기를 막아낸 진가운이 왼손에 힘을 주어 만년교룡의 머리 아래부터 꼬리까지 훑어내렸다. 우두둑 하는 소리와 함께 만년교룡의 몸이 축하고 늘어졌다.

씨익!

진가운의 입가에 미소가 번졌다. 비록 팔성이라는 내력을 끌어올려야 했지만 그래도 생각보다 쉽게 만년교룡을 잡을 수 있었다는 데 스스로 만족했다.

　비좁은 동굴 안.
　그곳에 들어와 있는 사람은 진가운과 예하령, 그리고 복환용이었다.
　무슨 언짢은 일이 있는지 진가운을 바라보는 복환용의 이마 한복판에 내 천 자가 길게 그어져 있었다.
　"가서 처먹지 왜 여기서 처먹어?"
　"그러다가 또 잃어버리면 영감이 책임질 거야?"
　"그걸 내가 왜 책임져?"
　"책임지지 않으려면 영감은 상관하지 마."
　감회가 새로운 듯 손에 든 만년교룡의 내단과 천년설도를 바라보는 진가운과 예하령.
　"시간 없어. 빨리 처먹어."
　"알았어, 영감. 먹지 말라고 애원해도 먹을 거야."
　스르륵!
　진가운이 작은 구슬만한 내단을 입 안으로 집어넣었다.
　"뭐야?"
　그래도 천하의 영물 내단이라 내심 몸속에 무슨 변화가 있지 않을까 생각했는데 아무런 변화도 일어나지 않았다.
　'이거 가짜 아냐?'
　"이놈, 뭐 하고 자빠졌어? 얼른 운기를 해야지."
　복환용의 전음에 정신을 차린 진가운이 급히 운기를 시작했다.
　운기와 함께 진가운의 얼굴이 시뻘겋게 달아올랐다. 마치 온몸을 불태울 듯한 엄청난 열기가 일어났다. 그와 동시에 기해혈에서도 변화가 일어났다. 온몸을 얼려 버릴 듯한 엄청난 한기.

'얼어 죽는 거야, 타 죽는 거야?'

알 수 없는 몸의 변화에 진가운이 이를 악물고 운기를 계속했다.

진가운을 바라보던 복환용이 급히 예하령에게 다가갔다. 파랗게 질린 예하령의 얼굴에서 한기가 흘러나왔다. 급히 예하령에게 달려간 복환용의 눈에 바닥에 떨어진 천년설도의 씨가 보였다.

'이게 웬 횡재냐?'

복환용이 얼른 천년설도의 씨를 주워 자신의 품에 집어넣었다.

턱!

예하령의 등에 손을 댄 복환용의 얼굴이 일순 일그러졌다. 복환용이 이를 악물고 예하령의 등에 자신의 내력을 집어넣었다.

'천년설도의 씨를 얻은 값으로 치기에는 과하구먼. 허허. 그나저나 이거 내공심법을 모르는 고금 최강의 내력을 지난 여인이 탄생하게 생겼으니 이를 어이 할꼬.'

시간이 지남에 따라 예하령의 등에 손을 대고 있는 복환용의 얼굴에 조금씩 미소가 번지기 시작했다.

그 시각.

풍월 진인, 추평, 그리고 무치. 이들 세 사람은 만일의 사태에 대비해 동굴 앞에 서서 고개를 좌우로 돌리며 주변을 경계하고 있었다.

'쩝. 나도 뱀 좋아하는데.'

스슥!

아쉬운 듯 입맛을 다시던 추평의 고개가 급히 오른쪽으로 움직였다.

"웬 놈이냐?"

휘릭!

바람을 가르는 소리와 함께 추평의 옆구리를 향해 반짝이는 물체가 날아들었다.

"……!"

갑작스러운 공격에 추평이 급히 뒤로 물러나며 오른손을 앞으로 뻗었다.

"크헉!"

신음 소리와 함께 사람 하나가 바닥을 굴렀다.

타닥!

바닥에 떨어진 사람들을 향해 다가가던 추평이 급히 걸음을 멈췄다. 좌측에서 날아드는 또 다른 물체. 추평이 내딛던 발로 땅을 박차며 공중으로 몸을 띄워 올렸다.

슈슉!

추평이 몸을 공중으로 띄워 올리는 것과 동시에 검은 무복을 입은 백 명 남짓의 무사들이 바람을 가르며 일제히 세 사람에게 달려들었다.

풍월 진인과 무치, 그리고 추평이 급히 동굴을 가로막으며 사방을 둘러보았다. 풍월 진인의 몸이 슬쩍 흔들렸다.

'비류성!'

저벅!

죽립을 눌러쓴 칠 척 거한이 무사들을 뒤로하고 동굴을 향해 한 발을 내디뎠다.

비류성 은하대제로부터 진가운을 베라는 명을 받은 비류성 호법 밀타가 죽립을 벗어 던지며 동굴을 가로막고 있는 세 사람을 하나하나 살폈다.

"가라! 떠나면 산다!"

"시끄러워, 계집애야!"

추평이 버럭 소리를 지르며 밀타에게 달려들었다. 어느새 꺼내 들었는지 개뼈다귀를 머리 위에 번쩍 치켜든 자세.

추평을 바라보는 밀타의 입가에 미소가 번졌다.

휘릭!

빛이 번쩍이더니 밀타를 향해 바람처럼 날아들던 추평의 걸음이 멈췄다.

"……!"

믿을 수 없다는 듯 밀타를 바라보는 추평. 손에 들려 있던 개뼈다귀의 모습이 보이지 않았다. 어느새 길게 베어진 넝마의 가슴 사이로 시뻘건 선혈이 조금씩 배어 나왔다.

"비류성 호법 밀타. 너 같은 거지에게는 관심도 없다. 마지막으로 말한다. 돌아가라. 살려준다."

'이런 덩치만 산만한 계집애가.'

여인에게 당했다는 사실에 이미 이성을 잃은 추평의 몸이 다시 공중으로 떠올랐다.

"추평!"

풍월 진인의 입에서 추평의 이름이 터져 나왔지만 어느새 여인에게 달려든 추평의 손은 바람을 가르고 있었다.

스르릉!

무심히 추평을 바라보던 밀타의 검집에서 광채를 뿌리며 검이 모습을 드러냈다.

"크흑!"

추평의 입에서 다시 비명이 흘러나왔다.

조금 전과는 달리 분수처럼 쏟아지는 선혈.

뒤로 물러선 추평이 급히 혈도를 짚었다.

"늦었다. 너희들은 모두 죽는다. 쳐라!"

밀타의 혼잣말에 가까운 나지막한 소리와 함께 세 사람을 포위하고 감싸고 있던 밀타의 부하들이 일제히 검을 휘두르며 달려들었다.

"크하하하! 오냐, 원하던 바다. 열혈남아 추평, 오늘과 같은 날을 손꼽으며 기다렸다. 푸하하하!"

광소와 함께 추평이 다시 밀타의 수하들을 향해 마주 달려나갔다.

제23장

열혈남아 추평 새롭게 태어나다

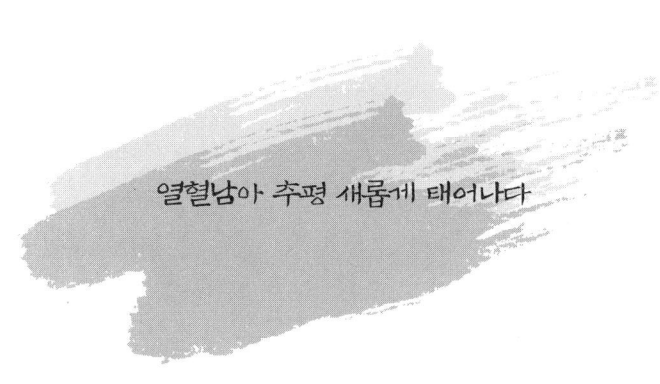

열혈남아 추평 새롭게 태어나다

"할!"

마치 용이 울음을 토하는 듯한 커다란 기합 소리에 풍월 진인과 무치, 그리고 추평에게 달려들던 밀타의 수하들이 흠칫거렸다.

그 틈을 이용. 추평이 밀타의 수하들 한복판으로 파고들었다.

휘리릭!

바람개비처럼 몸을 돌리며 추평이 양 주먹을 사방으로 정신없이 내뻗었다. 그와 동시에 밀타의 수하 세 명이 입에서 피를 토하며 바닥을 굴렀다.

"이놈이!"

밀타의 수하 가운데 한 명이 추평을 향해 검을 휘둘렀다. 그런 무사를 바라보던 추평의 입가에 흐릿한 미소가 지어졌다.

타다닥!

추평이 몸을 번개처럼 움직이며 밀타의 수하가 몰려 있는 곳으로 더욱 파고들어 갔다.

순간, 당황한 것은 추평을 향해 검을 휘두르던 밀타의 수하였다. 분명 자신의 마음은 추평을 베겠다는 것이지만 그의 검이 가고 있는 곳은 그의 동료들이 있는 곳이었다.

'제길!'

급히 검을 회수하려 하였으나 내력이 과했다. 자신이 휘두른 검을 멈춰 세울 수가 없었다. 급히 손목을 아래로 틀어 동료에게 향하는 검의 방향을 바꿨다.

피잉!

땅에 박힌 검신이 몸을 부르르 떨며 울음을 토했다.

밀타의 수하가 땅에 박힌 검을 빼내기 위해 급히 손을 들어 올렸다.

"커헉!"

땅에 박힌 검을 빼내던 밀타의 수하 입에서 신음이 흘러나오더니 입에서 울컥하고 핏덩이를 토해냈다. 믿을 수 없다는 얼굴로 전방을 바라보는 사내의 눈에 추평의 모습이 들어왔다.

"푸하하하! 이놈들! 천하제일방 개방의 기개를 보여주마!"

추평의 입에서 또다시 광소가 터졌다.

살기 가득한 눈으로 밀타의 수하들을 노려보는 추평.

몸에서 이글거리며 튀어나오는 살기 하나만으로도 밀타 수하들의 몸을 얼어붙게 할 정도의 엄청난 기세다. 과연 이 사람이 복환용과 풍월 진인에게 동네북처럼 얻어맞기만 하던 그 구골신개가 맞는지 의심스러울 지경이었다.

'저… 저놈이!'

밀타 역시 추평의 모습에 당황한 기색이 역력했다. 조금 전 자신과 상대할 때만 해도 별 볼일 없다고 생각했건만 지금 추평의 모습에서는 초절정고수의 기도가 뿜어져 나왔다.

휘릭!

또다시 바람 가르는 소리와 함께 추평을 바라보며 서 있던 밀타의 수하 서너 명이 바닥에 떨어졌다.

"아미타불! 소승의 살계(殺戒)를 벌하시옵소서."

"푸하하하! 그래 무치야, 오늘 어디 마음껏 놀아보자. 찻!"

무치와 추평이 서로를 슬쩍 한번 바라보고는 동서로 갈라지며 자신을 둘러싼 밀타의 수하들을 향해 전력으로 부딪쳐 갔다. 밀타의 수하, 비류성의 무사들에게 다가가는 무치의 손에는 항상 목에 걸치고 다니던 백팔 염주가 들려 있었다.

"합!"

백팔 염주가 한 줄로 풀리며 마치 채찍처럼 전방을 향해 날아갔다. 촤라락 하는 소리와 함께 채찍처럼 날아간 무치의 염주가 밀타의 수하들을 때렸다.

"크흑!"

염주에 얻어맞은 세 무사의 몸이 흔들렸다.

비틀거리는 세 무사를 향해 몸을 날린 무치가 풍차처럼 발을 휘둘렀다.

풀썩!

간신히 몸을 버티고 있던 세 명이 그대로 무릎을 꿇으며 바닥에 머리를 박았다.

'이런!'

낭패한 얼굴의 밀타. 진가운과 함께한 사람들이 이렇게 강한 자들이라고는 생각지 않았다. 비록 뇌황문을 일시에 무너뜨렸다는 말을 들었지만 그것은 뇌황문주가 방심한 때문이라고 생각했다. 설사 그들이 실력으로 금산장에 잠입한 뇌황문을 물리쳤다고 해도 자신의 수하 백 명이면 이들을 죽이는 일은 손바닥 뒤집는 것보다 쉬운 일이라고 생각했다.

'실수다.'

당황하던 밀타의 눈에 추평의 주먹에 머리가 부서지는 자신의 수하들의 모습이 눈에 들어왔다.

살귀.

어느새 추평은 살귀가 되어 있었다.

추평의 발과 손이 움직일 때마다 수하들의 몸뚱이가 공중으로 치솟거나 바닥에 처박혔다.

"푸하하하! 어떠냐, 비류성의 개자식들아! 이것이 천하제일방 개방의 힘이다!"

수하들의 죽음이 늘어나면 늘어날수록 추평의 고함 소리가 더욱 커졌다.

휘리릭!

마치 먹잇감을 발견한 범처럼 추평이 밀타의 수하들을 향해 달려들었다.

파박!

빛을 뿌리며 파고드는 추평의 주먹. 어느새 또 한 명의 비류성 무사의 배에 구멍이 생기며 피가 뿜어져 나왔다. 신음조차 토해낼 여력이 없었는지 눈만 까뒤집은 채 멀거니 자신의 배에 박힌 추평의 주먹을 바라보는 비류성의 무사.

"이놈—!"

더 이상은 참을 수가 없었다.

자신을 따르면 동고동락했던 수하들이다.

수하들의 죽음에 눈에 핏발이 돋은 밀타가 고함을 지르며 몸을 움직였다. 그러나 밀타의 움직임은 거기까지였다. 노도인 한 명이 자신을 바라보며 미소를 지은 채 앞을 가로막고 있었다.

지금까지 별다른 움직임을 보이지 않던 풍월 진인이 마침내 밀타의 앞을 가로막은 것이다.

"그대는 나와 있어야 하외다."

"닥쳐라!"

밀타가 몸을 공중으로 솟구치며 허리에 매어져 있던 검을 풀어 들었다.

쐐애앵!

바람 소리와 함께 검을 앞세운 밀타가 거대한 불덩이가 되어 풍월 진인을 향해 바람처럼 다가왔다.

일 검에 태산이라도 베어버릴 듯한 무시무시한 기세. 어느새 검을 들고 있던 밀타의 모습은 불덩이 속으로 사라져 보이지도 않았다.

"허허, 대단한 검이로세."

풍월 진인의 입에서 감탄이 흘러나왔다. 그렇지만 당황하는 빛은 보이지 않았다. 오히려 여유있는 미소가 입가에 번졌다.

자신을 향해 날아오는 무시무시한 불덩이를 무심히 바라보던 풍월 진인이 천천히 오른손을 들어 올렸다. 풍월 진인이 들고 있는 것은 범정산 어디에서든 흔히 볼 수 있는 부러진 나뭇가지였다.

부러진 나뭇가지를 슬쩍 바라보던 풍월 진인의 얼굴이 서서히 굳어 갔다. 그와 동시에 나뭇가지에서 푸른 광채가 서서히 흘러나왔다.

쐐액!

밀타의 몸과 검이 하나가 되어 불벼락으로 머리 위로 떨어지는 순간, 아무런 움직임을 보이지 않던 풍월 진인의 손이 그대로 머리 위로 올라갔다.

"홉!"

짧은 기합과 함께 풍월 진인의 몸에서 섬광이 퍼졌다.

슈숙!

하늘에서 떨어지던 불덩이와 지상에서 퍼져 가던 빛덩이가 서로를 가로지르며 지나갔다.

턱!

"크흑!"

바닥에 내려선 밀타가 급히 자신의 오른쪽 어깨를 왼손으로 감쌌다.

주르륵!

왼손을 뚫고 피가 배어 나왔다. 밀타가 급히 혈도를 짚고 고개를 치켜들었다.

여유롭게 서 있는 풍월 진인의 뒤로 족히 사십 구는 되어 보이는 수하들의 주검이 보였다. 밀타의 얼굴이 점점 굳어갔다. 죽은 부하들도 부하들이지만 자신이 비류성의 명예에 먹칠을 하고 있다는 사실에 밀타는 견딜 수가 없었다.

'일승문주도 아닌 이깟 놈들에게 우리 비류성이 패했다는 수치를 남길 수는 없는 일이다.'

풍월 진인을 바라보는 밀타의 입이 굳게 잠겼다.

"푸하하하! 어떠냐, 이 비류성의 개들아. 너희들도 알고 있을 것이다. 개를 때려잡는 것은 개방이 최고라는 사실을."

괴물. 밀타의 수하들은 추평을 괴물이라고 생각했다. 자신들의 검에 베여 몸 전체에 피를 뒤집어쓴 혈인(血人)이 되어 있었지만 추평의 기세는 갈수록 흉흉해졌다.

당하면 당할수록 더욱 강한 힘으로 일어서는 잡초. 그것이 추평이요, 개방이다.

타닥!

달려오는 추평을 피해 밀타의 수하들이 급히 뒤로 물러났다.

공연히 맞부딪쳐 봐야 자신의 피해가 클 뿐이라는 사실을 깨달은 것이다.

꽈지지직!

미처 몸을 피하지 못한 비류성 무사의 턱으로 추평의 팔꿈치가 박혀 들었다. 턱뼈가 부서지며 비류성의 무사 한 명이 다시 바닥에 쓰러졌다.

"즉시 이곳을 떠나라."

동료의 죽음을 허탈하게 바라보는 비류성 무사의 귀로 전음 소리가 들렸다.

'호법님!'

무사는 그 목소리의 주인공이 자신의 상관인 밀타라는 것을 깨달았다. 고개를 들어 바라보는 무사를 향해 밀타가 슬쩍 고개를 끄덕였다.

"당장, 이곳에서 물러서라 하지 않느냐!"

다시 이어지는 밀타의 목소리. 무사가 슬쩍 고개를 돌려 자신의 옆에 있는 동료를 바라보았다. 그 역시 전음을 들었는지 넋이 나간 얼굴로 자신들의 상관인 밀타를 바라보고 있었다.

"비류성의 무사에게 있어 불복(不服)은 죽음임을 모르지 않겠지? 당장 물러나라!"

난감한 표정을 짓던 밀타의 수하들의 눈이 한 사람에게 돌아갔다. 밀타 다음의 자리를 차지하고 있는 그들의 또 다른 상관 고후(暠候)다.

무치와 대치하고 있던 고후의 고개가 슬쩍 끄덕였다.

타다다닥!

밀타의 수하들이 일제히 추평과 무치를 뒤로하고 황급히 몸을 움직였다.

'뭐야? 이 새끼들이 왜 이래?'

비록 뒤로 물러서기는 했지만 등을 보이지 않던 비류성의 개들이었다. 그런 자들이 갑자기 등을 보이고 달아나다니…….

"서라!"

추평이 비류성의 무사들을 쫓아 한 발을 앞으로 내밀었다.

"어르신!"

무치의 고함. 비류성의 무사들을 쫓아 몸을 움직이던 추평이 급히 발을 멈추고 몸을 돌렸다. 무치가 풍월 진인에게 급히 달려가는 것이 보였다.

'뭐야?'

영문을 알 수 없는 추평. 그런 추평의 눈에 언뜻 밀타의 모습이 보였다. 몸의 주변으로 서서히 광채가 뻗어 나오는 것이 평범하지가 않았다.

"……!"

추평이 급히 무치와 풍월 진인이 있는 곳으로 달려갔다.

"암흑천세(暗黑千歲)—!"

밀타의 입에서 고함이 터져 나옴과 동시에 몸에서 눈부신 섬광이 일었다. 그와 함께 밀타의 몸이 먼지가 되어 부서지며 불꽃이 번졌다.

풍월 진인과 무치가 미처 호신강기를 펼칠 내력을 끌어올리기도 전에 두 사람을 향해 거대한 섬광이 엄청난 화염과 함께 밀려갔다.

콰과과광!

천지가 무너져 내리는 듯한 거대한 폭발음과 함께 구룡지를 중심으로 범정산 전체가 빛에 휩싸였다.

정적.

일순간 구룡지에 정적이 흘렀다. 추평의 호탕한 웃음소리도 바람을 가르는 비류성 무사들의 검 소리도 검과 부딪치며 구룡지에 가득했던 날카로운 쇳소리도 들리지 않았다.

스륵!

정적을 깨며 작은 소리가 흘러나왔다. 꿈틀거리며 몸을 일으키는 두 사람. 뜻하지 않은 밀타의 동귀어진 수법에 속수무책이었던 풍월 진인과 무치였다.

"……!"

전방을 바라보는 풍월 진인과 무치의 눈이 튀어나올 듯 커졌다.

자신의 전방에 엎어져 있는 추평.

"어르신!"

"추평아!"

두 사람이 급히 추평이 쓰러진 곳으로 달려가 추평의 상체를 들어

올렸다. 두 눈을 꼭 감은 채 축 처진 추평의 몸 군데군데 작은 구멍이 뚫려 있었다.

순간 죽은 듯 눈을 감고 있던 추평이 힘겹게 눈을 떴다.

"이 사람, 괜찮은가?"

"떨그럴, 그저 멋있게 보이려고 한번 해본 짓인데……."

추평의 목이 꺾였다. 억울한 듯 얼굴을 잔뜩 찡그린 모습. 그것이 추평의 이 세상 마지막 모습이었다.

동굴.

동굴에서는 복환용과 운기를 마친 진가운이 놀란 눈으로 예하령을 바라보고 있었다.

쩌저정!

예하령의 몸을 감싸고 있던 작은 얼음이 잘게 쪼개지며 천년설도의 냉기로 꽁꽁 얼어붙었던 그녀의 몸에서 조금씩 균열이 일어났다. 그와 함께 화상을 입은 것처럼 흉물스럽던 예하령의 피부가 조금씩 떨어져 나갔다.

떨어져 나간 피부 안쪽에 보이는 새하얀 피부. 그와 함께 진가운의 얼굴이 벌겋게 달아올랐다.

피부가 떨어져 나가는 것과 함께 예하령이 입고 있던 옷 조각도 함께 떨어져 나갔기 때문이다.

눈처럼 하얀 속살과 함께 예하령의 나신이 조금씩 보였다.

꿀꺽!

자신도 모르게 목구멍으로 침이 넘어갔다.

빡!

갑작스러운 충격에 진가운이 번개처럼 고개를 들어 올렸다.

"이놈아! 무엇을 훔쳐보기에 목구멍으로 침 넘기는 소리가 천둥 소리처럼 큰 게야?"

"훔쳐보기는 뭘…….."

"당장 낯짝 돌리지 못해?"

"영감님은요?"

"난 벌써 돌렸어, 이 썩을 놈아."

"얼굴 돌린 사람이 제 얼굴은 어떻게 보십니까?"

"이, 이… 이런 잡놈을 보았나. 어디서 어른께 꼬박꼬박 말대답이야! 당장 낯짝 돌리지 못해!"

아쉬운 마음에 얼굴이 일그러졌다. 그렇지만 얼굴을 돌리지 않으면 치한이 되니 어쩔 수가 없었다.

획!

고개를 돌린 진가운의 볼따구니가 터질 듯 부풀었다. 고개를 돌린 진가운의 머리 속에 조금 전 보았던 하얀 살결이 자꾸 눈에 아른거렸다. 진가운이 곁눈질로 옆에 있는 복환용을 살폈다. 두 눈을 질끈 감고 있는 복환용의 모습에 진가운이 미소를 지었다.

스르륵!

복환용 몰래 고개를 돌리는 진가운.

"……!"

진가운이 숨이 가쁜 듯 가슴을 손으로 만지더니 급히 고개를 돌리고 질끈 두 눈을 감았다.

"너 봤지?"

예하령의 목소리에 진가운의 가슴이 덜컹 내려앉았다.

'하필이면 그때 눈을 뜰 게 뭐야?'

볼을 타고 식은땀이 주르륵 흘러내렸다.

"봤지?"

예하령의 목소리가 조금 높아졌다. 이럴 때는 시치미를 떼는 것이 제일이라는 생각에 진가운이 예하령을 등진 채 고개를 가로저었다.

"아, 아… 니."

"그런데 왜 떨어?"

"계집애야, 그건 네가 얼음귀신이 되는 바람에 추워서 그렇지."

"정말이야? 나중에 거짓말이면 죽는다!"

예하령이 믿을 수 없다는 듯 한마디를 던지고는 급히 자신이 들고 온 작은 보따리를 손으로 풀었다. 보따리 안에는 예하령이 즐겨 입는 꽃무늬 치마와 상의가 들어 있었다.

"고개 돌리지 마! 돌리면 죽을 줄 알아!"

마지막 경고와 함께 예하령이 급히 옷을 챙겨 입었다.

콰쾅!

갑작스러운 폭음과 함께 동굴의 입구가 무너져 내렸다.

"이… 이게 뭐야?"

진가운이 깜짝 놀라 자리에서 벌떡 일어났다.

"파!"

"뭐?"

"얼른 지둔륜으로 파고 나가라고. 너 이대로 숨 막혀 죽을래?"

"내가 왜? 파는 건 네가 전문이잖아."

"나 치마야. 조금 전에 새로 바꿔 입었어."

진가운이 지둔륜을 넘겨받아 무너진 굴을 파며 밖으로 몸을 움직였다.

"빌어먹을 숨 막혀 죽을 뻔했네. 누구야? 어떤 자식이 입구를 막은 거야?"

불만 가득한 소리와 함께 모습을 드러낸 진가운. 막힌 동굴을 뚫고 나온 진가운의 옷에는 먼지가 가득했다.

"……!"

입을 씰룩거리며 좌우를 살피던 진가운이 급히 풍월 진인과 무치가 있는 곳으로 달려갔다. 풍월 진인의 손에 받쳐진 채 싸늘한 시신이 되어 있는 추평의 모습에 진가운의 몸이 흔들렸다.

"어… 어르신!"

"죽었네."

"……."

"허허, 명이 다한 이 늙은이를 살리려고 추평이 죽었어."

풍월 진인의 넋두리에 진가운은 물론 무치와 뒤늦게 동굴에서 나온 복환용, 그리고 월궁항아의 얼굴을 되찾은 예하령이 눈물을 흘리며 장승처럼 멀거니 서서 바라보았다.

*　　　　*　　　　*

이렇게 슬픈 염을 해본 지가 언제인지 모른다. 사부 추전호가 죽어 염을 할 때 이후 처음인 듯했다. 추전호가 부모와 같은 존재였다면 추평은 그의 형제와 같은 존재였다.

비록 눈치가 없어 진가운의 일행 중 가장 많은 말썽을 일으켰지만 진가운은 그런 추평에게 더욱 정이 갔다. 이제껏 느껴보지 못한 인간적인 매력, 추평에게는 그런 정이 있었다.

수세를 마친 진가운이 찬찬히 추평을 살폈다. 추평은 지금의 수의처럼 깨끗한 옷을 입어보지 못했을 것이다. 일생을 통해 지금처럼 깨끗한 모습을 보이지 못한 추평일 것이다.

"잘 가세요."

추평을 향한 마지막 한마디와 함께 진가운의 손이 슬쩍 추평에게로 향했다. 추평의 몸이 둥실 떠오르더니 관으로 들어갔다.

염포. 진가운은 추평에게 염포를 하지 않았다. 언제나 자유롭게 돌아다니기를 좋아하는 추평의 몸을 베 끈으로 꽁꽁 묶어두는 것이 마음에 걸렸기 때문이다.

스르륵!

관의 뚜껑이 닫히는 것과 함께 추평의 염은 그렇게 끝났다.

염을 마친 진가운이 문을 열고 밖으로 나왔다. 금산장의 마당에는 풍월 진인을 비롯한 일행과 반후벽을 따라 이곳 금산장을 찾아온 십여 명의 귀봉채 산적이 밖에서 진가운을 기다리고 있었다.

"끝났습니다. 좋은 곳에 묻어주세요."

"염려 마시게. 내 아주 명당을 잡아줄 것일세."

풍월 진인의 말에 쓴웃음이 나왔다. 하긴 무당파 최고 배분의 인물이니 묏자리 하나 잡는 것은 일도 아닐 것이다.

"부탁합니다."

풍월 진인에게 허리를 숙인 진가운이 몸을 돌렸다.

"자네는 가지 않겠나."

"……."

풍월 진인의 말에 진가운은 입을 열지 않았다. 추평이 흙 속으로 들어가는 모습을 보고 싶지 않았다. 그렇게 금산장을 나선 진가운이 낙양의 이곳저곳을 정처없이 돌아다녔다.

평소라면 감탄사가 저절로 흘러나왔을 낙하의 경관을 보고도 별다른 감흥이 일지 않았다.

그렇게 하루 종일 돌아다니다 저녁이 되어 돌아왔다.

"그래, 추 장로님이 묻힌 곳이 어디입니까?"

"썩을 놈. 그렇게 궁금하면 같이 가지?"

복환용의 한마디에 진가운의 얼굴이 일그러졌다.

"이놈아. 망산이야."

"망산?"

"그래, 우리들이 이곳에 와서 금산장을 탈환하기 전에 머물렀던 곳. 알고 보니 그곳이 천하 명당이래."

진가운이 슬쩍 고개를 끄덕이더니 다시 금산장을 나갔다.

진가운이 금산장을 나와 찾아간 곳은 물론 추평이 잠들어 있는 묘다.

아직 흙이 마르지 않아 붉은 기운이 그대로 남아 있는 아담한 묘. 그곳의 묘비에는 이렇게 적혀 있었다.

평생 의를 지키며 살던 중원의 열혈남아 이곳에 잠들다.

묘비를 말없이 바라보던 진가운이 손에 들고 있던 탁주 병을 들어 추평의 주변에 조금씩 뿌린 후, 반쯤 남은 탁주를 목구멍 안으로 들이부었다.

턱!

병을 집어 던진 진가운이 묘 주변에 흩어진 마른 나뭇가지들을 모아 불을 붙였다. 아무래도 오늘 하루는 이곳을 지켜주어야 할 것 같았다.

타다닥 소리를 내며 불꽃을 일으키는 모닥불. 한참 동안 모닥불을 지켜보던 진가운이 얼굴을 일그러뜨리며 품으로 손을 가져갔다.

쓰윽.

책 한 권이 들려 있었다.

파천광선검!

"젠장, 내가 왜 너를 꺼냈는지 알아? 오늘 네 녀석하고 인연 끊으려고 왔어. 어디서 더러운 무공 하나가 적혀 있어서 사람을 이렇게 괴롭혀! 임마, 오늘로 너와 나의 인연은 끝이다 이거야. 나 너 때문에 지랄맞게 고생한 놈이야. 알아들어? 그 생각하면 네놈을 박박 찢어 하나씩 불에 태워 버려야 내 가슴이 시원하겠지만 그래도 네놈과의 정이 있어서 이 정도에서 끝내는 거야. 그러니 딴소리하지 마."

획!

혼잣말을 지껄이던 진가운이 일승문의 비급 파천광선검을 모닥불 속으로 집어 던졌다.

화라락!

잦아들던 모닥불의 불꽃이 일순 치솟았다.

"어… 어라!"

타 들어가던 비급을 바라보던 진가운의 눈이 동그래졌다.

"화, 화… 황금!"

파천광선검이 타 들어가며 번쩍번쩍거리는 황금판(黃金板)이 모습을 드러냈다.

후닥닥.

진가운이 급히 모닥불이 있는 곳으로 다가가 모닥불 속에 손을 집어넣었다.

"앗, 뜨거워!"

너무 급한 나머지 내력을 끌어올리지도 않고 손을 집어넣는 바람에 손이 벌겋게 익었다. 잠시 얼굴을 찡그린 채 모닥불 속에 있는 황금판을 들여다보던 진가운이 손에 내력을 슬쩍 끌어올린 후 모닥불 속의 황금판을 끄집어냈다.

"……!"

'이게 뭐야?'

진가운의 눈이 커졌다.

서찰!

황금판에는 일승문의 조사(祖師)인 장백천신(長白天神)의 글이 적혀 있었다.

잠시 동안 뚫어져라 현판에 적혀 있는 조사 장백천신의 글을 바라보던 진가운의 얼굴이 구겨진 종잇장처럼 일그러졌다.

후인이여, 지금 후인은 죽음의 그 고통을 알리라. 세상의 모든 생명이 그대의 목숨처럼 귀한 것. 지금의 그 고통을 마음속에 간직해 타인의 생명을 절대로 해하지 말라. 내 이를 후인에게 미리 타일러 주의시키고자 본 비급을 만들어 전하니 타인의 생명을 앗아간 자, 자신의 생명으로 속죄하라. 그것이 지옥의 불구덩이에서 헤매는 것보다 나으리라.

…(중략)…….

지금 이 글을 발견한 후인의 마음을 내가 아는 즉, 완전한 파천광선검을 생각할 것이다. 하나 이는 꿈에 불과하니 그 생각은 버리거라. 영세제일인은 나 하나로 족한 바, 후인은 영세제일인인 나 다음의 영세제이인(永世第二人)이 되리라.

'이런 망할 놈의 조사를 보았나.'

서찰을 읽은 진가운의 눈이 붉게 변했다.

"이보시오, 영감! 당신 때문에 내가 죽게 생겼어."

생각 같아서는 당장에 이놈의 황금판도 불에 녹여 없애 버리고 싶었다. 만약 글이 써져 있는 것이 황금판이 아니라 철판이나 목판이었다면 망설이지 않고 모닥불에 집어 던졌을 것이다. 그렇지만 비급 속에서 나온 것은 황금판이다. 잠시 망설이던 진가운이 황금판을 자신의 품으로 가져갔다.

황금판을 품으로 가져가던 진가운이 다시 한 번 장백천신 조사가 남긴 서찰을 읽었다.

황당하다 황당하다 해도 이보다 더할 수가 없었다. 비급을 일부러 이렇게 만들다니……. 그것도 자신 사문의 후인이 영세제일인이 되는 꼴을 볼 수 없어서 노력해 봐야 영세제이인이 되게 하기 위해서?

진가운이 자리에서 벌떡 일어났다.

'조사 영감! 당신 실수한 거야. 영세제일인은 나 진가운이야. 이 진가운이 조사 영감의 그 오만한 콧대를 납작하게 눌러줄 테니, 그때 영감 낯짝이 어떻게 변하는지 한번 보자고.'

스스로 그렇게 다짐하며 진가운이 입술을 꽉 깨물었다. 추평의 죽음으로 잠시 움츠러들었던 진가운의 투지가 다시 불처럼 일어났다.

진가운이 금산장에 돌아왔을 때, 금산장 안은 이리저리 움직이는 사람들로 분주하기 그지없었다.

"어디 이사라도 가는 거야? 왜 이렇게 분주해?"

금산장 안으로 들어가며 한 소리를 내뱉는 진가운의 뒤통수에서 불이 일었다.

획!

눈을 치켜뜨며 고개를 돌리는 진가운을 복환용이 도끼눈을 하고 바라보았다.

"내가 네 친구야? 어디서 말을 중간에 끊어 삼켜?"

"내가 영감에게 말했어?"

"그래도 이놈이. 이놈아, 이사 가는 줄 알면 냉큼 팔 걷어붙이고 도울 것이지, 뭘 그렇게 꾸물거려!"

"이사? 정말 이사 가는 거야?"

"그럼 네 녀석 눈깔에는 이게 청소로 보여?"

"왜?"

복환용의 얼굴이 다시 일그러졌다.

"이놈아! 비류성 그놈들이 가만있을 것 같아? 범정산에서 죽은 계집이 호법이야. 그런데 비류성에서 호법 잘 죽었다고 박수나 치고 있을 것 같아?"

듣고 보니 일리가 있었다. 그렇지만 이렇게 분주하게 움직이면 비류성도 금산장의 이주를 알게 될 것이 분명했다.

"그런데 어떻게 그들의 눈을 피하겠다는 거야?"

"뭐?"

"영감, 이렇게 떼거지로 나가면 비류성이 아니라 낙양 사람 모두가 금산장이 옮겨진다는 것을 알게 될 거 아냐?"

"......!"

복환용의 얼굴에 낭패한 기색이 역력했다. 그 모습을 보며 진가운이 회심의 미소를 지었다. 만년교룡의 내단과 천년설도를 찾으러 귀주성 범정산으로 출발한 이후 진가운은 복환용으로부터 거의 매일 머리 나쁘다는 소리를 들어야만 했다. 사실 그동안 그 일로 한마디 하고 싶었지만 기회가 없어 참고 있었는데 드디어 그 기회가 찾아온 것이다.

진가운에게는 나름대로 방법이 있었다. 예하령으로 하여금 땅굴을 파게 해서 그곳을 통해 몰래 빠져나가면 간단한 일이다.

'늙은이, 내 영감의 머리가 얼마나 닭과 닮았는지 알게 해주지.'

"그 걱정은 말게나."

'뭐야, 어떤 놈이 내 계획을 막아서는 거야?'

진가운이 고개를 돌렸다.

금산장의 장주인 주금천이 복환용과 진가운을 향해 천천히 걸어오고 있었다.

"금산장은 이번과 같은 일에 대비해 비밀 통로를 마련해 두었다네."

'젠장, 준비성도 더럽게 밝네.'

진가운의 얼굴이 똥 씹은 표정으로 변했다. 그와 반대로 똥 씹은 표정을 짓고 잇던 복환용의 얼굴은 환하게 밝아졌다.

"이놈아, 내가 이미 이곳 금산장에는 그만한 준비를 하고 있을 것으로 예상을 했기에 그리한 것이야. 주 장주, 그곳으로 한번 가봅시다."

"예, 어르신."

주금천과 함께 비밀 통로가 있는 곳으로 걸어가는 복환용의 뒷모습을 바라보는 진가운의 양손이 바르르 떨렸다.

다음날 새벽.

마차가 지나다닐 수 있을 정도의 거대한 지하 통로를 통해 금산장의 사람들과 진가운 일행이 다시 모습을 드러낸 곳은 낙양에서 이십여 리나 떨어진 야산이었다. 야산으로 나오자마자 진가운 일행과 주금천을 위시한 금산장 사람들은 방향을 달리해 움직였다. 주금천은 진가운 일행에 합류한 하령이 못내 걱정이었다. 그러나 고집이라면 자신을 닮아 황소고집인 하령을 설득할 방법이 없었다.

잠시 하령을 걱정스러운 얼굴로 바라보던 주금천이 복환용과 풍월 진인에게 다가왔다.

"두 어르신만 믿겠습니다."

두 노인에게 다시 한 번 허리를 숙인 주금천 일행이 금산장의 식구들을 데리고 먼저 야산을 내려갔다.

"이제 우리도 가십시다."

"그럽시다."

금산장의 식구들이 완전히 사라진 것을 확인한 복환용과 풍월 진인이 산 아래를 향해 발길을 옮겼다.

"지금 어디로 가는 겁니까?"

"넌 몰라도 돼!"

'뭐, 몰라도 돼? 이 영감이 미쳤나. 대장이 누군 줄 알고.'

사실 처음 복환용을 남창에서 이곳 낙양으로 데려올 때만 해도 복환용은 그저 주금천의 목숨을 구하기 위한 손님으로서의 의원에 불과했는데 어느새 복환용이 일행의 대장처럼 행동하고 있었다.

'내 이번 기회에 영감의 위치를 확실히 알게 해주마.'

결심을 굳힌 진가운이 먼저 큰 숨을 들이마신 후 복환용을 향해 산이 떠나가라 고함을 질렀다.

"영감이나 빠져! 영감은 손님이야! 영감이 할 일은 주금천 장주의 병을 고치는 일이야! 그러니 이제 빠져!"

"시끄러워, 이 망할 놈아. 아직 이만 냥 못 받았어. 네놈은 주 장주를 구하는 것이 목적이었을지 모르지만 난 이만 냥 받는 게 목적이야. 아직 내 손에 이만 냥이 들어오지 않았으니 일이 덜 끝났다 이 말이야. 알았어?"

두 사람이 티격태격하는 사이 예하령을 비롯한 일행은 벌써 저 멀리 걸어가고 있었다. 복환용과 진가운이 급히 일행을 따라 달려갔다.

*   *   *

쾅!

비류성 대전 용좌에 앉아 있던 은하대제가 발을 구르며 자리에서 벌떡 일어났다. 은하대제의 앞에서 몸을 부들부들 떨고 있는 사내. 그는 은하대제의 명으로 중원으로 나간 파라의 수하들인 호법단의 부단주 피타다.

"그놈들이 몸을 숨겼다고 하였느냐?"

"그, 그… 그렇습니다, 대제님! 대제님의 명을 받고 금산장으로 출발했으나 그들의 모습은 이미 사라지고 보이지 않았습니다."

"그렇다면 금산장 주변에 있는 사람들에게 물으면 될 것이 아니냐?"

"아무도 금산장의 행방을 알지 못하고 있습니다."

피타의 보고를 받은 은하대제가 고개를 끄덕였다.

"그런가? 그렇다면 지금 당장 파라에게 전하라. 오대세가(五大世家)에 대한 공격을 시작하라고."

피타의 눈이 커졌다.

전면전. 피타는 은하대제의 명령을 중원에 대한 전면 공격의 명령이라고 생각했다. 그런 피타의 귀로 은하대제의 말이 다시 파고들었다.

"그러면 놈들이 나타날 것이다. 굴에 숨어 있는 짐승을 잡기 위해서는 입구에 불을 붙여 연기를 밀어넣는 법이다. 파라의 공격이 시작되면 일승문주 그자는 반드시 모습을 드러낼 것이다. 놈이 모습을 드러내면 내게 전하라. 놈은 내 손으로 직접 벨 것이다."

"존명!"

호법단 부단주 피타가 자리에서 벌떡 일어서며 급히 대전 밖으로 사라졌다. 피타를 바라보는 은하대제의 몸이 부들부들 떨렸다. 밀타가 일승문주의 목을 벨 것으로 생각지는 않았다. 단지 밀타의 마음속에 있는 그자에 대한 미련을 끊고자 범정산으로 밀타를 보냈을 뿐이다. 그러나 그 결과가 밀타의 죽음이라니. 시신마저 갈가리 찢겨 양지바른 곳에 묻어줄 수도 없는 처지라니.

가슴을 쳤다. 그러나 이미 죽은 목숨을 되돌릴 방법은 없었다.

밀타는 자신의 딸이나 마찬가지였다. 자신의 절친한 친구였던 전대 수라궁주의 딸이었지만 수라궁주가 죽은 이후 밀타를 한번도 남이라 생각하지 않았다. 은근히 다음대 비류성주로 밀타를 생각하고 있었다. 그런 밀타가 죽었다.

'이놈들. 네놈의 목을 베어 밀타의 영혼을 위로하리라.'

은하대제의 눈에 핏발이 일었다.

꽈지직!

은하대제가 손으로 잡고 있던 용좌의 손잡이가 가루가 되어 흩어
졌다.

*   *   *

산동성(山東省) 악가장(岳家莊).

이곳을 모르는 사람은 있을지 몰라도 산동악가를 모르는 사람은 없
다.

남궁세가, 하북팽가, 사천당가, 진주언가와 더불어 중원 오대세가의
하나로 그 위세가 중원 전체에 퍼져 있는 곳이다.

산동악가가 사용하는 무기는 창(槍)이다. 중원의 여러 문파 가운데
창을 그 주요한 무기로 사용하는 문파는 그렇게 많지 않다. 창이라면
그야말로 정식 관병이 주로 사용하는 무기다. 그렇지만 중원에서 이
창에 관한 제일의 문파를 치라면 단연 산동악가다. 이들이 이렇게 흔
치 않은 무기, 창을 사용하는 것은 이들 가문의 시작에서 비롯된다.

삼국 시대 제일의 장수인 관우와 더불어 이대 전신의 하나인 악비(岳
飛).

가난한 농부의 아들로 태어나 송 제일의 장수가 된 전설적인 인물.
관우의 사당인 관제묘와 동등하게 모셔지는 악왕묘(岳王廟)의 주인, 악
비가 바로 산동악가의 시작이다.

과거 악비가 이끄는 송나라 최정에 부대를 악가군(岳家軍)이라 부른

것에서 시작된 산동악가. 그들은 악비의 전통을 이어 창술만을 고집하는 사람들이다.

창 하나만 손에 쥐면 무적고수가 되는 것으로 알려진 산동악가. 그런 사람들이 모인 악가장에 바람이 불고 있었다.

채재쟁 쟁!

"크아악!"

요란스럽게 병장기 부딪치는 소리와 처절한 비명 소리가 악가장에 울려 퍼졌다. 그 소리가 두려운지 평소 같으면 많은 사람들이 지나쳐 다닐 악가장의 정문 앞, 대로가 오늘따라 유난히 한산하다.

악관(岳關)!

당금 악가장의 장주. 송나라 대장군 악비의 십이대 손으로 붕천창웅(崩天槍雄)이라는 명호로 중원에 그 위명이 쟁쟁한 인물.

그 무공도 무공이려니와 후덕한 인심으로 이곳 악가장이 있는 산동성에서 살아 있는 부처님으로 불리는 사람이다.

그 악관의 옷에 핏자국이 가득했다.

처음 악가장에 침입자가 들었다는 소리를 가솔(家率)로부터 듣고 악관은 미소를 지었다.

세상 물정 모르는 어리석은 양상군자(梁上君子) 한 명이 철없이 자신의 집에 뛰어든 것으로 생각했다. 당장에 그를 잡아 이곳 악가장에서 잔심부름이라도 시킬 생각이었다. 그렇지만 그것은 착각이었다.

침입자는 세상 물정 모르는 좀도둑이 아니었다.

악마!

악가장의 집에 침입한 자들은 악마였다. 그것도 한 명이 아닌 삼백에 이르는 악마들. 악가장에 들이닥친 악마들은 삽시간에 악가장을 지옥으로 만들었다.

닥치는 대로 사람들을 향해 주먹을 내뻗는 놈들을 상대로 간신히 정신을 차린 악가장의 식솔들이 창을 들고 나섰지만 이미 싸움은 패배를 향해 나아가고 있었다.

긴 창으로 놈들을 상대했지만 놈들의 주먹은 악가 식솔들의 창대를 일권에 부러뜨렸다.

시산혈해(屍山血海)!

이미 악가장은 예전의 그 평화롭던 모습이 아니었다. 시체가 어느덧 산이 되어 쌓인 그야말로 참혹한 장원의 모습이었다.

악관이 급히 고개를 돌려 주변을 둘러보았다.

대충 살펴도 오백은 되어 보일 듯한 시신들. 그 가운데 자신을 마주 바라보고 있는 녀석과 같은 흑색무복을 걸친 자들의 모습은 손에 꼽을 정도였다.

오백에 이르는 악가장 가솔들의 몰살.

이미 그것을 증명이라도 하는 듯 자신의 귀로 쉼없이 들려오던 병장기 소리가 조금씩 잦아들고 있었다.

"크아악~!"

유난히 귀를 찢는 듯한 비명 소리에 악관이 몸을 흠칫거리며 고개를 슬쩍 돌렸다.

악관의 검미가 부르르 떨렸다.

악지(岳智).

자신의 뒤를 이어 산동악가의 가주가 될 장자 악지가 양손으로 자신의 가슴을 부여잡은 채 입으로 분수 같은 핏줄기를 토해내고 있었다.

부릅뜬 두 눈.

마치 무능한 자신의 아비를 원망하는 듯 두 눈을 부릅뜨고 자신을 바라보고 있었다.

'지야, 너를 지켜주지 못한 이 아비를 원망하거라.'

악관이 힘겹게 고개를 돌려 정면을 바라보았다.

노인. 머리가 허연 것으로 보아 노인임이 분명하지만 몸 하나만은 잘 다듬어진 조각처럼 건장한 노인 하나가 자신을 바라보며 빙긋 미소를 짓고 있었다.

자신의 집을 완전히 망가뜨린 악마의 우두머리. 그러나 노인의 미소는 그런 악마들의 우두머리라고는 생각지도 못할 만큼 인자하기 그지없다.

"왜?"

"……."

악관의 물음에 노인이 대답 대신 천천히 고개를 가로저었다.

"왜?"

악관의 이어지는 질문.

한참 동안 말없이 악관을 바라보던 노인의 입이 천천히 열렸다.

"없다."

"……?"

"이유는 없다. 그저 시작일 뿐. 그 시작을 이곳 산동악가에서 했을 뿐, 특별한 원한이나 이유는 없다."

"……."

악관은 노인의 말을 이해할 수도 알아들을 수도 없었다.

아무런 이유가 없다니……. 오백이 넘는 사람을 무참히 살육하고도 그 이유가 없다니…….

"바람이 불기 시작했다. 백 년 전의 빚을 갚기 위한 피바람. 그 혈
풍(血風)이 이곳 악가장에서 비류성 호법 파라에 의해 시작되었을 뿐
이다."

"비… 비류성! 그… 그렇다면?"

악관의 말이 끝나기도 전에 노인이 고개를 끄덕였다. 그제야 이해가
되었는지 악관 역시 천천히 고개를 끄덕였다.

척!

이내 한 손에 길게 늘어지도록 잡고 있던 장창을 양손에 움켜쥐고
악관이 노인을 향해 몸을 돌렸다. 노인은 악관을 무심히 바라볼 뿐 몸
을 움직이지 않았다.

스윽!

악관이 한 발을 앞으로 슬쩍 내밀며 양손에 잡은 창끝을 노인을 향
해 세웠다.

"와라!"

노인의 한마디와 동시에 악관의 양 발이 지상에서 슬쩍 퉁겨졌다.

쐐애액!

마치 얼음판을 미끄러지듯 노인을 향해 몸을 움직이는 악관.

획!

노인 역시 그런 악관을 기다리지 않고 마주 달려갔다.

챙!

날카로운 쇳소리와 함께 서로를 향해 달려들던 두 사람의 몸이 하늘
높이 솟아올랐다.

회릭!

하늘에 까마득히 솟아오른 두 사람의 몸이 일시에 교차하며 허공을
갈랐다.

툭!

바닥에 떨어진 악관이 양손으로 창대를 부여잡은 채 힘겹게 고개를
들어 올렸다. 자신을 무심히 바라보는 노인.

부르르르.

악관의 손이 떨리며 움켜쥐고 있는 창대가 떨렸다. 이미 절반 이상
이 부러져 끝 부분이 보이지 않았다.

툭!

떨림. 그것이 산동악가 가주 악관이 이 세상에 보낸 마지막 몸짓이
었다. 잠시 악관을 바라보던 노인이 이미 숨이 끊어진 악관의 시신을
향해 슬쩍 허리를 숙이며 손을 말아 쥐었다.

"비류성 우호법 파라, 중원의 첫 무인(武人)이었던 그대, 악관을 기
억하겠다."

비류성 우호법 파라가 슬쩍 몸을 돌렸다. 이미 싸움을 마친 수하들
이 바라보고 있었다. 동료의 어깨에 몸이 걸쳐져 있는 자의 수는 이십.
오백의 악가 가솔들을 죽이며 당한 비류성 호법단의 피해는 겨우 이십
명에 불과했던 것이다.

"이제 이곳을 떠난다."

획!

파라가 몸을 움직이자 그의 수하 호법단 무사들 역시 파라를 따라
악가장을 나섰다. 신강에서 시작된 혈풍이 악가장의 멸망과 함께 중원
에 휘몰아치기 시작한 것이다.

                    *   *   *

"차앗!"

하늘로 높이 치솟은 천수가 공중에서 멋지게 서너 차례 원을 그린 후 바닥에 떨어져 내렸다.

바닥에 내려선 천수의 얼굴에 땀이 가득했다.

운룡대팔식 제이식 신룡선무(神龍旋霧).

천수가 펼친 신법은 그것이었다.

금산장을 떠난 진가운이 이곳 강서성 낙화산으로 돌아오자마자 진 가운이 한 일은 귀봉채의 산적들과 천수에게 무공을 익히게 한 것이다. 비류성의 공격에 최소한 몸을 보호할 수 있는 무공을 익히는 것이 필수라 생각했다. 물론 지금 진가운의 실력이라면 자신의 목숨 하나 지키는 것은 일도 아니다. 그렇지만 다른 사람의 목숨을 보호해 줄 여력은 없었다.

천수에게는 특별히 곤륜파의 운룡대팔식을 익히게 했다. 그것은 천수가 풍월 진인에게 제운종의 기초를 익혔다는 말을 들었기 때문이다.

구파일방 비무행에 기록된 곤륜파 최대의 절기.

벌써 한 달. 그런데 천수는 이제 겨우 이식을 익히고 있을 뿐이다. 그것도 한번 펼치고 나면 그야말로 기진맥진한 상태가 되어버리는 천수의 모습을 보아하니 그야말로 눈앞이 캄캄하다. 저렇게 익혀서 어느 세월에 완벽한 운룡대팔식을 익힐 수 있을지…….

잠시 동안 그런 천수를 바라보던 진가운이 아쉬운 표정을 지으며 고개를 가로저었다.

사실 천수는 초식이 문제가 아니었다. 풍월 진인을 통해 제운종의 기본을 익혀서인지 천수는 운룡대팔식의 초식에 관해서는 나무랄 데 없는 실력이다. 그렇지만 문제는 천수의 내공이었다.

천수의 내공은 십 년. 그야말로 내공이라고 불리기에도 부끄러울 지경이었다. 하긴 지금까지 소, 돼지 잡는 일만 해온 천수에게 그 이상의 내공을 기대할 순 없다. 그나마 뛰어난 백정이기에 십 년 내공이라도 간직하고 있는 것이 아닌가?

'젠장, 대환단 한 알은 일 갑자(一甲子)라고 하던데…….'

천수에게 대환단이라도 먹일 수 있으면 얼마나 좋을까 싶다. 한눈에 보기에도 천수의 선천적인 무재(武才)는 나무랄 데 없이 뛰어나다. 그렇지 않다면 겨우 십 년의 내공으로 중원 최고의 신법인 운룡대팔식을 비록 흉내에 불과하지만 이식까지 익힐 수는 없는 일이다.

일 갑자의 공력.

그 정도면 천수의 선천적인 재능을 생각할 때 운룡대팔식을 익히는 데 부족함이 없을 듯 보였다.

'대환단…….'

진가운의 머리 속으로 이곳에 오는 중간에 일이 있다며 풍월 진인과 함께 헤어진 예하령의 모습이 떠올랐다.

'그래, 금산장이라면…….'

진가운이 고개를 끄덕였다. 금산장이라면 내공을 늘려줄 수 있는 대환단과 같은 영약이 있을지도 모른다는 생각이 들었다.

'계집애가 꼭 필요할 때만 사라져요.'

턱!

누군가 어깨를 두드리는 느낌이 들었다.

진가운이 고개를 돌리자 얼굴 가득 땀을 흘리며 천수가 자신을 향해 빙긋 미소를 짓고 있었다.

"어때? 이만하면 나도 머지않아 강호 영웅 소리를 들을 수 있겠지?"

'개뿔이다.'

진가운의 얼굴이 일그러졌다.

물론 천수야 지금 자신의 모습이 자랑스러울 것이다.

진가운이 말 대신 입가에 쓴웃음을 지으며 고개를 끄덕였다. '그래'라고 말하기에는 자신의 가슴이, '아니'라고 말하기에는 지금 자신의 눈앞에서 미소를 짓고 있는 천수의 마음이 너무 아플 것 같았다.

"수고했어. 가자!"

진가운이 천수의 어깨를 툭 하고 두드린 후 귀봉채 산채를 향해 천천히 걸어갔다.

"헛!"

낙화산에 울려 퍼지는 우렁찬 기합 소리. 낙화산에 새로 둥지를 튼 귀봉채의 산적들은 지금 얼굴에 구슬같이 굵은 땀방울을 흘리며 열심히 검을 휘두르고 있다.

'놀고 있네.'

낙화산에서 열심히 무공을 익히고 있는 귀봉채 산적들의 몰골을 보고 있는 진가운의 얼굴이 저절로 일그러졌다.

반후벽의 지도 아래 무공을 익히고 있는 귀봉채 산적들. 그들이 익히고 있는 것은 중원에서 가장 빠른 쾌검으로 알려진 점창파의 사일검법이었다.

태양을 벤다는 극쾌의 검, 사일검법(斜日劍法).

휘두르면 눈에 보이지도 않는다는 사일검법이건만 귀봉채 산적들의 사일검법은 굼벵이 기어가듯 한없이 느리다. 태양을 일검에 벤다는 무시무시한 파괴력을 갖고 있다는 사일검법이건만 귀봉채 산적들의 사일검법은 닭 모가지 하나 벨 수 없을 정도로 힘이 없다.

"제법인데. 저 정도면 그깟 비류성 잡놈들 베는 거야 식은 죽 먹기지."

획!

진가운이 얼굴을 잔뜩 일그러뜨리고 옆에 있는 천수를 바라보았다. 천수는 진가운이 자기를 보고 있다는 것도 모르고 입가에 미소까지 지으며 귀봉채 산적들을 바라보고 있었다.

"이 화상아, 저 정도면 비류성 무사들에게 죽기 딱 좋은 실력이야."

"누구야?"

천수가 얼굴을 찡그리며 고개를 돌렸다.

한심하다는 얼굴로 천수를 바라보는 복환용.

"너 얼굴 안 펴!"

천수가 급히 일그러졌던 얼굴을 추스르며 복환용을 향해 억지로 미소를 지었다.

"그래, 그렇게 웃어. 사람은 웃으며 살아야 되는 거야. 어떤 놈처럼 얼굴만 일그러뜨린다고 세상사가 해결되는 게 아니야."

'이놈의 영감탱이가?'

진가운이 고개를 돌리며 복환용을 노려보았다.

"영감!"

"이놈이, 어디서 눈깔을 부라리고 지랄이야!"

복환용이 진가운에게 번개처럼 달려들었다. 진가운이 흠칫하며 뒤로 물러났다.

"내공이라고는 눈 씻고 찾아볼 수 없는 저런 산적 놈들에게 사일검법은 무슨 얼어죽을 사일검법이야."

"휴후."

한숨이 흘렀다. 사실 복환용의 말은 정확한 것이다. 내공도 거의 없는 귀봉채의 산적들이 점창파의 사일검법을 익힌다는 것은 그야말로 불가능한 일이다.

진가운을 곁눈질로 훔쳐보던 복환용이 품에서 작은 물건을 하나 꺼내 들었다. 예하령이 천년설도를 먹고 남긴 천년설도의 씨다.

"헤헤헤. 이거면 일 갑자 정도의 내공은……."

진가운의 눈이 빛났다.

"영감, 정말이야?"

"썩을 놈. 이놈아! 언제 본 어르신이 네놈에게 농을 하다냐?"

"영감, 그거 나 좀 빌려줘!"

진가운이 복환용이 들고 있는 천년설도의 씨를 향해 손을 뻗어 천년설도의 씨를 낚아챘다.

빡!

"아이고!"

복환용에게서 천년설도의 씨를 빼앗은 진가운이 신음을 토하며 뒤로 물러났다. 어느새 진가운의 얼굴을 갈긴 복환용이 진가운을 죽일 듯 노려보았다.

"망할 놈! 당장 내놓지 못해!"

"……."

진가운이 슬쩍 고개를 돌렸다. 두 사람의 움직임에 놀랐는지 입을 벌린 채 멍하니 서 있는 천수. 진가운의 손이 재빨리 움직였다.

휘익!

천년설도의 씨가 번개처럼 날아가 천수의 입속으로 들어갔다.

"꽥!"

천수가 놀란 얼굴을 하며 진가운을 향해 고개를 돌렸다.

후닥닥!

복환용이 얼굴이 시뻘겋게 변해 급히 천수에게 달려들며 입속을 향해 손가락을 뻗었다. 복환용의 모습에 천수가 놀라 급히 입을 다물었다.

"내놔! 이 망할 놈아!"

천수의 목을 조르듯 손으로 감싼 채 악을 쓰는 복환용. 진가운이 급히 천수에게 고함을 질렀다.

"천수야, 씹어!"

"……?"

"씹어. 씹으면 네가 그토록 원했던 강호 영웅이 될 수 있으니까 얼른 씹어!"

"……!"

와자작!

천수가 급히 입속에 들어온 천년설도의 씨를 씹었다. 무슨 말인지 모르지만 강호의 영웅이 될 수 있다니 씹지 않을 도리가 없었다.

꿀꺽!

부서진 천년설도의 씨가 천수의 목구멍을 타고 뱃속으로 넘어갔다.

"이… 이 망할 자식이. 그걸 그냥 처먹으면 어떡해!"

"크허헉!"

천수의 얼굴이 벌겋게 달아올랐다. 죽일 듯 천수를 노려보던 복환용이 급히 천수를 바닥에 주저앉히더니 천수의 등에 손을 대며 진가운을 죽일 듯 노려보았다.

이내 벌겋게 달아올랐던 천수의 얼굴이 원래의 모습을 되찾았다.

한 시진. 그렇게 한 시진이 흐른 후에야 복환용이 천수의 등에서 손을 뗐다.

"너, 이 자식!"

복환용이 자리에서 벌떡 일어나며 진가운에게 달려들었다. 복환용의 모습에 진가운이 급히 낙화채를 향해 달려갔다. 이미 무공 수련이 끝났는지 귀봉채 산적의 모습은 보이지 않았다.

"허허허, 이것이 운명이란 말인가? 노부의 제자가 이 녀석이었단 말이지."

달아나는 진가운을 바라보던 복환용이 아직까지 눈을 반개한 채 바닥에 앉아 있는 천수를 보며 빙긋 미소를 지었다.

저녁.

어느덧 저녁이다. 산속에 들어가 있던 무치를 포함 귀봉채의 모든 식구들과 잠시 헤어진 예하령과 풍월 진인을 제외한 모든 사람들이 산채 한복판으로 모였다.

식사 시간.

저마다 그릇에 든 큼지막한 고기를 들고 흐뭇한 미소를 짓고 있지만 무치는 여전히 채소 몇 개만을 그릇에 올려놓고 있다.

복환용이 고기 하나를 들고 입으로 가져갔다.

후루룩!

그것을 신호로 산채 안에 있던 사람들의 손이 일제히 그릇으로 향했다.

"동작 그만~!"

귀를 찢을 듯한 함성 소리가 산채를 울렸다.

진가운을 비롯한 모든 사람들이 들었던 고기를 그릇에 다시 내려놓고 소리가 들린 곳으로 고개를 돌렸다. 자욱한 먼지가 일며 거대한 멧돼지 한 마리가 달려들듯, 한 사람이 산채를 향해 달려왔다.

'저건 또 뭐야? 별 희한한 녀석이.'

귀봉채의 산적들이 아무렇지도 않다는 듯 손을 움직이려는 순간 또다시 고함이 산채를 울렸다.

"네 이놈들~! 천하제일방 개방의 장로 추평이 동작 그만이라고 말했다!"

'저… 저……'

진가운이 깜짝 놀란 얼굴로 그릇을 옆에 내려놓고 일어섰다.

추평. 산채를 향해 달려오는 것은 분명 개방의 열혈남아 구골신개 추평이었다.

"추… 추 장로!"

진가운이 급히 추평을 향해 마주 달려갔다.

턱!

달려온 진가운의 손을 잡은 추평의 손이 하늘 높이 올려졌다. 그와 함께 추평에게 손이 잡혔던 진가운의 몸이 하늘 높이 치솟았다.

쿵!

먼지가 일어나며 진가운의 몸이 바닥에 떨어졌다.

마치 장애물을 제거한 듯 추평이 진가운에게는 눈길 하나 주지 않고 조금 전 진가운이 내려놓은 그릇이 있는 곳으로 달려가 진가운의 그릇을 집어 들더니 귀봉채 산적들 사이를 돌며 산적들의 그릇에서 고깃덩어리를 빼내 자신의 그릇으로 위치를 바꾸었다.

"해제!"

혼자 미친놈처럼 고함을 지른 추평이 사람들로부터 빼앗은 고기를 들고 자신의 입에 처넣었다.

후루루룩!

추평의 손이 보이지 않게 움직이는 것과 동시에 진가운의 그릇이 깨끗이 비워졌다.

"호호호, 추 장로님이 무척이나 배가 고팠던 모양이에요."

"그런가 보구나."

땅바닥에서 일어나 어이없다는 얼굴로 추평을 바라보던 진가운이 급히 몸을 돌렸다.

"예하령! 너 추 장로를 활강시로 만든 거야?"

빠악!

진가운의 뒤통수에서 불이 일었다.

"어떤 놈이야?"

진가운이 몸을 돌렸다. 진가운을 죽일 듯 노려보는 개방 열혈남아 추평.

"아가씨!"

"뭐?"

"예하령! 아! 가! 씨!"

"……."

"추 장로!"

휘익!

진가운의 말이 끝나기 무섭게 추평이 진가운에게 달려들었다.

'이게 정말!'

그래도 지금까지는 반가운 마음에 참았다. 그런데 갑작스러운 공격을 다시 펼치다니…….

진가운이 급히 몸을 틀며 달려드는 추평의 배를 향해 주먹을 날렸다.

"크흐흑!"

진가운이 비틀거리며 뒤로 물러났다.

손이 부러진 듯한 고통에 얼굴이 있는 대로 일그러졌다. 그와는 반대로 공격을 당한 추평은 빙긋 미소를 짓고 있었다.

'역시 강시가 틀림없어.'

진가운이 급히 몸을 돌려 예하령을 바라보았다.

"예하령, 너 미쳤어? 추 장로를 강시로 만들면 어떡해?"

빡!

진가운의 뒤통수에서 불이 일었다.

스륵!

어느새 추평이 진가운 앞에 모습을 드러냈다.

"예하령 아가씨! 너는 우리 아가씨를 그렇게 불러야 한다. 그렇지 않으면 추평, 절대 용서 안 한다."

"안 하면?"

"맞는다."

획!

추평의 모습이 사라지는 것과 함께 진가운이 뒤로 비틀거리며 물러났다.

스륵!

그림자를 남기며 추평이 진가운에게 다가섰다. 진가운 역시 손에 슬쩍 내력을 집어넣으며 다가서는 활강시 추평을 향해 손을 뻗었다.

〈3권 끝〉